DIFAMAÇÃO

RENÉE KNIGHT

DIFAMAÇÃO

TRADUÇÃO
Regina Lyra

2ª edição

Copyright © 2015 by Renée Knight

Grafia atualizada segundo o Acordo Ortográfico da Língua Portuguesa de 1990, que entrou em vigor no Brasil em 2009.

Título original
Disclaimer

Capa
Guilherme Xavier

Imagem de capa
Serhii Holdin/ Adobe Stock

Copidesque
Rayssa Galvão

Revisão
Carolina Rodrigues
Eduardo Carneiro
Valquíria Della Pozza

Dados Internacionais de Catalogação na Publicação (CIP)
(Câmara Brasileira do Livro, SP, Brasil)

Knight, Renée
  Difamação / Renée Knight ; tradução de Regina Lyra. — 2ª ed. — Rio de Janeiro : Suma, 2024.

  Título original: *Disclaimer*.
  ISBN 978-85-5651-245-1

  1. Ficção inglesa. I. Título.

24-218819   CDD-823

Índice para catálogo sistemático:
1. Ficção : Literatura inglesa

Cibele Maria Dias – Bibliotecária – CRB-8/9427

Todos os direitos desta edição reservados à
EDITORA SCHWARCZ S.A.
Praça Floriano, 19, sala 3001 — Cinelândia
20031-050 — Rio de Janeiro — RJ
Telefone: (21) 3993-7510
www.companhiadasletras.com.br
www.blogdacompanhia.com.br
facebook.com/editorasuma
instagram.com/editorasuma
x.com/Suma_br

Para Greg, George, Betty e minha mãe, Jocelyn

1

Primavera de 2013

Catherine se prepara, mas não há mais o que botar para fora. Ela agarra com força a borda da pia e ergue a cabeça para se ver no espelho. O rosto que a encara não é aquele com que foi para cama. Catherine já viu esse rosto antes e torcia para que nunca voltasse a vê-lo. Examinando-se sob essa nova luz impiedosa, ela umedece uma toalha, limpa a boca e depois a aperta nos olhos fechados, como se pudesse apagar o medo dentro deles.

— Tudo bem com você?

A voz do marido lhe dá um susto. Tinha esperança de que ele não acordasse. De que a deixasse em paz.

— Estou melhor agora — mente, apagando a luz. Em seguida, mente outra vez: — Deve ter sido o delivery de ontem. — Catherine se vira para ele, uma sombra na madrugada: — Pode voltar para a cama, estou ótima — sussurra.

O marido está zonzo de sono, mas mesmo assim estende o braço e pousa a mão no ombro dela.

— Tem certeza?

— Tenho. — Certeza mesmo, só a de que precisa ficar sozinha. — Sério, Robert. Não vou demorar.

O marido mantém os dedos em seu braço por mais um instante, mas logo obedece. Catherine se assegura de que ele adormeceu antes de voltar para o quarto.

Ela olha para o livro emborcado e ainda aberto na página em que parou de ler. O livro em que confiou. Os primeiros capítulos a embalaram, fizeram com que se sentisse à vontade, com uma leve sugestão de suspense à espreita, um pequeno estímulo para continuar a leitura, mas sem pista alguma do que a aguardava. Fora seduzida, atraída pelas páginas, mais e mais, até se dar conta de que estava presa em uma armadilha. Então as palavras ricochetearam no cérebro, esmagaram o peito, uma após outra, como se uma fila de pessoas pulasse na frente de um trem e ela, a maquinista impotente, fosse incapaz de evitar a colisão fatal. Era tarde demais para pisar no freio. Não podia voltar atrás. Sem querer, Catherine encontrara a si mesma perdida entre as páginas do livro.

Qualquer semelhança com pessoas vivas ou mortas... A ressalva era cortada por uma linha vermelha. Uma mensagem que não notou ao abrir o livro. Não há como ignorar a semelhança. Ela é um personagem-chave, a protagonista. Embora os nomes tenham sido mudados, os detalhes são inconfundíveis, até mesmo quanto à roupa que ela vestia naquela tarde. Um pedaço de sua vida que mantivera escondido. Um segredo que não contara a ninguém, nem mesmo ao filho e ao marido — duas pessoas que acreditavam conhecê-la melhor do que ninguém. Não havia vivalma capaz de inventar o que Catherine acabara de ler. Ainda assim, ali estava, impresso, à vista de qualquer um. Achava que enterrara aquilo. Encerrara o assunto. Mas ele vinha à tona outra vez. Em seu quarto. Na sua cabeça.

Catherine tenta desalojá-lo com imagens da noite anterior. A satisfação de se instalar na casa nova, comemorada com vinho e jantar, de depois se enroscar no sofá, cochilar na frente da tevê e, mais tarde, gozar com Robert na cama. Uma felicidade serena que dera como certa, mas serena demais para ser confortável. Incapaz de dormir, levanta-se da cama e desce a escada.

Ainda contam com um andar inferior, ou quase. Uma *maisonette*, não mais uma casa. Mudaram-se há três semanas. Dois quartos, em vez de quatro. Dois quartos têm mais a ver com ela e Robert. Um para o casal. Um para hóspedes. Optaram também por um espaço aberto. Nada de portas. Ninguém precisa fechar portas, agora que Nicholas foi embora. Ela acende a luz da cozinha, pega um copo no armário e o enche de água. Não da torneira. Água gelada à vontade, direto da nova geladeira. Que parece mais um guarda-roupa do que uma geladeira. O medo deixa suas mãos úmidas. O corpo está quente, quase febril, e ela agradece o frescor do piso de ardósia recém-colocado. A água ajuda um pouco. Enquanto bebe, olha através das enormes janelas de vidro que margeiam os fundos da casa nova, desconhecida. Lá fora, é só escuridão. Nada para ver. Ainda não conseguiu providenciar cortinas. Está exposta. Observada. Podem vê-la, mas ela não pode vê-los.

2

Dois anos antes

Lamentei o que aconteceu. Sinceramente. Ele era só uma criança, afinal: tinha sete anos. E eu, suponho, era um *loco parentis*, embora soubesse muito bem que pai algum iria querer que eu fosse *loco*. Àquela altura, eu já afundara um bocado: Stephen Brigstocke, o professor mais detestado da escola. Sem dúvida as crianças pensavam assim, e os pais, idem, embora não todos: espero que alguns ainda se lembrassem de como eu era antes, quando dava aulas para seus filhos mais velhos. De todo jeito, não fiquei surpreso quando Justin me chamou à sua sala. Já esperava por isso. Demorou mais do que eu esperava, mas as escolas particulares são assim. São uns feudos, isso sim. Os pais podem pensar que estão no controle porque estão pagando, mas claro que não controlam uma vírgula. Quer dizer, vejam só meu caso — mal fui entrevistado para o cargo. Justin e eu estudamos em Cambridge juntos. Ele sabia que eu precisava da grana, e eu sabia que ele precisava de um professor de inglês. Ora, escolas particulares pagam mais que as públicas, e eu já tinha anos de experiência como professor em escola pública. Pobre Justin, decidir me afastar do cargo deve ter sido bem difícil para ele. Constrangedor, sabe? E foi um afastamento, não uma demissão propriamente dita. Decente da parte dele, reconheço. Eu não podia me dar ao luxo de perder a aposentadoria, que já estava próxima. Ele apenas acelerou o processo. Na verdade, ambos já tínhamos direito a aposentadoria, mas a despedida de Justin foi bem diferente da minha. Ouvi dizer que alguns alunos chegaram a chorar. Mas não por mim. E por que chorariam? Eu não merecia esse tipo de lágrimas.

Não quero dar a impressão errada, não sou um pedófilo. Não bolinei a criança. Nem sequer toquei nela. Não, não, eu jamais toquei nas crianças. A questão é que eu achava todas incrivelmente chatas. É tão horrível assim dizer isso de crianças de sete anos? Suponho que seja, para um professor. Não aguentava mais ler suas histórias enfadonhas, por conta das quais algumas queimavam os miolos, mas o problema era aquela impressão que tinham de si mesmas, de que, aos sete anos, tinham algo a dizer que poderia me interessar. Então, certa noite, o copo transbordou. A catarse da caneta vermelha não funcionou, e, quando pus os olhos no trabalho desse garoto específico, de cujo nome não lembro, fiz uma exposição bem detalhada do motivo pelo qual eu na verdade estava me lixando para a viagem dele com a família para a Índia, onde todos se hospedaram com moradores locais. Bom para eles. Claro que o garoto ficou chateado. É claro, e lamento muito. E claro que contou aos pais. Isso eu não lamento. Ajudou a apressar minha saída, e eu sem dúvida precisava sair, tanto para o meu bem quanto para o deles.

Então me vi em casa com um bocado de tempo livre. Um professor de inglês já aposentado, vindo de uma escola particular de segunda classe. Viúvo. Temo que eu talvez esteja sendo honesto demais — o que eu disse até aqui pode ser um tantinho desagradável. Pode passar a impressão de que sou cruel. E o que fiz com aquele garoto foi cruel, concordo. Mas, via de regra, não sou uma pessoa cruel. Só que, desde que Nancy morreu, tenho deixado as coisas se deteriorarem um pouco. Bem... Está certo, muito.

É difícil acreditar que um dia já me elegeram Professor Mais Popular do Ano. Mas não os alunos da escola particular e sim os da escola pública, onde dei aulas antes. E não foi um caso isolado, fui reeleito várias vezes seguidas. Houve um ano, acho que 1982, em que minha mulher e eu ganhamos esse mesmo prêmio em nossas respectivas escolas.

Comecei a dar aulas seguindo os passos de Nancy. Ela fora atrás do nosso filho, quando ele entrou no maternal. Nancy ensinava crianças de cinco a seis anos na escola de Jonathan, e eu, alunos de quinze a dezesseis na escola pública. Sei que tem muito professor que considera essa faixa etária barra-pesada, mas eu gostava. A adolescência não é muito divertida, e por isso minha ideia era dar uma folga aos coitados. Jamais os obriguei a ler um livro que não quisessem. Uma história é uma história, afinal de contas. Não precisa ser lida em um livro. Um filme, uma novela, uma peça — sempre há uma narrativa para acompanhar, interpretar, curtir. Naquela época, eu era engajado. Eu me importava. Mas isso foi naquela época. Não sou mais professor. Estou aposentado. E fiquei viúvo.

3

Primavera de 2013

Catherine tropeça e culpa o salto alto, mas sabe que é porque bebeu demais. Robert estende a mão para segurar seu cotovelo a tempo de impedir que ela caia de costas na escada de concreto. Com a outra mão, ele gira a chave na fechadura e abre a porta da frente, ainda segurando firme o cotovelo da esposa enquanto os dois entram. Ela chuta os sapatos e tenta andar com um pouco de dignidade em direção à cozinha.

— Sinto tanto orgulho de você! — diz ele, surgindo às costas dela e abraçando-a por trás, beijando a pele na curva entre o pescoço e o ombro.

Ela inclina a cabeça para trás.

— Obrigada — agradece Catherine, fechando os olhos.

Depois, porém, o momento de felicidade se esvai. É noite. Estão em casa. E ela não quer ir para cama, embora esteja bastante cansada. Sabe que não vai dormir. Não dorme direito há uma semana. Robert não sabe disso. Catherine finge que está tudo bem, consegue esconder dele, fingindo dormir, deitada a seu lado, mas sozinha em sua própria mente. Vai ter de arrumar uma desculpa para justificar não querer ir direto para cama com ele.

— Vá na frente — diz. — Não vou demorar. Só preciso checar uns e-mails.

Seu sorriso é encorajador, mas Robert não precisa de muito incentivo. Tem que acordar cedo no dia seguinte, motivo pelo qual Catherine se alegra ainda mais com o prazer genuíno que o marido parece ter extraído da noite em que o centro das atenções foi ela. Robert não sugeriu uma única vez que estava na hora de irem embora. Não, tinha permitido que ela brilhasse e aproveitasse cada minuto. Claro que Catherine já fizera o mesmo por ele em diversas ocasiões, mas, ainda assim, o marido desempenhara muito bem seu papel.

— Vou pegar um copo d'água para você — diz Robert.

Tinham acabado de voltar de uma festa seguida à cerimônia de entrega de um prêmio televisivo. De televisão séria. Nada a ver com novelas. Nada a ver com séries dramáticas. Jornalismo. Catherine ganhara o prêmio por um documentário sobre o aliciamento de crianças para a prática de sexo. Crianças que deveriam ter sido protegidas, mas não foram, porque ninguém se importara o bastante, ninguém se dera ao trabalho de cuidar delas. O júri descrevera o filme como corajoso. Chamaram-na de corajosa. Ninguém fazia ideia. Não faziam ideia de como ela era de verdade. Não se tratava de coragem, apenas determinação obstinada. Por outro lado, talvez tivesse sido um tantinho corajosa. Filmagem secreta. Homens predadores. Não agora, porém. Não agora, em casa. Mesmo com as cortinas novas, Catherine tem medo de estar sendo observada.

As noites se resumem a uma série de distrações para se impedir de pensar no momento inevitável em que estará deitada no escuro, acordada. Acha que conseguiu enganar Robert. Justificou até mesmo o suor que brota quando a hora de deitar se aproxima, culpando a menopausa. Sofre com outros sintomas, mas não com suores. Embora quisesse que o marido fosse se deitar, assim que ele vai, lamenta não tê-lo a seu lado. Na época, gostaria de ter sido corajosa o bastante para contar o que aconteceu, mas não foi. E agora é tarde demais. Vinte anos se passaram. Se contasse agora, ele não entenderia, veria apenas que, durante todo esse tempo, Catherine guardara o segredo, escondera algo que ele sentiria que tinha o direito de saber. Já podia ouvi-lo dizer algo como "Ele é *nosso* filho, pelo amor de Deus".

Não é preciso uma droga de livro para ela se lembrar do que aconteceu. Nada foi esquecido. O filho quase morreu. Durante todos esses anos, protegeu Nicholas, escondendo dele a verdade. Permitiu-lhe viver em abençoada ignorância. O filho não sabe que quase foi impedido de chegar à idade adulta. E se ele *tivesse* alguma lembrança do que aconteceu? As coisas seriam diferentes? Ele seria diferente? O relacionamento dos dois seria diferente? Mas Catherine tem certeza absoluta de que o filho de nada se lembra. Pelo menos, nada que o deixe próximo de saber o que de fato aconteceu. Para Nicholas, não passou de uma tarde que se fundiu a muitas outras de sua infância. Talvez até tenha uma boa lembrança do dia.

Pode ser que, com Robert presente, as coisas tivessem sido diferentes. Claro que sim. O que aconteceu não aconteceria. Só que Robert não estava lá.

Foi por isso que não lhe contou, porque não precisou — ele nunca descobriria. E foi melhor assim. *É melhor assim.*

Catherine abre o laptop e entra no Google em busca do nome do autor. É quase um ritual. Já fez isso antes, na esperança de encontrar alguma coisa. Uma pista. Mas não há nada. Só um nome: *E.J. Preston*. Deve ser inventado. "O completo estranho *é o primeiro, possivelmente o último, livro de E.J. Preston.*" Também não há pistas sobre o sexo do autor. Nada de primeiro livro *dele* ou *dela*. Publicado por Rhamnousia. A pesquisa confirmou a suspeita: o livro foi autopublicado. Não sabia o significado de Rhamnousia. Agora sabe. A deusa da vingança, também conhecida como Nêmesis.

É uma pista, não é? Ao menos sobre o sexo. Mas é impossível. Não pode ser. E ninguém mais conhece os detalhes. Ninguém que esteja vivo. Exceto os outros presentes, claro — os anônimos. Mas quem escreveu o livro se importa de verdade. É pessoal. Ela tenta descobrir se existem críticas. Não. Talvez seja a única pessoa que o leu. E, mesmo que outros leiam, jamais saberão que ela é a mulher em torno da qual o livro gira. Mas alguém sabe. Alguém sabe.

Como esse livro entrou em casa, porra? Catherine não se lembra de tê-lo comprado. Ele simplesmente parece ter surgido na pilha de livros da mesa de cabeceira. Por outro lado, tudo está muito caótico com a mudança. Caixas e mais caixas cheias de livros que continuam à espera de serem abertas. Talvez ela mesma o tenha posto na mesinha. Tirou-o de uma caixa, atraída pela capa. Vai ver é de Robert, que tem um monte de livros que ela nunca leu, e talvez por isso não reconheça. Livros de anos atrás. Imagina o marido garimpando na Amazon, seduzido pelo título, pela capa e fazendo a compra pela internet. Um acaso. Uma coincidência terrível.

Mas a conclusão a que chega, e na qual começa a acreditar, é que outra pessoa o pôs ali. Outra pessoa entrou em sua casa, neste lugar que ainda não lhe traz a sensação de lar. Entrou no quarto do casal. Alguém que ela não conhece pôs o livro na mesinha de cabeceira. Sabendo qual era seu lado da cama. Fazendo com que parecesse que ela mesma o colocou ali. As ideias se amontoam, abalroando umas às outras até ficarem torcidas e cheias de arestas. Vinho e ansiedade, uma combinação perigosa. A essa altura, já devia ter aprendido a não misturar os venenos. Leva as mãos à cabeça, que dói. Está sempre doendo, ultimamente. Fecha os olhos e vê o pingo branco serrilhado na capa do livro. Como esse livro entrou na sua casa, porra?

4

Dois anos antes

Nancy já estava morta havia sete anos, e eu ainda não tinha conseguido separar suas coisas. As roupas continuavam penduradas no armário. Os sapatos, as bolsas... Nancy tinha pés pequenos. Tamanho 35. Os documentos e as cartas continuavam na escrivaninha e nas gavetas. Eu gostava de esbarrar neles. Gostava de pegar correspondências endereçadas a ela, mesmo que fossem a conta de gás. Gostava de ver seu nome e nosso endereço em comum redigidos. Mas, depois que me aposentei, não me restaram mais desculpas. "Bola pra frente, Stephen", teria dito Nancy. Por isso, foi o que fiz.

Comecei com as roupas, tirando-as dos cabides e gavetas, estendendo-as na cama, prontas para a partida. Missão cumprida, pensei, até que vi um cardigã que escorregara do cabide e estava escondido em um canto do armário. Cor de chumbo. Colorido, na verdade. Azul, rosa, roxo, cinza, mas a impressão é de ser cinzento. Compramos na Escócia, antes de nos casarmos. Nancy o usava como se fosse um xale: as mangas, vazias, pendendo inertes. Não me desfiz dele. Está comigo, agora. É de caxemira. As traças o atacaram e abriram um buraquinho no punho, onde posso enfiar o mindinho. Nancy viveu apegada a ele por mais de quarenta anos. O cardigã sobreviveu a ela, e desconfio de que também sobreviverá a mim. Se eu continuar a encolher, como sem dúvida há de acontecer, logo conseguirei vesti-lo.

Lembro-me de Nancy usá-lo no meio da noite quando se levantava para amamentar Jonathan. A camisola desabotoada, para que a boquinha de nosso filho se acomodasse em volta do mamilo, e o cardigã em torno dos ombros, mantendo-a aquecida. Quando notava meu olhar, observando-a da cama, sorria.

Então eu me levantava para fazer chá para nós dois. Sempre tentava não me acordar, dizia que preferia que eu dormisse, que não se incomodava de estar de pé. Ela era feliz. Nós dois éramos: a alegria e a surpresa de um filho gerado na meia-idade, quando já havíamos abandonado a esperança. Não discutíamos sobre quem devia se levantar para atendê-lo ou quem estava perdendo sono. Não vou dizer que era meio a meio. Eu teria feito mais. Mas a verdade é que era de Nancy que Jonathan precisava, não de mim.

Mesmo antes dos banquetes noturnos, aquele cardigã era seu preferido. Ela o usava quando escrevia, sempre por cima de um vestido de verão, de uma blusa ou da camisola. Eu olhava da minha escrivaninha, observando-a sentada à dela, martelando no teclado da máquina de escrever, as mangas vazias pendendo ao lado do corpo. Sim, antes de nos tornarmos professores, Nancy e eu éramos escritores. Ela parou logo após o nascimento de Jonathan. Disse que tinha perdido o gosto, e, quando Jonathan entrou no maternal, decidiu arrumar um emprego de professora na escola do filho. Mas estou me repetindo.

Nem eu nem Nancy fomos muito bem-sucedidos como escritores, embora ambos tenhamos publicado pelo menos um livro. Pensando bem, eu diria que Nancy foi mais bem-sucedida que eu, mas foi ela quem insistiu para que eu continuasse a escrever quando ela desistiu. Nancy acreditava em mim. Tinha certeza de que um dia eu chegaria lá. Ora, talvez estivesse certa. Sempre foi a fé de Nancy que me moveu. Mas ela escrevia melhor do que eu. Nunca me esqueci disso, mesmo que ela não reconhecesse a própria superioridade. Nancy me sustentou durante anos, enquanto eu produzia palavra após palavra, capítulo após capítulo e um ou dois livros. Tudo recusado. Até entender, finalmente e graças a Deus, que eu não queria mais escrever. Estava farto. Não me caía bem. Foi difícil convencê-la de que me senti aliviado quando parei. Vejam bem, sempre gostei muito mais de ler do que de escrever. Para ser escritor, um bom escritor, é preciso ter coragem. É preciso estar preparado para se expor, ser corajoso, e sempre fui covarde. Nancy era quem tinha coragem. Por isso comecei a dar aulas.

Precisei de coragem para me desfazer das coisas da minha esposa. Dobrei as roupas e as coloquei em sacolas. Guardei os sapatos e as bolsas em caixas que, no passado, continham garrafas de vinho. Quando aquelas garrafas chegaram em casa, nada indicava que um dia sairiam com pertences da mulher que eu amava. Levei uma semana para empacotar tudo e mais tempo ainda para retirar os pacotes de casa.

Não aguentei me desfazer de todas as coisas de uma só vez, por isso fui várias vezes até a instituição de caridade. Acabei conhecendo bem as duas mulheres da All Aboard Charity Shop. Disse a ambas que as roupas pertenciam à minha esposa, e depois disso as duas interrompiam o que estavam fazendo e me davam atenção toda vez que eu aparecia. Se por acaso eu chegasse durante o cafezinho, serviam-me uma xícara. Aquele lugar cheio de roupa de gente morta se tornou estranhamente consolador.

Eu me afligia em pensar que, uma vez encerrada a tarefa de dispor das coisas de Nancy, voltaria à letargia em que me encontrava desde a aposentadoria, mas isso não aconteceu. Por mais triste que fosse, sabia que tinha feito algo que Nancy aprovaria, então tomei uma decisão: dali em diante, eu me esforçaria ao máximo para me comportar de uma forma que desse a Nancy, caso ela aparecesse de uma hora para outra, motivos para me amar, não para se envergonhar de mim. Ela seria minha editora, invisível, objetiva e defensora ferrenha de meus interesses.

Em dada manhã, não muito depois do período de faxina póstuma, eu estava a caminho da estação de metrô. Tinha acordado com uma disposição genuína: levantei-me, tomei banho, fiz a barba, me vesti, tomei café e estava pronto para sair de casa às nove horas. Meu humor estava ótimo, na expectativa de um dia inteiro na Biblioteca Britânica. Pensava em voltar a escrever. Não ficção, algo mais sólido, factual. Nancy e eu às vezes passávamos férias na Costa Leste e, em certo verão, alugamos uma torre Martello. Sempre tive vontade de saber mais a respeito do lugar, mas todos os livros que encontrei sobre o assunto eram áridos, sem vida. Nancy também tentara, em vários aniversários meus, mas tudo que conseguiu foram obras chatas, cheias de datas e estatísticas. De todo jeito, esse acabou sendo o tema que escolhi para o projeto de livro: daria vida àquele lugar incrível. Aquelas torres tinham respirado o fôlego de outros hóspedes por centenas de anos, e decidi descobrir quem vivera nelas até os dias de hoje. Por isso, saí de casa naquela manhã com pés ligeiros. Foi quando vi um fantasma.

Não foi uma visão clara. Pessoas se interpuseram entre nós. Uma mulher empurrando um bebê em um carrinho. Dois jovens flanando. Fumando. Mas eu soube que era ela. Eu a reconheceria em qualquer lugar. Andava depressa, com determinação, e tentei acompanhar seu passo, mas, por ser mais moça que eu, as pernas eram mais fortes, e o meu coração disparou com o esforço, me obrigando a parar um instante. A distância entre nós aumentou, e, quando consegui voltar a andar, ela já sumira no buraco do metrô. Eu a segui, lutando para atravessar a barreira de gente, com medo de que ela entrasse em um trem e eu a perdesse. A escada era íngreme, íngreme demais, e tive medo de levar um tombo na ânsia de alcançá-la ainda na plataforma. Agarrei-me ao corrimão e amaldiçoei minha fragilidade. Ela ainda estava lá. Sorri enquanto me aproximava. Achei que esperara por mim. E ela se virou e me encarou. Não houve sorriso de retribuição. A expressão em seu rosto parecia ansiosa, talvez até amedrontada. Claro que não era um fantasma. Era uma jovem, talvez com trinta anos. Vestia o casacão de Nancy, o que eu tinha doado aos pobres. O cabelo era da mesma cor do de minha esposa naquela idade. Ao menos foi o que achei. Quando cheguei mais perto, percebi que o cabelo daquela moça nada lembrava o de Nancy. Era castanho, sim, mas artificial, opaco, sem o tom vibrante e vivo do cabelo de Nancy. Pude ver que meu sorriso a assustou, motivo pelo qual me virei, esperando que ela entendesse que eu não oferecia perigo, mas foi um erro. Quando o trem chegou, deixei-o partir e esperei o seguinte — não queria que ela pensasse que a estava seguindo.

Só me recuperei por completo no meio da manhã. A quietude da biblioteca, a beleza do lugar e as tarefas confortantes de ler, tomar notas e seguir em frente me levaram de volta ao ponto em que eu estava quando comecei o dia. Ao chegar em casa, no início da noite, já tinha voltado a ser eu mesmo. Tinha comprado uma daquelas refeições semiprontas para me recompensar com um jantar fácil. Abri uma garrafa de vinho, mas tomei só uma taça. Não tenho bebido muito ultimamente: prefiro ter controle sobre os pensamentos. Álcool em excesso faz com que eles saiam correndo na direção errada, como criancinhas descontroladas.

Estava ansioso para repassar as notas antes de dormir, por isso fui até a escrivaninha para dar a largada. Os papéis de Nancy continuavam espalhados no tampo. Folheei circulares e contas antigas, já sabendo que nada encontraria de grande importância. Eu já teria notado se houvesse algo de importante, não teria? Joguei tudo na cesta de lixo, depois peguei minha máquina de escrever na prateleira e a coloquei no meio da mesa arrumada, deixando tudo pronto para começar o trabalho na manhã seguinte.

Quando ainda escrevia, Nancy tinha a própria escrivaninha. É de carvalho e agora está no apartamento de Jonathan. Quando parou, concordamos que ela podia muito bem dividir a minha. As gavetas do lado direito ficaram para ela, as do esquerdo, para mim. Os manuscritos ficavam na última inferior, e, embora houvesse outros empilhados na estante, os três da gaveta eram os que lhe pareciam mais promissores. Mesmo sabendo que estavam lá, levei um susto ao vê-los. *Uma vista para o mar*, *Saído do inverno* e *Uma amizade especial*, nenhum deles publicado. Peguei *Uma amizade especial* e levei para ler na cama.

Devia fazer quase quarenta anos que eu não lia aquelas palavras. Ela escrevera o romance no ano anterior ao nascimento de Jonathan. Foi como se

Nancy estivesse na cama comigo. Conseguia ouvir sua voz claramente: Nancy jovem, antes da maternidade. Havia energia ali, destemor, e isso me devolveu a uma época em que o futuro nos deixava animados, quando as coisas ainda por vir despertavam euforia, em vez de medo. Adormeci feliz naquela noite, agradecendo porque, embora já não estivesse comigo, tivera a sorte de contar com Nancy em minha vida. Tínhamos sido sinceros um com o outro. Partilhávamos tudo. Achei que sabíamos tudo a respeito um do outro.

5

Primavera de 2013

— Espere, vou sair com você — grita Catherine do alto da escada.

Robert, já na porta, vira-se e ergue os olhos para a esposa.

— Desculpe, amor. Acordei você?

Ela sabe que o marido se esforçou para não acordá-la. Tomou banho depressa, andou na ponta dos pés enquanto se vestia. Mas Catherine estava acordada esse tempo todo. Com os olhos semifechados. Observando o marido, amando-o por ser tão atencioso. Esperara o máximo de tempo possível. Assim que ele saiu do quarto, levantou-se, vestiu-se e correu para alcançá-lo. Ainda não podia ficar sozinha. Mais tarde, talvez, mas não ainda.

Sentada no primeiro degrau da escada, ela enfia os pés nos tênis.

— Estou com uma dor de cabeça daquelas. A melhor coisa a fazer é dar uma arejada — diz, amarrando o cadarço com dedos trêmulos. Ouve a si mesma, soando tão natural, tão plausível.

Dedos trêmulos podiam significar ressaca. Tirara a semana de folga para desempacotar e arrumar tudo — na tentativa de transformar a casa nova em um lar —, mas no momento não dá para encarar. E é verdade, está mesmo com uma dor de cabeça daquelas. Só que ela nada tem a ver com a comemoração da véspera.

Percebe que Robert consulta o relógio. Ele precisa chegar cedo ao trabalho.

— Já estou indo, já estou indo — diz, correndo até a cozinha, enchendo uma garrafinha de água e pegando o iPod, antes de voltar correndo até onde está o marido.

Eles fecham a porta, passam a chave duas vezes e caminham juntos até o metrô. Catherine estende o braço para pegar a mão dele e a segura na sua. Robert olha para ela e sorri:

— Foi divertido ontem à noite. Recebeu um monte de e-mails bacanas?

— Alguns — responde Catherine, embora não tenha se dado ao trabalho de checar.

Fora a última coisa que pensara em fazer. Daria uma olhada mais tarde, quando chegasse em casa com a cabeça desanuviada. Robert a beija no rosto e, antes de desaparecer no buraco do metrô, diz que não pretende chegar tarde e que espera que a dor de cabeça dela melhore até lá. Catherine se vira tão logo o vê ir embora, põe os fones de ouvido e começa a correr rua acima, voltando pelo caminho da vinda em direção ao único espaço verde dos arredores. Os pés correm no ritmo da música.

Passando pelo extremo da rua onde moram, ela segue em frente. O coração bate forte, o suor escorre entre as espáduas. Não está em forma. Deveria optar por fazer jogging, não correr, mas precisa de um pouco de desconforto. Alcança as grades de ferro altas do cemitério e atravessa o portão. Consegue finalizar uma volta e para, sem fôlego, curvando-se e apoiando as mãos nos joelhos. Devia se alongar, mas fica constrangida. Não é uma atleta, não passa de uma mulher em fuga.

Vamos lá, vamos lá. Empertiga-se e recomeça, agora um jogging suave, não uma punição, permitindo que os pensamentos fluam. Quando chega à metade do percurso, adota o ritmo de caminhada, que mantém acelerado, querendo que o coração continue batendo forte, bombeando sangue. Os olhos leem os nomes nas sepulturas: Gladys, Albert, Eleanor, nomes do passado, de gente morta há muito. Mas são os das crianças que registra. As crianças cujas lápides se detém para ler. Os começos e os fins de suas breves vidas. Não é o que todo mundo faz? Parar diante das sepulturas das crianças, postas para dormir para sempre em camas de grama? Ocupam menos espaço que os vizinhos adultos, mas mesmo assim é impossível ignorar sua presença, exigindo serem olhados. Por favor, pare um segundo. Ela para. E imagina uma lápide que deveria estar ali, mas não está.

Nicholas Ravenscroft
Nascido em 14 de janeiro de 1988, levado de nós em 14 de agosto de 1993
Amado filho de Robert e Catherine

E imagina que teria sido ela a responsável por contar a Robert como Nicholas morrera. Ouve suas perguntas: Onde você estava? Como isso pode ter acontecido? Como é possível? Ela teria se aberto, despejado tudo em cima dele, que desabaria sob aquele peso. Pode vê-lo lutar, resistir, tentar manter a cabeça fora do dilúvio, querendo respirar, mas sem nunca conseguir se recuperar de todo.

Só que Nicholas não morreu. Está vivo, e ela não precisou contar a Robert. Eles sobreviveram intactos.

6

Dois anos antes

Acordei renovado depois de ler *Uma amizade especial*. Estava ansioso para começar a trabalhar e planejava reler as notas antes de datilografá-las. Sabia que havia papel na cômoda: tudo parecia acabar ali ou na escrivaninha. Já podia visualizar o maço de folhas entre o jogo de palavras cruzadas e o de gamão, mas, quando tentei puxá-lo, não consegui. Estava preso no fundo da gaveta. A parte de trás devia ter cedido, e fiz pressão para soltá-lo, mas nada aconteceu. Alguma coisa ficara entalada entre o móvel e a parede. Enfiei a mão atrás dele e toquei algo macio. Era uma bolsa velha de Nancy: uma espertinha que conseguira escapar da viagem até a instituição de caridade.

Sentei-me no chão e me encostei à parede, esticando as pernas, com a bolsa no colo. Era de cetim preto, com duas pérolas em gota que se entrelaçavam. Limpei a poeira e olhei lá dentro. Achei um molho de chaves do apartamento de Jonathan, um batom e um lenço dobrado, ainda como saíra do ferro de passar. Tirei a tampa do batom e cheirei. Embora sem perfume, o batom continuava com o formato anguloso dos anos em que acariciara os lábios de Nancy. Levei o lenço ao nariz, e seu perfume evocou lembranças de noites no teatro. O que eu não esperava encontrar era o envelope amarelo com a palavra Kodak em letras pretas e grossas, cheio de fotos. Uma descoberta preciosa, e eu queria saborear a ocasião.

Fiz um pouco de café e me acomodei no sofá, prevendo uma avalanche de lembranças boas. Supus que se tratassem de fotos de férias. Acho que cheguei a ter esperança de que algumas fossem da torre Martello: quem sabe achar a bolsa fosse o jeito de Nancy de me ajudar com o projeto. De certa forma foi mesmo, mas não do jeito que imaginei naquela manhã.

Minha cabeça, tão desanuviada quando acordei, reagiu como se o conteúdo da mente de outra pessoa tivesse sido jogado ali. Já não dava para saber quais pensamentos eram meus e quais não eram, quais eram verdades e quais eram mentiras. Meu café esfriara, as fotos estavam espalhadas no meu colo. Esperava imagens familiares, mas jamais pusera os olhos naquelas fotos.

A mulher olhava diretamente para a câmera. Flertando? Acho que sim. Sim, estava flertando. Eram fotos coloridas. Algumas tiradas em uma praia. Deitada na areia, parecia uma namorada sorridente, de férias, usando um biquíni vermelho. Os seios empinados como os de uma pin-up, e ela sem dúvida parecia se achar uma mulher muito desejável. Confiante. Sim, isso mesmo. Confiança sexual. Outras haviam sido tiradas em um quarto de hotel. Eram despudoradas. Ela estava despudorada. Mas eu não conseguia desviar os olhos. Não conseguia parar de olhar. Repassei uma a uma, atormentando a mim mesmo. E, quanto mais olhava, mais furioso ficava, porque quanto mais olhava, mais entendia.

O que me doeu no coração foi saber quem tirara aquelas fotos. Conhecia o rosto bonito por trás da câmera, ainda que não pudesse encontrá-lo ali. Procurei e procurei, mas, por mais que tenha visto e revisto todas, o máximo que consegui enxergar foi a sombra dele, registrada no canto de uma das fotos. Cheguei a pegar os negativos, examiná-los contra a luz, caso houvesse algum que o retratasse e não tivesse sido revelado. Havia mais negativos que fotos, e tive a esperança de encontrá-lo em algum deles, mas todos estavam desfocados, inúteis.

Como Nancy podia ter trazido aquelas fotos para nossa casa? Ela as escondera de mim, permitindo que ficassem ali e supurassem em nosso lar. Deve ter feito isso há anos. Será que esquecera que estavam ali? Ou assumira um risco, sabendo que um dia eu talvez as encontrasse? Mas era tarde demais. Quando as encontrei, Nancy já estava morta. Eu jamais poderia confrontá-la sobre o assunto. Ela devia ter destruído as fotos. Se não ia me contar, devia tê-las destruído. Ao contrário, deixou que eu as encontrasse quando já era um velho patético, muito depois do acontecimento, muito depois de quando eu poderia ter feito algo a respeito.

Uma das coisas que eu mais prezava em Nancy era a honestidade. Quantas vezes teria olhado essas fotos sozinha? E tornado a escondê-las? Imaginei-a esperando que eu saísse antes de pegá-las e as escondendo quando eu voltava. Toda vez que eu tirava algo da escrivaninha, toda vez que jogávamos palavras cruzadas, ela sabia que as fotos estavam lá, mas jamais disse uma palavra. Eu sempre confiara em Nancy, mas agora me perguntava o que mais ela poderia ter escondido.

É incrível como a raiva dá forças a alguém. Virei a casa de cabeça para baixo, procurando mais segredos. Ataquei nosso lar como se fosse um inimigo. Fui de cômodo em cômodo, rasgando, espalhando, derrubando, fazendo uma bagunça pavorosa, mas não achei nada mais. A experiência toda me deixou com a sensação de ter enfiado a mão em um ralo entupido e estar cavoucando o esgoto, na tentativa de desobstruí-lo. Só que nada havia de sólido para pegar. Tudo que eu sentia era uma imundície macia, que impregnou a pele e ficou debaixo das unhas. O fedor invadiu as narinas, grudou no cabelo, empapando os menores vasos sanguíneos e poluindo todo o meu organismo.

7

Primavera de 2013

Um grão de poeira pousa no travesseiro. Ninguém mais ouve. Catherine, sim. Ela ouve tudo — a audição está aguçada. Ela também vê tudo. Mesmo na escuridão absoluta. Os olhos se acostumaram. Se Robert acordasse agora, não enxergaria nada, mas Catherine enxerga. Observa os olhos fechados do marido, as pálpebras inquietas, os cílios trêmulos, então pensa no que há por trás deles. Será que Robert está escondendo alguma coisa dela? Será que é tão bom nisso quanto a esposa? Ninguém é mais próximo dela, mas a mulher conseguiu, ao longo de todos esses anos, mantê-lo no escuro. Por mais íntimos que sejam, ele simplesmente não consegue ver, e para ela essa ideia é assustadora. E, por manter tudo trancado por tanto tempo, Catherine tornou o segredo grande demais para vir à luz. Como um bebê que cresceu além da conta para ser parido por meios naturais, o segredo precisará ser arrancado. O ato de mantê-lo oculto quase se tornou maior que o segredo em si.

Robert se vira e, de barriga para cima, começa a roncar. Catherine, com delicadeza, o desvira, deixando-o de costas para ela. Com cuidado para não acordá-lo — não pode se arriscar a ter uma conversa tão tarde da noite —, ela se achega o suficiente para sentir seu cheiro.

Lembra-se do momento, vinte anos antes, quando ele a abraçou e disse: "Você está bem?". Não estava bem, mas não quis que ele percebesse, porque não podia explicar o motivo e não era tão boa em encobrir os fatos quanto agora. Então, disse: "Não, não cem por cento". E embora sentisse lágrimas brotarem nos olhos, impediu-as de escorrer, pois sabia que, se isso acontecesse, viria junto com uma torrente de palavras. Se chorasse, não seria capaz de impedir que todo o resto viesse à tona. Por isso não chorou, fez uma confissão, mas uma confissão falsa.

— Quero voltar a trabalhar. Me sinto mal até para dizer isso. Sei que tenho sorte por poder escolher ficar em casa, já que você ganha o suficiente por nós dois, mas... Estou sozinha. Deprimida... — Começava a cavar um túnel para escapar de si mesma e de Nicholas. O filho era um lembrete constante, embora não pudesse dizer isso a Robert. Não podia dizer que ficar sozinha com Nicholas a estava enlouquecendo, que a presença do filho trazia à tona lembranças que queria apagar. — Você entende?

E lembra-se de erguer os olhos para encarar o marido e se perguntar se ele era capaz de ver através dela.

— Claro que entendo — disse Robert, puxando-a para um beijo.

Ainda assim, Catherine percebeu a decepção do marido, que tentou escondê-la com o beijo, que tentou disfarçar o desapontamento com o fato de ela ter se confessado incapaz de ser o tipo de mãe que ele desejava para o filho deles. Robert nunca verbalizou a decepção, mas ela sabia, apesar de tudo, que, mesmo não verbalizada, aquilo se interpunha entre os dois.

Houve um momento em que quase contou a verdade. Em vez disso, tornou a mentir, dizendo que passaria o fim de semana com uma antiga colega de escola, uma amiga que o marido não conhecia bem, que morava nos arredores de Londres. Ele jamais descobriria. Catherine explicou que se tratava de uma emergência: a amiga estava à beira de um ataque. Arrumou a mala e partiu direto do trabalho na sexta-feira, deixando a cargo da nova babá apanhar Nicholas na escola, escapando antes que Robert voltasse para casa. Pegou um táxi, não o metrô — não queria se arriscar a esbarrar com algum conhecido.

Quando voltou, no domingo à noite, Nicholas já estava na cama. Robert comentou que ela estava pálida, e Catherine justificou dizendo que o fim de semana fora bem difícil e exaustivo. Tudo isso era verdade.

— Preciso ir dormir cedo, nada mais — concluiu, e imediatamente mudou de assunto, indagando sobre a nova babá.

— Parece que correu tudo bem. Encontrei Nick de ótimo humor quando cheguei em casa, na sexta-feira.

— Que ótimo — respondeu Catherine.

E, na manhã seguinte, esforçou-se para estar bem. O rosto tinha um tantinho de cor, e ela precisou aprontar Nick para a escola antes de ir trabalhar, motivo pelo qual não houve tempo para conversas, para que o marido percebesse que andava dispersa. O trabalho também estava uma loucura. Catherine ficou atolada, exatamente como queria: ocupada o bastante para não sobrar espaço na mente para lembranças. E conseguiu esvaziá-la de memórias. Era essa a ideia, a motivação. Agora o passado tentava se impor outra vez, afastando tudo o mais — confrontando-a, de peito estufado, exigindo atenção.

O livro continua na mesinha de cabeceira. Catherine não consegue acabar de lê-lo. Todas as vezes que tentou, recuou como uma covarde, relendo as mesmas palavras sem parar, encurralada em suas entranhas. Afasta-se de Robert e se levanta da cama devagarzinho, pegando o livro e descendo a escada na ponta dos pés, como um ladrão.

Põe o livro com força na mesa da cozinha e dá as costas a ele, em uma frágil demonstração de rebeldia. Hoje é domingo, dia de descanso, mas não para ela. Faz um chá, leva a xícara até o quarto de hóspedes e senta-se no chão. Vê cinco caixas da mudança aguardando a hora de serem abertas: em duas está escrito o nome de Nicholas, em três, *Quarto de hóspedes*. Não consegue se lembrar do que há nelas. Sente-se zonza por conta da falta de sono, e as mãos tremem enquanto tira coisas das caixas, rasgando o jornal que as protege, desembrulhando quinquilharia após quinquilharia, objetos sem sentido, inúteis. Torcera para encontrar uma pista — um bilhete, um envelope, algo que pudesse associar ao livro, tornar mais fácil descobrir como ele entrara em sua casa. Nada. Tenta outra caixa. Põe os livros de qualquer jeito nas prateleiras vazias, sem se dar ao trabalho de arrumar, deixando que escorreguem e caiam uns contra os outros, alguns desabando no chão com um baque.

Olha para as caixas de Nicholas. Faz uma semana que o filho ficou de aparecer para desempacotar, mas não apareceu. Quis fazer o trabalho dele, mas Robert não deixou. As coisas eram de Nick, não dela. E Catherine ficou frustrada, porque sabia muito bem que Nicholas não desempenharia a tarefa direito. Além disso, ele não tinha mais quarto na casa. Aquilo ali era um quarto de hóspedes. Para hóspedes. Nicholas podia aparecer quando quisesse, claro. E, se quisesse passar a noite, que passasse. No quarto de hóspedes. Ele tem o próprio apartamento. Paga o próprio aluguel. E isso é bom. Aos vinte e cinco anos, está se saindo melhor do que os pais jamais sonharam. Tem um emprego. Uma rotina. Independência. É o que Catherine deseja para o filho. Uma chance para ser o melhor possível. O fluxo de pensamentos a deixa ofegante, como se tivesse enumerado todos em voz alta.

— Meu bem?

A voz de Robert é suave, mas mesmo assim assusta Catherine, que fita o marido do ninho de jornais rasgados, as mãos enegrecidas por mexer com eles. São nove horas, e já está acordada há quatro. Vê preocupação no rosto do homem. Sabe que sua aparência é lamentável. Aos quarenta e nove anos, não dá para ficar sem dormir e achar que isso vai passar em branco. Claro que o marido nota o rosto pálido e com olheiras.

— Quis começar antes de Nicholas chegar. Facilitar o trabalho dele — mente Catherine, dando uma olhada no caos à volta.

— Isso pode esperar. Não há pressa. Ele que dê conta — insiste Robert, pondo a mão no ombro da esposa. — Ovos mexidos?

Ela assente. Está morrendo de fome. Como sempre, agora que não dorme. Segue o marido até a cozinha e desaba em uma das cadeiras em volta da mesa, um peso morto no aposento.

— Que tal eu preparar o almoço? — sugere Robert.

Nicholas vem para o almoço de domingo, e ela comprou uma galinha para o assado.

— Não, não. Eu quero preparar — responde, sabendo que vai se sentir melhor se puder assumir o papel que lhe cabe, escondendo-se por trás do odor do molho do assado.

Dá para ver o livro no extremo oposto da mesa da cozinha. Nutriu a esperança de que tirá-lo do quarto lhe daria um pouco de paz. Robert a observa, remoendo perguntas mentalmente. Será que está deprimida? Foi a mudança? Parece prestes a falar, mas Catherine rouba a dianteira. Andou remoendo a própria pergunta, preocupada, matutando, e por isso não repara no suspiro de Robert, que se prepara para falar. Se reparasse, talvez não tivesse a coragem de perguntar:

— Esse livro é seu?

Toma cuidado para estar de boca cheia, de modo a parecer casual quando aponta com a cabeça para o livro na mesa. Robert acompanha o movimento e estende a mão, puxando o livro para si. Leva um tempo para responder. Quando o faz, a resposta é negativa: um mero balançar de cabeça.

— Presta? — indaga, pegando o livro, virando-o e lendo os comentários na contracapa.

Ela engole em seco.

— Não muito. Meio lento.

Então o observa enquanto ele torna a virar o livro e examinar a capa.

— *O completo estranho*. É sobre o quê?

Ela dá de ombros.

— Ah, nada de mais. Trama boba, implausível.

E ele o põe de lado. De forma casual. Sem pensar duas vezes. Tratando o livro como ela gostaria de poder fazer.

— Por quê?

— Achei que talvez fosse seu — arrisca.

— Obrigado — diz ele, mas Catherine não registra o sorriso na voz do marido.

— Não me lembro de comprá-lo, só isso. Fiquei pensando de onde teria surgido...

Ela se levanta e leva o prato em que comeu até a lava-louças. Robert dá de ombros para o livro, imaginando o porquê de tanto interesse da parte dela, pensando que não passa de uma forma de distraí-la daquilo que de fato a preocupa. Convencido de que Catherine está tentando puxar conversa, fica preocupado. Os dois não são esse tipo de casal. Não precisam "puxar conversa". São próximos — e estão mais próximos do que em muitos anos. Reconhece os sinais: Catherine em casa com tempo sobrando, tempo demais olhando para dentro, pensando em si mesma.

— Cath. Você se saiu divinamente. A casa já tem a nossa cara. Mas conheço você muito bem. Está louca para voltar a trabalhar, não é? — Catherine o encara. Ele acredita mesmo no que está dizendo. — Acho ótimo que você não seja uma deusa do lar. Devia estar lá fora produzindo outro filme, não presa aqui, abrindo caixas e montando a casa.

Os olhos dela se enchem de lágrimas, confirmando que Robert tem razão. Ele é sua rocha. Catherine deixa que ele acredite nisso.

— Você tem razão. Sei que tenho andado dispersa...

Robert a interrompe.

— Então volte a trabalhar. Não há necessidade de tirar duas semanas de folga. A maior parte já está feita, aliás, e do resto podemos dar conta juntos, à noite ou nos fins de semana. Sobraram poucas caixas. Por que não?

— É, por que não?

Ela consegue dar um sorriso. Então seu cérebro acorda. Ela lembra. Lembra-se de como o livro foi parar na casa deles. Descobriu quando o viu na mesa. O que guardou na lembrança foi uma imagem. Logo depois da mudança. A mesa atopetada de coisas. Uma caixa de copos meio desembalada, pedaços de jornal amassados cutucando a capa do livro, que espera pacientemente para ser apanhado. Uma pilha de correspondência ainda fechada e a embalagem, com o forro protetor à mostra, onde ela rasgou para abrir. A fim de tirar o livro. O pacote estava endereçado aos dois. Lembra-se da tinta vermelha espessa que riscara o antigo endereço e redigira o novo. Sente os olhos de Robert em suas costas enquanto limpa a mesa do café. A energia renovada confirma ao marido que ele tinha razão. Como a conhece bem!

As ideias borbulham em sua cabeça: o livro foi enviado para o antigo endereço, o que significa que quem o enviou não sabe onde ela está agora. Não entraram em sua casa, em seu quarto. Vai ligar para a família que se mudou para a casa. Pedir que não enviem mais nada para o novo endereço. Dá trabalho demais, dirá. Ela mesma pode ir pegar o que chegar. Talvez vá mais longe. Talvez diga que recebeu algumas cartas desagradáveis, nada de muito sério, mas que é melhor que não enviem correspondência nenhuma para a nova casa. E, se alguém pedir o novo endereço, por favor, podem dizer que não têm? Nem o telefone. Que não deem a ninguém o telefone novo. Isso tudo é decidido enquanto beija Robert na testa e sobe para tomar banho. Mas fará isso tudo no dia seguinte. Não naquele. No momento, quer se concentrar em Nicholas, na família. Em ter um domingo decente juntos.

8

Dois anos antes

Eu esperava que trabalhar em um livro sobre monólitos do século XVIII manteria minha cabeça arejada, desviaria minha atenção da traição de Nancy. Era assim que pensava no assunto. Rotulava o segredo como traição. Tentei não fazer isso. Tentei ao máximo me concentrar em escrever sobre as torres Martello. Tinha deixado uma foto de uma delas na prateleira sobre a cômoda, acima da coleção de cartões-postais enviados por Jonathan. Ficava ali, atarracada, cinzenta e patética, e a removi. Como me concentrar? Um pedaço de metal atormentava minha mente. Um pedacinho de metal prateado me assombrando ali da escrivaninha. Havia uma chave menor junto com as sobressalentes do apartamento de Jonathan que eu encontrara na bolsa de Nancy. Pequena demais para uma porta da frente, uma chave de outra coisa, para abrir algo que estava na casa dele, não na minha. Ela reluzia e piscava para mim toda vez que eu tentava me concentrar no trabalho. Quem eu pensava que era? Um homem com muros de dois metros para protegê-lo do passado? Eu nada tinha a ver com uma torre Martello, era um homem com pele fina e delicada, precisando descobrir o que mais a esposa pudesse ter escondido. Eu era humano, no mínimo. Aquela chavinha abrira um buraco na minha cabeça, e logo vi que não conseguiria escrever coisa alguma até destrancar seu segredo.

O apartamento de Jonathan fica no último andar de um prédio pré-guerra, construído nos anos 30. Não tem elevador, mas alguém pensou naqueles de nós que precisam se esforçar para chegar ao topo e pôs uma cadeira no patamar de cada andar. Sentei em todas. Para o alto e avante. Arrastei-me para subir o último lance, depois olhei para baixo, pela linda balaustrada de ferro fundido que fazia curvas e mergulhava no frio chão de pedra. Um funil macio por onde um ser humano podia descer sem tocar as laterais, escorregando até terminar em uma pilha ensanguentada lá embaixo. Tive a sensação de que não deveria estar ali, de que não tinha direito de me intrometer. Aquele era o apartamento de Jonathan.

A planta do lado de fora estava morta. Há tempos não era molhada. Meti a chave na fechadura. Devia ter um truque para girá-la, mas eu o desconhecia, então levei séculos para entrar, o tempo todo esperando que alguém batesse em meu ombro para perguntar o que eu estava fazendo ali.

Uma vez do lado de dentro, fui assaltado por um fedor tenebroso. Nauseabundo. Alguma coisa podre, morta ou moribunda. Fui direto para a cozinha, supondo que estivesse na lixeira, mas ela estava vazia. Na mesa da cozinha havia um vaso de flores. Mortas, secas, parecendo papel. O vaso, vazio, ostentava um risco verde marcando a altura onde a água estivera. Hesitei, sem saber ao certo se cabia a mim jogá-las fora. Fui até a sala e me sentei no sofá de Jonathan. Olhei à volta. Pude ver os sinais inconfundíveis de feminilidade. Mais flores na mesinha junto à janela. Sem vida, feias, as hastes amareladas como galhos secos, implorando para serem libertadas do sofrimento. Um toque feminino. Deixei-as onde estavam. Eu não as pusera ali. Não era da minha alçada tirá-las.

Quando entrei no quarto de Jonathan, quase vomitei com o cheiro. A cama estava desfeita, o edredom embolado caindo no chão. A parte de cima era azul-escura, e a de baixo, marrom. Aquilo me fez lembrar o uniforme escolar: cores escuras para não deixar ver a sujeira. O cheiro vinha do canto próximo à escrivaninha de Nancy. Me aproximei, tapando o nariz e a boca com a mão, e lá estava. Um corpo. Apodrecendo. O pescoço quebrado, a boca aberta, os dentes à mostra, exalando aquele fedor de putrefação que vem das entranhas. Eu devia ter desconfiado. A morte. Sempre deixando em seu rastro um fedor predatório, como um gato de rua devasso, um odor que permanecia muito depois de ela abandonar a cena. Encontrei um saco plástico na cozinha e, usando-o como luva, peguei tudo, ratoeira e rato, e joguei na lixeira.

Voltei para o quarto e me sentei diante da escrivaninha de Nancy, menor que a minha. Os joelhos roçaram a parte de baixo do tampo. Com Jonathan devia ser pior ainda, e imaginei seu corpo de um metro e oitenta, com as pernas musculosas, entalado no que fora o espaço ocupado pela mãe. Fiquei feliz de ver que estava bem cuidada. Nada de flores mortas por ali. Nada de rodelas de umidade de xícaras ou copos d'água, apenas uma camada de poeira que assentara sem ser perturbada. Folhas de papel ordenadas em pilhas e uma foto de mim e Nancy. Mamãe e Papai. Marido e mulher. Dois seres apaixonados. Dois seres que eram amados.

Tentei ligar o abajur da escrivaninha, mas a lâmpada estava queimada. Então comecei a invasão. Abri a primeira gaveta e olhei lá dentro: vazia, salvo por um único lápis e uma esferográfica vazada. Passei em revista as demais e achei a mesma coisa. A última gaveta era a menor. Encaixada sob o tampo, corria entre dois trilhos, um estreito esconderijo. Trancada. Enfiei a chave, girei, depois afastei a cadeira e puxei a gaveta para abri-la. E que lugar mais promissor aquele... Canetas, apontador, lápis, uma caixa de clipes, três blocos do tipo usado por Nancy: pautados em azul, nada de especial. Ela sempre levava um consigo quando estava escrevendo, enchendo-o de ideias e imagens que haviam chamado atenção, conversas entreouvidas, esse tipo de coisa. Folheei um deles, sem muito cuidado. Foi o manuscrito debaixo dos blocos que despertou meu interesse. Peguei-o. "Sem título". Devia ser o trabalho de outra pessoa, já que Nancy sempre bolava os títulos primeiro, e a data era de muito depois de quando ela parara de escrever, pelo menos que eu soubesse. Seria de Jonathan? Não, o manuscrito era dedicado a Jonathan. Ele não o escrevera. *Para o meu filho, Jonathan*, li, seguido do nome de minha esposa datilografado no fim da página: minha esposa proclamava sua autoria. Um livro escrito em segredo e trancado bem longe dos meus olhos intrometidos.

Palavras não ferem, disse a mim mesmo, mas temi que as daquelas páginas pudessem de fato acabar comigo. Não estava preparado para elas. Havia outros objetos chacoalhando dentro da gaveta, acariciando o manuscrito da minha mulher: um canivete suíço, um maço de cigarros pela metade e uma lata de desodorante com um nome erótico e barato. Peguei o desodorante e saí andando pelo apartamento como um mata-mosquitos enlouquecido, borrifando *Gata selvagem* para o vento, encobrindo o fedor do roedor morto e de tudo o mais que agredia meus sentidos. Quando me acalmei, botei de volta o frasco e peguei a obra sem título de Nancy, apertando-a contra o peito como se fosse uma criaturinha trêmula. Não devia ter pegado, não me pertencia, era de Jonathan. Mas peguei, sim. Deixei os blocos e levei o manuscrito. Jonathan jamais saberia que estive lá, e prometi a mim mesmo que devolveria o manuscrito assim que o lesse.

9

Primavera de 2013

— Mãe, o que você quer que eu faça com essa tralha?

Catherine termina a taça de vinho e fecha os olhos, irritada. Beber no almoço nunca é boa ideia, mas Robert abriu duas garrafas do melhor vinho que tinham e decidiu bebê-las com os dois.

— Pegue o que você quiser, eu dou conta do resto — grita, em resposta.

Silêncio. Ouve o baque de livros e fichas sendo jogados no chão do quarto de hóspedes. Afasta a cadeira, e o ruído impaciente da madeira roçando no chão de pedra faz seus dentes rangerem.

— Café? — pergunta Robert, às suas costas.

Nicholas está sentado no chão, na mesma posição que ela ocupou de madrugada.

— Não sei o que levar. — Ele parece confuso.

— Leve tudo que não quer jogar fora. Não temos mais espaço, Nick.

O rapaz assente, como se entendesse, mas ela percebe que ele não registrou as palavras.

— Você não quer nada disso? — Dá para sentir a mágoa na voz do filho.

Conseguiu de novo. Magoou o filho com sua impaciência e eficiência rude.

— Bom — diz ela com carinho, sentando-se ao lado dele. — Vejamos.

Pegando um volumoso envelope pardo, examina o conteúdo: boletins do ensino fundamental amarrados com um elástico. Será que deve tirar o elástico e lê-los? Será que Nicholas gostaria disso? Os boletins do filho sempre a deixaram com um nó no estômago. Mas que diferença faz isso agora? O rapaz tem vinte e cinco anos. Talvez os dois possam rir juntos disso. Superando a própria resistência, Catherine lê um comentário da srta. Charles. Ah, como se lembra bem do cabelo com permanente e dos lábios finos da ex-professora do filho. O comentário é do último ano do fundamental, e Catherine o escolheu com cuidado.

— "Nicholas é um membro popular da turma, popular com ambos os sexos." — Ela ri, deixando de fora o final da última frase da srta. Charles: "... mas tem dificuldade de se concentrar nas tarefas, e seu desempenho se ressente disso". Durante anos, a mesma história. Decepcionante, precisa se esforçar mais, tem dificuldade de manter a concentração. Ainda assim, ao menos nessa época, Nicholas tinha amigos. Com o passar dos anos, parece que o número deles só fez diminuir. — Vou ficar com estes — diz, sorrindo, pegando o envelope e apertando os boletins contra o peito, como se sentisse afeto por eles. — Como vai o apartamento?

— Tudo bem — responde o filho, dando de ombros.

— Os colegas de apartamento são legais?

Outro dar de ombros:

— Meio bundões.

— Como assim? Todos? — Outro dar de ombros. — Nossa...

Catherine se esforça para dar a impressão de conceder a Nicholas o benefício da dúvida, mas imagina que os colegas de apartamento sejam brilhantes, ocupados, focados. Provavelmente leem, e é isso que os torna bundões aos olhos do filho.

— São todos estudantes — explica Nicholas.

— Mas você continua gostando do trabalho, certo? — Ela se esforça para disfarçar o desconforto entre ambos.

— É legal — responde ele, dando de ombros. — Você sabe como é.

Ela não sabe. Como saberia, se ele não conta detalhe algum? Nicholas trabalha no departamento de eletroeletrônicos da John Lewis — não é bem o que ela e Robert imaginavam para o filho, mas, levando em conta que ele largou os estudos aos dezesseis anos, só com um diploma de ensino médio, parece uma dádiva dos céus. Houve uma época em que o casal nem sequer conseguia imaginá-lo capaz de ter qualquer tipo de emprego. Catherine lembra-se de como ficava magoada com os telefonemas de outras mães, até de amigas íntimas, incapazes de conter a animação ao contar sobre as notas dos filhos, fazendo perguntas de praxe sobre Nicholas, mesmo sabendo que o rapaz teria sorte se passasse de ano. Fazia muito tempo, mas nunca as perdoou de verdade. Amigas não agiam assim — era cruel. De todo jeito, Nicholas ficou na John Lewis, então devia gostar de alguma coisa por lá.

— Vou levar isto — diz ele, pegando um móbile. Aviões. Muito delicados, de madeira de balsa e papel, com as asas meio rasgadas, os fios embaraçados.

— E Sandy?

Ele balança a cabeça para o cachorro quase careca que Catherine tem nas mãos. Agora é ela quem fica magoada. Está tentando despertar as lembranças da infância, do tempo em que ele não conseguia dormir sem apoiar o rosto em Sandy, quando não conseguia dormir sem que ela o cobrisse na cama. Como é complicado, cruzes! Catherine quer que o filho seja um adulto, mas também quer que ele se lembre do quanto a amou no passado. Do quanto precisava dela. Fica nervosa, também, quando pensa que ele ainda precisa dela mais do que seria saudável, o que a faz parecer mais durona. No fim das contas, fica aliviada por ele não querer levar Sandy. Para na porta e se vira para o filho:

— Nick, você entende, né?

Ele pendurou o móbile no canto de uma prateleira e está tentando desembaraçar os fios.

— O quê?

— Nossa mudança. Você sabe. Não precisamos mais de um lugar tão grande. — Nick não responde, e ela sabe que deve resistir ao impulso de pressionar, mas não consegue. — Você não quer ser independente? Estamos aqui caso tenha algum problema sério, mas já é hora, não é?

Ele dá de ombros.

— Se é assim que você se justifica, mãe...

— O jogo já vai começar — grita Robert da sala, e Nicholas passa por ela a fim de se juntar ao pai, deixando em seu rastro o veneno das palavras.

Catherine volta à cozinha e despeja no copo o que restou de vinho na garrafa. Abre a porta da varanda. Acende um cigarro, alternando entre tragá-lo e sorver o vinho. Acha que isso vai acalmá-la. Engana-se. Os nervos ficam à flor da pele. Ela quer se punir. O cigarro faz parte do quadro, uma autodestruição lenta, e o livro também. Volta à cozinha e tira o volume de debaixo do jornal de domingo, onde o escondera mais cedo. Abre na primeira página. Não, não há pistas do que vem a seguir. É suave. Macio. Pula páginas até chegar à parte que sabe que irá feri-la. Perde-se nele, afundando sob seu peso. Sob a injustiça. Fecha os olhos, e as palavras a cobrem como ondas. Ouve o barulho da tevê. Um gol. Silêncio.

Deve ter caído no sono. Não sabe por quanto tempo dormiu. Está escurecendo lá fora. Sente-se zonza. A tevê foi desligada, e ouve sussurros no corredor, perto da porta da frente. Depois escuta passos vindo em direção à cozinha.

— Já vou — anuncia Nicholas, erguendo a mão em despedida e se aproximando dela. Vai beijá-la, e Catherine se inclina, ficando de pé para encontrar o rosto dele a meio caminho. Os lábios do filho roçam sua orelha. — Ah, já li isso. — Ela sente o coração parar. A garganta se fecha. — E gostei. — Catherine sente o suor brotar acima do lábio.

— Sua mãe está lutando com esse livro — comenta Robert, sorrindo.

— Sério? Não faz seu tipo, mãe. — Ela sente o livro sendo tirado de suas mãos e passando para as do filho, que interpreta mal sua expressão. — Sim, eu li até o fim. Eu leio, sabia?

— Não, não sabia... Ele é seu? Você o mandou para mim?

— Não.

— Talvez tenha deixado aqui?

— Não, não deixei. O meu está no apartamento.

— E por que leu esse livro?

— Catherine... — Robert acha que ela está sendo desnecessariamente implicante.

— Não, não. Eu só quis dizer que é uma coincidência estranha. Alguém me mandou quando nos mudamos, e não sei ao certo quem...

— Bem, o meu foi um presente.

— Presente? De quem? — balbucia Catherine.

Ele a encara, surpreso, dando de ombros:

— Um cliente agradecido. Alguém a quem ajudei, acho. Não lembro. Deixaram no caixa, com meu nome escrito. Nada de mais.

— Quem foi? — repete ela.

— Não sei, mãe. Qual é o problema? Por que isso importa?

Ela dá as costas ao filho, com medo do que ele pode ver em seu rosto, e resmunga a resposta.

— Não importa. Tudo bem. — Mas não consegue desistir: — Então você gostou, não foi?

— Gostei, sim. Mas não quero falar mais para não estragar a surpresa.

Ela aguarda.

— Pode contar. Duvido que eu leia até o fim.

— Bem, a gente se vê. Eu ligo durante a semana.

Nicholas segue para a porta com Robert em seu encalço. Catherine vai atrás.

— Então, o que acontece? — Está desesperada. — Duvido que eu leia até o fim — repete.

Ele abre a porta e se vira.

— Ela morre. Um final trágico. Mas merecido.

Então abraça o pai e, com um sorriso, acena em despedida para a mãe.

10

Um ano e meio antes

As palavras do manuscrito de Nancy não me despedaçaram. Fizeram meu coração disparar, deixaram uma bagunça em minha mente, mas não me despedaçaram. Quando li *Uma amizade especial*, escrito pela jovem Nancy, ouvi sua voz com tanta clareza que chorei. Agora, com esse livro mais tardio, seu último, eu a ouvi com a mesma clareza, mas como a mulher madura com a qual fiquei casado mais de quarenta anos. Como a mulher de quem cuidei à beira da morte: em quem dei banho, para quem li, a quem alimentei e confortei da melhor maneira que pude. Não esperava encontrar essa mulher no papel, mas, mesmo assim, lá estava ela. Eu desistira de escrever, ela não. E, depois de passar um tempo com seu livro, depois de lê-lo várias vezes, as palavras, que de início me perturbaram, aos poucos se instalaram dentro de mim, encontrando pequenos nichos e frestas onde se acomodaram até que eu confiasse nelas — e que elas confiassem em mim.

Percebi que Nancy queria que eu achasse o manuscrito, assim como queria que eu achasse as fotos. Ela escondera tudo em locais onde sabia que, cedo ou tarde, eu acabaria encontrando. Podia tê-los destruído, mas optou por não fazer isso. Esperou até eu estar pronto — e não me mostrei pronto antes que ela morresse. Precisei lidar sozinho com essas coisas. O manuscrito revolveu minhas entranhas, ele me abalou e me infundiu um pouco de vida. Fez com que eu me lembrasse de algo em que Nancy e eu sempre acreditamos: ficção é o melhor meio para desanuviar a cabeça.

Fazia bastante tempo que não botava palavras no papel, e era a primeira vez que fazia isso sem a presença de Nancy, que sempre foi a minha motivação. Dúvidas que me assolavam e perguntas que me atormentavam sumiram, porque eu sabia que esse livro precisava ser escrito e não tinha dúvidas sobre a quem se destinava.

Virei a escrivaninha para a janela, de modo a poder olhar para a casa em frente e observar as idas e vindas da família que nela morava. Rumo à escola de manhã. Mamãe retorna à tarde com os filhos. O dia deles era uma imagem útil para mim, refletia o formato dos meus próprios dias, tantos anos antes, quando Nancy saía para a escola com Jonathan e voltava com ele na hora do lanche, quando eu terminava de redigir a última frase do dia.

Eu pusera as fotos longe de vista, na gaveta da escrivaninha, mas elas constituíam o núcleo da história, e por isso as preguei no batente da janela, onde formaram uma colagem que falava de sexo e dissimulação: uma espécie de mapa de humores. Toda vez que observava aquela jovem família sair ou chegar em casa, eu me lembrava, graças ao batente que emoldurava aquela imagem, de como a inocência pode ser facilmente corrompida. Isso me manteve concentrado.

Não apressei as coisas. Passei meses copiando o manuscrito de Nancy de próprio punho. Queria saber como ela se sentira ao construir aquelas frases. Queria entrar em sua cabeça, ver o que ela vira quando as palavras surgiram na página. Escrevi a mão. Precisava sentir o formato de cada letra, precisava que minha pele entrasse em contato com o papel e sentisse a maciez enquanto a mão ia da esquerda para a direita, deslizando pela folha. Não podia haver distância alguma entre nós. Pele, caneta, papel, pele — queria que se tornassem uma coisa só. Levei o máximo de tempo possível e apreciei o ritmo das palavras, digerindo cada uma. Houve momentos em que senti que uma frase podia ser melhorada, mas não parei para fazer correções, apenas segui em frente, dizendo a mim mesmo que só no fim eu me permitiria olhar para trás, como um alpinista que se aproxima do cume. Não olhe para baixo.

Lembrei-me de como Nancy e eu ríamos de escritores que faziam a afirmação absurda de terem sido possuídos pelos personagens, que sentiam como se o livro tivesse se escrito sozinho. Para mim, ao menos, era verdade. Vi os personagens saltarem da página, vivos, já formados. Em carne e osso. Minha mão, escorregadia, mas firme, ejaculava as palavras conforme fluíam de Nancy para dentro de mim.

A experiência foi estimulante, abrindo a porta para Nancy voltar para mim, sua presença delicada e amorosa retornando ao lar. No fim do expediente diário, quando sentia a mão doer de tanto escrever, fazia um chá com torradas e lia em voz alta para ela, como se pudesse vê-la na velha cadeira à minha frente.

Então, quando finalmente me dei por satisfeito, datilografei tudo. Tec, tec, tec faziam as teclas sob meus dedos, pregando cada palavra no papel. Finalmente estava pronto. Quanto tempo levou? Do início ao fim? Passei um ano com o manuscrito de Nancy, copiando-o, mas o verdadeiro começo se deu anos antes. Eu apenas não me dei conta, na época. Senti Nancy sorrir para mim, encorajando-me a prosseguir. Ela sempre disse que um dia minha carreira iria deslanchar.

11

Primavera de 2013

Assim que a porta da frente se fecha atrás de Nicholas, Catherine se tranca no banheiro do andar de baixo. A arma que está sendo usada para atormentá-la foi praticamente colocada na mão do filho, embora até agora Nicholas pareça não ter se dado conta de que possui uma conexão direta com o livro. Ela ouve Robert do lado de fora do banheiro e pega uma revista, folheando as páginas para que ele saiba que ainda vai demorar. Olha para a calcinha enrolada em volta dos calcanhares e de repente é assolada por uma enorme sensação de autopiedade. Ela não merece isso. Por que querem atormentá-la? E por que agora? Começa a chorar, quase desejosa de que Robert escute e a console. O marido está em pé do lado de fora da porta.

— Tudo bem com você?
— Tudo.

Faz barulho com a revista de novo e depois fica de pé, voltando a vestir a calcinha e assoando o nariz sob o som da descarga. Olha-se no espelho. Está com uma aparência horrível, mas é domingo, então pode tudo. Componha--se, sua vaca imbecil. Leia o resto do livro, pare de adiar. Enfrente. Quando acabar vai saber o que fazer, o que precisa encarar. Ela sorri para o próprio reflexo e quase ri da loucura que está vivendo.

São três da manhã, Robert está dormindo. Catherine conseguiu encarar a noite com ele, e, quando estavam na cama, cumpriu o ritual de se aninhar junto ao marido, fingindo sentir muito sono, esperando que ele adormecesse. No instante em que isso aconteceu, ela desceu a escada furtivamente e se trancou no banheiro outra vez. Agora lê uma descrição da própria morte. De como outra pessoa a imaginou. De como tudo vai acabar para ela. E é impiedoso. Sangrento. Ela vê o que não seria capaz de ver se estivesse morta. A imagem que outros veriam quando a contemplassem. O crânio esmagado, deixando vazarem os miolos. A língua partida pelos próprios dentes. O nariz, decepado, alojado no osso da face. Assim a deixaria o trem, depois que ela pulasse na frente dele. Só Catherine tinha como saber, enquanto caía, que, na verdade, não pulara. Fora empurrada. Com muita delicadeza, um mero cutucão. Derrubada nos trilhos quando o trem vinha chegando. A estação está movimentada. Há uma multidão lá. É um acidente pavoroso. Esse é o preço que ela precisa pagar por viver os últimos vinte anos como se tudo estivesse às mil maravilhas.

Um medo grande como esse é uma lembrança distante para Catherine, que se esquecera de como era essa sensação. Está na meia-idade, uma época em que a morte se insinua na mente com mais frequência, mas sempre conseguiu seguir adiante, driblando o beliscão do medo que talvez comprometesse o progresso. Só agora o cerco apertou. O ódio dirigido a ela é ostensivo, o tipo de ódio que supõe ser normalmente dirigido a assassinos sádicos e molestadores de criancinhas, e ela não é uma coisa nem outra. O autor transformou-a, de forma odiosa, em algo vil. Desfigurou seu caráter. Ele ou ela quer que Catherine se explique. Por que deveria fazê-lo? Não devia ser necessário. Esse não é o papel que deveria ter sido posta para desempenhar.

Catherine é quem seduz as pessoas a dizerem a verdade. Fez disso uma carreira. É nisso que é boa. É persuasiva, uma das melhores. Usar de sedução para arrancar a verdade, fazer as pessoas se abrirem, extraindo os segredos delicados que prefeririam não revelar e depois expondo-os sem véu para todos verem e aprenderem com isso. Tudo feito de uma forma absolutamente encantadora, sem nunca expor a si mesma. E não será agora que se permitirá expor-se ao escrutínio alheio. Há de caçar o caçador, aquele que distorceu sua história. Mas quem é essa pessoa? Alguém que ela nunca viu na vida? Sim, um desconhecido. Lê a última frase uma vez mais: *Que pena ela não ter se dado conta de que nada fazer seria uma omissão tão letal.*

Seu desejo é esmagar o livro, mas as duzentas páginas são mais fortes que ela. Vai destruí-lo mesmo assim. Não será passiva. Levanta-se do vaso, a camisola esvoaçando, e se dirige à cozinha. Encontra os fósforos, longos e elegantes, cuja única finalidade até hoje foi acender velas com perfume de fícus, e risca um, aproximando a chama da capa do livro, que demora para queimar por causa do plástico laminado da capa e no começo apenas exala um odor tóxico. Finalmente, as páginas começam a pegar fogo, as beiradas enegrecendo e produzindo um clarão rubro, seguido de um brilho azul e amarelo, conforme o fogo as consome. Catherine segura o livro o máximo possível sem queimar os dedos e depois larga na pia o monturo flamejante, abrindo a torneira e apagando o fogo.

— O que você está fazendo?

Ela não se mexe. Robert se aproxima de repente e analisa a massa calcinada dentro da pia. Ambos estudam o que veem, aquela coisa que, apesar de todo o seu esforço, ainda pode ser reconhecida como um livro. O marido está ali ao lado, buscando uma explicação em seu rosto. A mulher escapa dele, aconchegando a camisola ao corpo.

— Catherine?

Ela balança a cabeça. Pega em flagrante. Foi pega em flagrante. Vai ver era o que queria. Talvez fosse melhor assim. Robert pega a pasta de papel encharcado entre o indicador e o polegar, erguendo-o, e o examina: *completo* é a única palavra discernível que resta na capa.

— É sobre mim — diz, mas bem podia ter dito "Fiquei louca".

Tem vontade de poder engolir de volta as palavras, mas é tarde demais. É isso que quer? Contar a ele? Agora?

— Meu bem. — Ela distingue confusão e angústia envolvendo as palavras, enquanto Robert deixa o livro cair de volta na pia. Catherine o agarra com ambas as mãos, corre até a lixeira, como se o objeto ainda estivesse em chamas, e o atira lá dentro. Pegando o saco preto de lixo, ela o amarra, fazendo tudo com enorme velocidade, como se alguém tivesse apertado o botão *fast-forward*. Corre com o saco até a porta da frente, sai de casa e o joga no latão do lado de fora, fechando com força a tampa de metal. Mais devagar, entra e fecha a porta.

Pode ver Robert na cozinha, observando-a. O marido não se mexe, nem ela. O comprimento do corredor os separa, um espaço de três metros fervilhando de palavras não ditas. Catherine luta para definir quais deve engolir, quais usar. E, uma vez escolhidas, em que ordem pronunciá-las. Ela é quem dá o primeiro passo, atravessando o corredor em direção a Robert, a boca aberta, juntando palavras no caminho.

— Foi enviado para o nosso antigo endereço. Para mim. É sobre uma coisa que aconteceu anos atrás. — Ela hesita. — Estão tentando me punir.

— Punir você? Quem está tentando fazer isso?

— A pessoa que escreveu o livro.

— Punir pelo quê? Tem a ver com algum filme que você fez? Nesse caso devemos chamar a polícia...

— Não, não é nada disso.

— O que é, então? — Ele soa impaciente. Está cansado. — Quem mandou o livro?

— Não sei.

— O que faz você pensar que é sobre você? — Há desdém na voz dele.

— Eu me reconheci.

— Eles usam seu nome?

Ela pega a mão do marido, na esperança de conseguir forças para prosseguir.

— Não, não usam meu nome, mas me descrevem e...

— Descrevem você? Como assim? Loura, de meia-idade? Pelo amor de Deus, Catherine!

Ele liberta a mão e se senta. Catherine sente as palavras escorrerem garganta abaixo e a raiva subir. Está com raiva da ignorância dele. Culpa-o por não saber. Por não estar presente. Por tornar tão difícil o momento de contar a ele. E agora o momento passou. Não pode contar, não desse jeito, e a mudez a faz chorar. Senta-se, desabando com o rosto sobre os braços cruzados.

— Catherine, Catherine! Você não devia ter deixado as coisas chegarem a este ponto. — O tom dele é mais suave, e a mão afaga seus cabelos. — Qual é o problema desse livro? Nick também leu, não foi? Você pareceu nervosa com isso. Por quê?

Robert aguarda uma resposta, e ela se obriga a encará-lo, o rosto úmido e vermelho.

— Fiquei com medo... Vi alguma coisa nele que... — Ela se força a ir adiante, tenta contar alguma verdade. — O livro fez com que eu me odiasse. Sinto muito, sinto muito mesmo... — Falseia, não consegue. Por isso conta ao marido algo em que sabe que ele há de acreditar. — Estou sendo paranoica... É a minha cabeça, não consigo explicar...

Um momento de silêncio, que, então, ele preenche:

— Ah, Catherine, você não precisa explicar. Eu que devia pedir desculpas. Não era minha intenção me irritar, mas me preocupo com você. — Ele toma as mãos dela entre as suas. — Sei que não tem sido fácil para você e Nick. É difícil para você. Mas sabe que ele a ama, não sabe? Para mim e Nick é mais fácil conversar, só isso. — Robert a abraça para suavizar as palavras que disse, mas mesmo assim elas doem. — Nick às vezes é difícil, você sabe. Não é culpa sua. Esse livro obviamente despertou alguma coisa... Que tem a ver com você. Do que se trata? Culpa? Mãe e filho? — Ele aguarda o assentimento da esposa, e o identifica no silêncio da mulher. — Você não tem por que se sentir culpada,

Catherine. Nick tem vinte e cinco anos, já é hora de ir para seu próprio canto. Pode voltar para casa, se precisar. Ainda temos um quarto de hóspedes.

Robert toma o rosto dela entre as mãos e a obriga a encará-lo.

— A única pessoa que está punindo você, Catherine, é você mesma. — A voz dele é carinhosa. — Precisa parar com isso. Promete?

Ela assente.

— Já passamos por isso, Cath. Vamos lidar com a situação mais rápido dessa vez, não há necessidade de se atormentar. Procure sua médica. Fale com ela. E que tal pedir alguma coisa para ajudá-la a dormir? — Ele sorri. — Conheço você muito bem. Tentou esconder, mas sei a verdade. E está com uma aparência horrível.

Ele a beija. Ela torna a assentir.

— Sinto muito, você deve estar exausto. E tem de acordar cedo amanhã.

— Tudo bem — diz ele. — Prometa que vai à médica.

— Vou, sim, prometo.

— Você sabe que pode me falar o que quiser. Sabe disso. — Não foi uma pergunta. Ele pega a mão dela e a leva para cima. — Converse comigo, Catherine. Quando se sentir assim, converse comigo.

As palavras dele — carinhosas, amorosas — entram em conflito com a imagem gravada em sua cabeça: seu rosto, o rosto que o marido acaricia, está esmagado, irreconhecível, jogado em um trilho de trem.

12

Final do inverno – primavera de 2013

Um lápis de ponta afiada nas mãos certas pode ser uma arma letal. No mínimo, é capaz de arrancar um olho, no máximo, perfurar a órbita e atingir o cérebro. Eu apontara o meu à perfeição. Mas uma arma letal é inútil, a menos que atinja o alvo.

Sabia bem quem era o meu alvo. Havia anos sabia seu nome. Tudo que eu precisava era alcançá-la.

Segui o conselho de um morador local, o gráfico que imprimiu os folhetos do enterro de Nancy. Foi ele quem sugeriu que eu eliminasse o intermediário e publicasse o romance por conta própria: "Vá direto ao leitor", disse. Música para os meus ouvidos, mas "on-line"? Ora, isso era grego para mim. Eu não estava "on-line". Nem sequer possuía um computador. Não existem muitas vantagens no fato de ser velho e solitário, mas, nessas circunstâncias, consegui tirar o máximo proveito de minha situação lamentável. Eu precisava de ajuda, e aquele sujeito gentil me ajudou. "Um laptop", foi sua sugestão. Sim, gostei da ideia de um laptop, e ele me ajudou a comprar um, orientando-me ao longo do processo desconcertante. Feito isso, ajudou-me a ficar on-line. Eu jamais teria conseguido sem ele. Que sujeito paciente, prestativo. Ele me concedeu uma liberdade que eu nem sabia que não possuía — me fez embarcar em uma viagem para um universo sem fronteiras. Eu, um homem idoso, me vi livre para ir aonde quisesse.

Meu primeiro porto de escala foi o nome dela. Digitei-o, e logo tudo apareceu. Fotos, uma breve biografia e todos os créditos, todos os trabalhos que produzira. Também surgiram alguns impostores, mas reconheci o material genuíno quando a vi. Mesmo sem nunca termos nos visto. Eu não tinha dúvidas de quem era minha Catherine Ravenscroft. E também havia o marido. Robert. Robert e Catherine. Em uma das fotos, o homem aparecia abraçado a ela, que tinha o cabelo preso. Ele sorria. Para meu espanto, descobri que, quando clicava na foto, era possível verificar precisamente onde fora tirada: coordenadas de GPS. Procurei o casal em um mapa e os encontrei. Fowey, na Cornualha. Férias em um hotel sofisticado, supus. A foto fora tirada com um celular. Talvez pelo filho. O menino dela, agora um jovem. Nicholas. Nicholas Ravenscroft. Cá está ele. Sem diploma universitário? Um jovem que abandonou os estudos? Com certeza não. Vendedor? Eu esperava mais do filho de um casal tão ambicioso e bem-sucedido. Ah, dias felizes. Tantos anos perdidos, e mesmo assim consegui pegar o bonde depressa e descobri o que ela e a família andaram tramando. Que vida plena e rica ela levava, e quantas recompensas ganhara. Ficava claro em seus dentes — perfeitos e alvos —, um sinal de prosperidade, sem dúvida, equivalente a um bronzeado na década de 60. O cabelo também tinha uma aparência cara, bem cortado, e os fios brancos (com certeza já devia haver alguns a essa altura) sabiamente disfarçados em mechas louras. Sim, ela estava mesmo radiante.

Transformei-me em um viajante intrépido. Outros caminhos me atraíram, e confesso que algumas vezes me dispersei. Um deles me levou a um ex-aluno, um dos meus jovens prediletos — que já não era mais jovem, beirava a meia-idade. Eu pensara nele ao longo dos anos, imaginando que fim teria levado, e agora podia descobrir. Com dedos ágeis, segui viagem por sua carreira, sua vida social. Solteiro, sem filhos. À distância, era seguro observá-lo. Ninguém descobriria.

De volta ao trabalho: eu precisava de um endereço, a mosca no centro do meu alvo. Sabia o do trabalho, mas era o da casa que eu queria, e esse parecia escapar. Foi o marido quem acabou sendo o dedo-duro. Li um perfil dele na seção de negócios de um jornal. Blá-blá-blá e então: "Robert Ravenscroft mora em Londres com o filho e a esposa, Catherine, uma bem-sucedida produtora de documentários para o cinema". Não era bem um endereço, mas uma pista. No fim, foram os meus dedos que empreenderam a caminhada e acharam o nome do casal no catálogo telefônico. Sr. R. Ravenscroft. Anotei o número para futura referência.

Portei-me como uma criança no Natal quando meu amigo gráfico entregou os primeiros exemplares do livro. Na verdade, o Natal já chegara e se fora — solitário, para mim. Um prato pronto de peru para uma pessoa, com batatas assadas e couve-de-bruxelas. O cheiro era melhor que o sabor — uma sugestão de tempero festivo encheu o ar quando tirei a tampa de papelão. Precisei esperar até o fim de janeiro para ter um Natal de verdade, mas, logo que tirei aquele primeiro livro da caixa, vi que valera a pena esperar. Usara na capa a ilustração de um dos cartões-postais de Jonathan. Céu azul, sol escaldante. Sim, funcionou muito bem para o que eu queria: um sol quente e branco pode ser visto até quando se fecha os olhos. Meu amigo se ofereceu para sentar comigo e me orientar em todo o processo de administrar as encomendas on-line, mas eu não tinha tempo para isso. Estava determinado a seguir em frente. Assegurei-o de que já dominava o universo da internet. Não queria ficar esperando encomendas on-line.

Quando pus o primeiro livro em uma embalagem de papelão e escrevi o endereço dela, minhas mãos tremiam com a expectativa. Fui muito cuidadoso, prestando atenção para não me confundir com os números e letras do cep, mas no fim decidi entregar o pacote em mãos. Saído quentinho da gráfica, um exemplar de cortesia para uma pessoa muito especial. Para garantir a surpresa, fiz a entrega nas primeiras horas do amanhecer, quando tinha certeza de que não seria visto. Ouvi um baque gratificante quando ele aterrissou no capacho: uma granada esperando que alguém puxasse o pino. Queria que ela sentisse a explosão por inteiro quando menos esperasse, talvez acomodada no sofá, com uma taça de vinho na mão. Não incluí bilhete. Não estava atrás de atenção — era reconhecimento que eu buscava. Não para mim, para ela. Queria que reconhecesse que a mulher no livro era a pessoa que ela era de verdade, não a que fingia ser: a pessoa real. Queria esfregar a verdade em sua cara.

Suponho que o livro fosse como um perdigueiro, meu romance-perdigueiro, que a farejasse em seu esconderijo e a obrigasse a sair dele. Os dentes afiados, pontiagudos a exporiam, desnudando-a das camadas de falsidade que vestia. Como ela se escondera com primazia no casamento longo e bem--sucedido, na reputação da carreira — sendo mãe, também, não podemos nos esquecer disso. Que disfarce útil! Seja honesta, porra! Assuma quem é. Vamos ver como vai dar conta de conviver consigo mesma depois disso.

Cheguei em casa cansado, por isso fui me deitar um pouco. Acordei por volta da hora do almoço e fiz um sanduíche de queijo. Ficou horrível, o queijo estava seco e o pão, dormido. Eu ainda guardava em uma prateleira da despensa os potes com conservas feitas por Nancy. Não tocara neles desde que ela morrera, mas, naquele dia, peguei um pote de chutney de cebola, tirei o mofo e espalhei em cima do queijo. Quando engoli a primeira dentada do sanduíche, senti algo grudar na garganta. Parei de mastigar, usando a língua para remover o corpo estranho. Só que não era estranho, era parte de Nancy — um longo fio de cabelo branco. Eu podia ter escolhido qualquer pote, mas aquele me atraíra por alguma razão — justamente o que continha uma lembrança de minha esposa. Lambi o fio para limpá-lo e o deixei no canto do prato. Era um sinal de sua aprovação, eu tinha certeza. Ela estava satisfeita com o que eu tinha feito até então. Aquilo me fez imaginar o que mais eu poderia fazer para agradá-la. Seja ousado, pensei. E fui.

Fazia frio, mas o dia estava radiante, e o sol, forte destemido. Gostei de senti-lo no rosto quando me sentei no segundo andar do ônibus. Embora fosse uma distância curta a pé até Oxford Circus, levei mais tempo do que devia para abrir caminho em meio aos pedestres agitados e chegar ao departamento de eletroeletrônicos da John Lewis, mas o almoço restaurara minha energia. Um novo aspirador de pó, decidira, mas qual? Olhei à procura de ajuda, e lá estava ele. O homem que eu procurava. Ele *foi* solícito de início, o jovem vendedor de terno e mocassins, usando crachá. Deu a impressão de entender direitinho o que eu queria. Algo leve para um homem maduro conseguir levar escada acima e escada abaixo. Mostrou-se solidário quando contei que minha mulher, infelizmente falecida, costumava cuidar da maior parte das tarefas domésticas. O rapaz sugeriu um Dyson, que eu podia arrastar atrás de mim e que tinha uma alça para facilitar na subida da escada, com acessórios e supersucção, o mais sólido do mercado. Expliquei que eu era nostálgico demais para encarar tamanha modernidade, que talvez me sentisse mais confortável com algo mais parecido com meu velho aspirador. Não pude deixar de sentir o cheiro de cigarro que vinha do rapaz. Devia ter acabado de voltar de umas tragadinhas lá fora. O aparelho moderninho mostrou-se ainda mais pesado que o Dyson — eu não sabia ao certo se teria força para manejá-lo. Quem sabe não seria melhor um que não fosse elétrico? Uma vassoura mágica, não é assim que se chama? Aquela com rolinhos embaixo, que vai tirando a poeira quando a gente passa no carpete. Que tal? Ele inclinou a cabeça para o lado e me olhou como se eu tivesse pedido que ele conjugasse um verbo em latim. Depois disparou as próprias perguntas: Qual o volume da poeira? Carpete ou tapetes? Assoalho nu? Esforçou-se ao máximo e deu explicações detalhadas até não conseguir mais esconder a impaciência. Será que eu estava tomando tempo demais? Por acaso era hora do lanche? Pude ver a tensão em seu maxilar, os dentes trincados, a espiada que deu em um colega e o revirar dos olhos. Tenho certeza de que o gerente daria uma bronca nele se visse isso. "O que você faria se fosse eu?", perguntei. "Levaria o Dyson", respondeu ele. "Você é o especialista", retorqui. Ele pegou a caixa na prateleira e disse: "O senhor não vai se decepcionar". Levou o aparelho até o caixa, mas àquela altura eu tinha mudado de ideia. Como explicar? Era um bocado de dinheiro para um aposentado. Eu não tinha coragem, falei. Espero não ter desperdiçado seu tempo, acrescentei.

Minha intenção fora dar ao garoto uma chance. Sem dúvida, qualquer outro agarraria a oportunidade de me convencer a comprar algo de que eu não precisava. Mas ele não tinha salvação. Um completo desperdício de espaço. Duvido que fosse considerado apto para o treinamento da gerência. Uns dois dias depois, voltei com um presentinho, que deixei para ele com a garota do caixa. Diga que foi um cliente agradecido, falei.

Tendo entregado meus primeiros dois livros, tive de esperar, checando meu laptop com frequência em busca de uma crítica, uma mensagem — qualquer coisa. Não me surpreendeu o silêncio dele, mas dela eu esperara algum retorno. Cadela sem coração. Eu pretendera permanecer anônimo o máximo de tempo possível e provocá-la a sair da toca, mas agora me sentia impelido a voltar à casa dela e ver que diabos estava acontecendo.

Que casa bonita! Recém-pintada, com um jardim bem cuidado na frente. Aquilo era um lar. Um belo lar, mas não me receberia de braços abertos. Já fazia cerca de uma hora que eu estava ali. Estava frio, embora fosse primavera. Finalmente vi um carro estacionar. As portas traseiras se abriram, e dele desceram três crianças de tamanhos diferentes. Havia algo errado. Seguidas por uma mulher. A mãe. A mãe errada. Talvez o carro errado também. Só porque parara em frente à casa certa não provava ser o carro certo. A mãe errada atravessou o portão da casa certa, destrancou a porta da frente e entrou. Atravessei a rua. Aquela era a casa onde eu jogara a granada, mas ela acabou indo parar em mãos erradas.

Dei um passo para entrar no jardim e vi um rosto me observando por uma janela no térreo. Outro se juntou a este. Dois rostinhos me olhando. Então apareceu um terceiro, tentando entrar no jogo. Sorri para os três, que saíram correndo de seus postos enquanto a cortina voltava a se fechar. Continuei sorrindo à medida que me aproximava da porta da frente e toquei a campainha. Pude ouvir as vozinhas estridentes lá dentro, animadas, suponho, ante a ideia de um estranho batendo à porta. Os três porquinhos.

Foi a mãe quem abriu a porta. Estávamos em plena tarde, mas ela não tirou a corrente. Não era meia-noite, santo Deus. Em plena luz do dia. E eu sorria. Não sorriria se pretendesse lhe fazer algum mal, certo?

— Boa tarde, sinto muito incomodá-la... — Pausa para ênfase. Para demonstrar meu grande constrangimento. — Estou tentando entrar em contato com uma velha amiga, Catherine Ravenscroft. Acho que ela morava aqui... — Uma piscadela. Novo sorriso. — Joguei um presentinho de aniversário aqui na porta umas semanas atrás, mas não recebi resposta... Bem, não é do feitio dela.

— Eles se mudaram — disse a mulher, sem retribuir, sequer de leve, o meu sorriso.

— Ah, isso explica. Faz um tempinho que não a vejo. Será que... — Mais uma pausa. Nada de parecer insistente. — Por acaso a senhora tem o novo endereço?

Mais uma piscada. Sou velho, frágil. E está fazendo frio aqui fora. Seja gentil.

Ela balançou a cabeça.

— Não — respondeu, começando a fechar a porta. Que cara de pau! Rápido como um gatilho, meu pé deteve a porta.

— Por favor — falei. — Não quero ser um estorvo, mas preciso entrar em contato com ela.

Os três porquinhos se contorciam atrás da mãe.

— Tire o pé da minha casa — disse ela.

E falou sério. Com frieza impressionante. Claro que retirei o pé na mesma hora. E me desculpei. Ela bateu a porta na minha cara. Não tive intenção de assustá-la. Era a última coisa que eu queria. Bastante contraproducente, para dizer a verdade. Mas as coisas não podiam ficar daquele jeito. Eu precisava saber se ela encaminhara meu pacote. Por isso me agachei diante da porta, os joelhos doendo um bocado, e enfiei os dedos pela caixa de correio.

— Por favor... Ao menos me diga se encaminhou meu presente. — Então tive um lampejo de genialidade: — Sabe, sou padrinho dela. Ficaria chateado se ela achasse que esqueci seu aniversário.

— Mããe — invocou um dos porquinhos.

Na verdade, sempre gostei de porcos, criaturas inteligentes e leais. A mamãe não estava sendo muito delicada com aquele velhinho.

— Sim, enviei sua encomenda. Agora vá embora. Eles nos pediram para não dar o endereço novo. Vá embora ou chamo a polícia.

Fiquei de pé outra vez. Um estalido, uma dor, mas nem tudo estava perdido.

— Muitíssimo obrigado — murmurei, através da abertura da caixa de correio.

Tinha mirado na casa errada, e meu pequeno míssil fizera uma rota mais tortuosa do que eu gostaria, mas aparentemente tinha acertado o alvo, afinal.

Continuei a checar a existência de críticas, mas nada encontrei. Eu a acompanhava com a ajuda do laptop. Tinha me viciado, precisando de uma dose de "on-line" a cada par de horas. Vez por outra era recompensado com alguma novidade. Imagens animadas e sonoras. Uma palestra. Beleza. Ela e o marido. Que sujeito de aparência bacana! Os dois produzidos com muita elegância para uma noitada. Garota esperta. Recebera um prêmio: *O corajoso documentário de Catherine Ravenscroft expondo a preparação de meninas...* Ah, que ironia deliciosa. Eu mal podia esperar para ouvir a voz dela. Fechei os olhos e deixei o som penetrar em meus ouvidos: "Eu gostaria de agradecer às crianças corajosas que se dispuseram a falar, que confiaram em mim, porque sem essa coragem, sem essa disposição para nos contar o que aconteceu...". Minha nossa, a mulher era convincente. Sim, aquelas crianças sem dúvida tinham coragem. Ela as sacrificaria sem hesitar em prol da própria glorificação. Aquelas crianças não faziam ideia de quem era essa mulher, faziam? Nem as pessoas que a premiaram. Tive vontade de calá-la, não suportava ouvir sua voz. Eu a faria sumir. Uma cruz em uma caixa vermelha. Clique. Lá está ela, não está mais. Simples assim.

13

Primavera de 2013

Enterrada sob a terra, lá no fundo, no mínimo dez metros a separam da luz natural. Catherine não está sozinha: existem montes de pessoas iguais a ela. Mas serão mesmo? Ele está aqui? Ela está aqui? Aperta a bolsa contra o peito e dá uma espiada para a direita, para a esquerda, atrás... Olhos encontram os dela, depois se desviam.

> *... ela sentiu um afago suave nas costas e se virou. Um mar de rostos a encarou, mas não estava interessada em nenhum deles. Ergueu os olhos para o indicador de horário acima da plataforma e viu que o trem chegaria em três minutos — o que não sabia é que o cronômetro também anunciava quanto tempo lhe restava de vida...*

Ela começa a entrar em pânico. Foi um erro. Um pé se interpõe. Alguém tentando fazê-la tropeçar? Ela afasta o próprio pé e fulmina o dono do tênis com o olhar, ele resmunga uma desculpa e olha para a frente, concentrado no prêmio, querendo chegar ao trem antes dela, não empurrá-la para os trilhos. Um bafo no pescoço, o aroma de loção pós-barba à esquerda. Catherine prende a respiração, não dá para respirar com aquele cheiro enjoativo. Espia com o canto do olho. Um homem, mais alto que ela, a olha com desdém. Merda. Devia ter pegado o ônibus. Foda-se. Saiu de casa decidida a não permitir que aquele livro a paralisasse, e o ônibus significava três baldeações, tempo demais para chegar ao trabalho. Difícil demais. Catherine, a corajosa: ela é assim, não uma covarde choramingona.

Está tentando ser a Catherine de Robert. Desde a queima noturna do livro, ele voltou a acreditar nela. Vem agindo de forma muito atenciosa, muito prestativa. Ela cumpriu a promessa e marcou hora com a médica, e Robert viu os comprimidinhos amarelos na mesa de cabeceira. Os comprimidos dão uma ajudinha para dormir, mas também ajudam Robert a acreditar que ela está começando a voltar ao normal.

Está sendo empurrada e não pode permitir que a empurrem para perto do trem que vem chegando. Toda vez que um trem passa, dá um passinho, aproximando-se mais, pronta para o seguinte, mas sem chegar muito perto. Descobrira um novo respeito pela linha amarela. O corpo se contrai com medo de que um psicopata a escolha a esmo e a empurre para os trilhos. Já aconteceu com outras pessoas, e Catherine acredita que possa acontecer com ela também. Salvo que não será a esmo, mas por escolha. Há de parecer um acidente, e Catherine sabe com que facilidade os acidentes acontecem.

De olhar fixo nos trilhos, vê partes do próprio corpo espalhadas ali. O trem chega, e Catherine avança com firmeza. É sua vez de fazer valer a própria vontade. Consegue. As portas se fecham. Não há assentos vagos, mas fica grata pelos corpos espremidos ao redor, que a mantêm ereta. Oito paradas até a estação.

Oito paradas, então ela desce e sai para a rua. Continua andando, sem olhar para trás. A caminho do trabalho, da mesa diante da qual precisa se sentar. Quanto mais perto, mais segura se sente. Quase se esquece de que, um pouquinho antes, desconfiou que completos estranhos a espreitavam, esperando para empurrá-la nos trilhos. Mas não agora. Agora está segura. Apaga o passado, passa pela segurança e se junta àqueles que já aguardam o elevador. É conhecida deles. E os conhece.

— Oi, como foi a mudança?

Catherine sorri para Kim, aquela gracinha de menina, bonita, jovem e vibrante. Larga a bolsa na mesa com um baque e tira de dentro o cubo de metal feioso que ganhou, erguendo-o na mão em um gesto zombeteiro de triunfo, antes de pousá-lo na prateleira atrás de si. Ali o espaço também é aberto, exatamente como em casa.

— Foi tudo bem — responde, e se acomoda na cadeira.

Ali é um lugar onde está no controle, onde pode administrar tudo, dar início às coisas e até mesmo pôr fim, se quiser.

— Não é pavoroso? — indaga, olhando para o troféu.

— Mas não deixa de ser útil como arma. Vamos confirmar essa utilidade quando Simon chegar — graceja Kim.

— Verdade. E como seria fácil limpar o sangue com um desses paninhos — comenta Catherine, sacando um pano e limpando a poeira do computador, surpresa ante a facilidade com que se juntou à brincadeira de Kim sobre assassinato.

— Café? — indaga Kim.

— Por favor — responde Catherine, com um sorriso.

Os demais começam a chegar: produtores, pesquisadores, o pessoal da produção. Ouvem-se ois, parabéns, uma boa vontade geral com ela e dela com eles. Mesmo Simon, que adentra saltitante e cheio de si, é quase tolerável. Simon, seu contemporâneo — mais um diretor de documentários —, veio da reportagem, então vê a si mesmo como competição séria, mas nessa manhã isso não a incomoda, o que expressa o contraste entre como vinha se sentindo e como se sente agora. Quase normal.

— A propósito, parabéns — diz Simon, com uma piscadela, dando uma olhada no troféu de Catherine.

Ela o ignora e abre um novo bloco de notas.

— Então, e agora? — pergunta ele.

Ai, que homem mais irritante.

— Tem alguém interessado em transformar meu documentário em filme — mente Catherine, satisfeita por vê-lo ter que se esforçar para manter o sorriso.

— Que ótimo!

— Não é mesmo? — emenda ela, olhando-o nos olhos.

— Bem, se quiser falar a respeito, pode me procurar. Tive alguma experiência com alguns desses caras do cinema — explica Simon com um risinho torto.

— Pode deixar — concorda Catherine, com uma piscadela, antes de dar as costas a ele e pegar uma caneta, com a qual tamborila no bloco. Uma lista… é isso que precisa fazer. Uma lista sempre é um ponto de partida útil.

O livro: O completo estranho
O autor: Amigo de… Parente de… Testemunha de…?

Catherine golpeia a lista com a caneta e lembra-se de quando conheceu Nancy Brigstocke. Em 1998. Apenas as duas e um único encontro. Nancy entrou em contato com Catherine, que se lembra da pontada de culpa que sentiu ao receber aquela carta, sabendo que a mulher devia estar esperando que Catherine tomasse a iniciativa. Teria sido fácil encontrar Nancy, mas não deve ter sido difícil para Nancy encontrá-la. Quem teria coragem de se recusar a dar detalhes? A carta fora escrita a caneta-tinteiro, com tinta negro-azulada. Ainda consegue visualizar a caligrafia inclinada, as volutas das maiúsculas no começo de cada frase. O bilhete fizera efeito. Catherine sentiu-se obrigada a conhecer a mulher.

Foi na tarde de uma sexta-feira de outubro. O céu estava branco, o ar, abafado. Abafado em outubro? Não era possível, mas Catherine teve essa sensação. Sufocante. Ela lembra-se de ter tirado o chapéu e enfiado no bolso. Saíra do trabalho com ele na cabeça, achando que estaria frio. Em vez disso, sentiu calor. O calor se intensificara dentro da cabeça até parecer que o cérebro estava cozinhando lentamente, fazendo os pensamentos virarem mingau. Tirara o chapéu e desabotoara o casacão. Nancy Brigstocke mantivera o dela abotoado até o pescoço. Ele a engolia, pois era uma mulher pequena. Usava luvas, mas não chapéu. Catherine lembra-se de olhar para baixo e ver o couro cabeludo corado se insinuando por entre o fino cabelo branco. Supôs que tivesse mais ou menos a idade de sua mãe, mas dava a impressão de ser mais velha. Sofria de câncer. Escrevera isso na carta, e sua aparência era a de uma mulher que estava perdendo a batalha. Dissera a Catherine que perdera o marido havia pouco tempo — mais uma razão para ela ter concordado com o encontro. E se Nancy Brigstocke não tivesse morrido? Poderia ainda estar viva? Convivendo com o câncer? Catherine acrescenta o nome de Nancy à lista.

O encontro foi tenso. Catherine quis dizer muita coisa, mas não conseguiu, motivo pelo qual deixou que Nancy falasse. Ouvira ansiedade na voz da outra — sondando, tentando fazê-la se abrir. Catherine não se abriu. Não podia.

— Não há nada que eu possa dizer para ajudar — justificou.

Então Nancy pedira para conhecer Nicholas, e Catherine teve que responder que não. Tentara tornar a recusa suave, dizendo que não podia permitir isso, que ele era muito jovem. Catherine pegara a mão daquela mulher frágil, e agora tem certeza de que sentiu a morte ali. Também vira a morte nos olhos dela quando eles a fitaram. Virara a cabeça, incapaz de enfrentá-los. Despediu-se e foi embora, continuando a andar sem olhar para trás. Não quis que Nancy a visse chorando. Não quis que interpretasse mal suas lágrimas. Estava chorando por tudo que não dissera e por aquela pobre mulher, diminuta no sobretudo sofisticado de tweed. Usava luvas de couro. O cabelo fino penteado com cuidado; calçando um sapato confortável. O cuidado que tivera com a própria aparência era de cortar o coração. Tentara parecer mais forte do que se sentia. Mas Catherine talvez tivesse subestimado sua força e, depois de vencer a morte, ela agora também quisesse persegui-la. Talvez não fosse a morte o que viu em seus olhos, mas outra coisa, algo igualmente frio. Seria Nancy Brigstocke capaz de produzir o veneno presente no livro?

— Precisa que eu faça alguma coisa? — perguntou Kim, olhando por cima do ombro de Catherine, que fechou o bloco.

— Não exatamente. Estava anotando umas ideias, mas por que você não faz uma lista de histórias que a gente possa aproveitar e damos uma olhada amanhã de manhã?

Kim concorda. Faria qualquer coisa por ela. Catherine é sua oportunidade de promoção — a única a lhe dar a chance de ser mais que apenas uma assistente eficiente.

— Na verdade, tive algumas ideias enquanto você estava de licença. Vou fazer um resumo. Para ver o que você acha.

— Maravilha!

Catherine sorri. É disso que gosta em Kim. A moça é motivada, proativa. Não precisa que lhe peçam duas vezes, não quando se trata de Catherine, que imagina o que Kim pensaria se lesse *O completo estranho*.

Catherine sai cedo do trabalho. Sabe que guardou o bilhete de Nancy. Restaram algumas caixas em seu quarto, cheias de coisas com as quais não sabe o que fazer. Lembra-se de ter posto o bilhete em uma pasta, junto com fotos e cartas da mãe e de velhas amigas. Quando embalaram tudo para a mudança, pensara em jogar essas coisas fora, mas decidira guardá-las. A mão roça no cor-de-rosa desbotado da pasta e a puxa para fora da caixa. Está ali, sim. O papel azul-claro, a tinta negro-azulada. E com um endereço no canto superior direito. Nada de telefone, só o endereço. As chances de Nancy continuar viva e morando no mesmo endereço são remotas, mas vale a pena tentar. O coração dispara, uma injeção de adrenalina: a do tipo certo — a que move a luta, não a fuga. Cara a cara, é assim que prefere as coisas. De quem será a cara que irá confrontar é uma dúvida, mas alguém precisa ser responsável pelo que ela tem passado. Consulta o relógio. Quatro da tarde. Tempo de sobra para ir e voltar antes que Robert chegue em casa.

Catherine sobe o último lance de escadas e tenta imaginar como uma mulher com câncer terminal conseguia encará-las. E se Nancy Brigstocke está viva, como consegue agora? Sabe que a própria mãe não teria condições. Tenta acender a luz no último andar, mas não está funcionando. Tenta de novo. Nada. Alguém se esqueceu de trocar a lâmpada. E alguém se esqueceu de molhar a planta no vaso junto à porta da frente. Morta, seca e quebradiça. Uma claridade baça penetra por uma janela pequena e suja no telhado, quase insuficiente para que ela enxergue os números nas duas portas. Encara o último endereço conhecido de Nancy Brigstocke e toca a campainha. Não há som. Bate, então: duas batidas fortes com as juntas dos dedos. Ajeitando a bolsa a tiracolo no ombro, aguarda. Nada. Não tem ninguém em casa. Agacha-se e olha pela caixa de correio. Carpete verde, pés de mobília de madeira escura, nenhum movimento.

Senta-se no primeiro degrau da escada e abre a bolsa, remexendo lá dentro em busca do bloco e da caneta. Precisa enunciar com cuidado seu bilhete. *Cara sra. Brigstocke*, começa. Não pode ser agressiva nem defensiva. Não deve parecer zangada. Acha que consegue ser persuasiva e justa. Destaca do bloco o bilhete, que dobra em dois, e o empurra pela abertura da caixa de correio. Isso é loucura. As chances de Nancy Brigstocke ainda estar viva e descobrir o bilhete são mais que remotas. Encosta a cabeça na porta um instante e sente a presença de alguém às suas costas. Pode ouvir a respiração cansada da pessoa, depois de subir as escadas. Catherine se vira. Uma mulher de cabelo branco e comprido a observa, sacolas de compras nas mãos, o fôlego entrecortado.

— Sra. Brigstocke? — indaga Catherine.

Poderia essa mulher ser Nancy, depois de anos de doença, descuido, com o cabelo sujo, comprido demais e meias grossas saindo de sandálias gastas? Essa mulher é alta demais, não? Ainda assim...

Catherine dá um passo à frente, fitando aquele rosto, estudando, incapaz de reconhecê-lo. A mulher passa por ela, arrastando os pés em direção ao outro apartamento. Pousa a sacola no chão e enfia uma chave na fechadura.

— Estou procurando Nancy Brigstocke. A senhora sabe se ela ainda mora aqui?

A mulher resmunga a resposta:

— Ela não mora aqui há anos.

— Sabe se ela está... Onde ela está morando? — gagueja Catherine. — Perdemos contato. Não a vejo faz um tempo. Na última vez em que nos encontramos, ela estava doente.

A mulher já entrou em casa, mantendo a porta escancarada e de olho em Catherine, examinando-a de alto a baixo, com uma grosseria que arranha a pele. Um olhar cheio de desconfiança.

— Sou amiga da família. Perdemos contato... — tenta Catherine, e aqueles olhos a perfuram, detectando a mentira, fazendo um juízo silencioso. *Muy amiga!*

— Você é assistente social? — indaga a mulher.

— Não, não é nada disso... Perdi o endereço dela e... Depois achei... Eu queria falar com...

— Alguém anda atrás da pensão dela?
— Não sou assistente social, é sério... Eu só queria vê-la de novo.
— Tarde demais, então. Ela estava morrendo quando foi levada embora... Faz anos, aliás. Pobre coitada. Presa a todo tipo de tubos. Com certeza já morreu.
— Desculpe — murmura Catherine, virando-se para ir embora.
Era óbvio. Óbvio que Nancy estava morta. Encaminha-se para a escada.
— Mas ele pode pegar. O que quer que você tenha enfiado aí na caixa de correio.
Catherine ouve o pulsar do sangue nos ouvidos. Vira-se de volta para a mulher.
— Quem? Quem pode pegar?
A velha volta a estudá-la, leva tempo para decidir se deve ou não responder.
— Quem pode pegar? — repete Catherine, com um toque de pânico na voz.
A mulher franze a testa ante a pergunta, que não soa bem, vindo de alguém que supostamente é um amigo. Começa a fechar a porta, e Catherine corre a seu encontro, estendendo a mão para impedi-la, desesperada.
— Por favor...
Um gato mia dentro do apartamento — faminto, disputando com Catherine a atenção da mulher.
— Por favor... — tenta Catherine de novo.
— O sr. Brigstocke. Ele vem de vez em quando.
— O sr. Brigstocke?
— O marido.
— Mas o marido morreu.
— Achei que tinha dito que era amiga da família...
A mulher estreita os olhos, vendo em Catherine o que ela é: uma mentirosa.
— Amiga dela. Eu conhecia Nancy Brigstocke. Ela me contou que o marido estava morto.
— Talvez não confiasse em você.
As palavras a deixam assustada. Podia ser verdade.
— Éramos amigas — tenta outra vez. Não eram amigas. Nunca foram. Mal se conheciam, e a mentira paira no ar. — Perdemos contato uma com a outra... Estou tentando entender o que houve...
Agora há lágrimas nos olhos de Catherine, e talvez por isso a mulher lhe dê uma trégua.

— Não vejo o marido faz algum tempo, mas ele aparece de vez em quando. Foi triste, no fim. O lugar começou a feder, mas ela não abria a porta, não atendia à campainha. Por isso alguém da Associação de Moradores precisou ligar para ele e forçá-lo a vir. Ele tinha uma chave, veja bem. Aí dentro devia estar uma coisa horrível. Então veio a ambulância, e levaram a pobrezinha embora. Foi a última vez que pus os olhos nela.

— Ele não morava aqui com ela?

— Não. Este é o apartamento do filho. Ela se mudou enquanto ele estava fora em uma de suas viagens. Viajava sem parar, dizia ela. O marido nunca morou aqui, embora tenha tomado conta dela, no fim da vida. Segurou a mão dela o tempo todo quando a levaram embora. Disse que tinha vindo para levá-la para casa, para cuidar dela. Fiquei aqui assistindo. Para o caso de precisarem de alguma coisa. Gosto de pensar que os dois ficaram juntos, no fim.

— Você tem o telefone dele? Ou o endereço?

A mulher suspira, impaciente. Chega de perguntas. Ela balança a cabeça e fecha a porta. Catherine fica de pé do outro lado, então bate, desesperada por mais respostas.

— E o nome dele? A senhora pode ao menos me dizer isso? — Ela aguarda. Torna a bater. — Por favor.

A porta permanece fechada. Passado um tempo, Catherine desce a escada, agarrando o corrimão de metal com a mão suada. Está abalada por se dar conta de quão pouco sabia e pensa no bilhete no chão do lado de dentro do apartamento, escrito para uma mulher que já deve estar morta há muito tempo. Então lembra-se do número do celular que anotou naquele papel. Merda. Quanto tempo até que ele ligue para ela? Para dizer o quê? O que ele quer? O marido "falecido". E começa a imaginar se Nancy terá deixado o apartamento por vontade própria. Ou se estaria fraca demais para resistir. Será que ele a obrigou a sair? Forçou-a a voltar para casa? Nancy disse a ela que o homem estava morto. Por quê? Tinha medo do que ele pudesse fazer?

— Stephen... — O nome ecoa pelas escadas. Catherine olha para cima e vê a sombra escura inclinada sobre a balaustrada. — O nome dele é Stephen.

Ela continua a descer, imagens do livro passando como flashes em sua cabeça. O homem acertou algumas coisas. Os detalhes do que ela vestia. Quanto saberia? Então ouve um som do passado ecoar: clique, clique, clique.

14

Final da primavera de 2013

Então ela e Nancy se encontraram. Em segredo, sem que eu soubesse. Encontrei o bilhete quando voltei ao apartamento para devolver o manuscrito. Precisei lê-lo várias vezes para ter certeza de que entendera direito. Então aquilo me atingiu: um golpe violento no estômago, revirando minhas entranhas e me deixando sem ar. Descobrir que as duas tinham se encontrado doía, mas não tanto quanto a descoberta de que Nancy dissera a ela que eu tinha morrido. Aquela frase sugou a vida do meu corpo:

"... *Quando nos encontramos, você acabara de perder o marido.*" Ela ficara "impressionada" com a "dignidade" de Nancy. "Nunca se esquecera disso." Não podia acreditar que "você possa ser a autora do livro que foi parar na minha casa". Chegara mesmo a se perguntar se Nancy estava ciente da existência do texto. Ora, claro que não. Ela morreu, sua vaca idiota.

Que tola presunçosa ela é. Mas o tom é respeitoso. Sou forçado a reconhecer. Descreve minha mulher como dona de "integridade", uma pessoa com "grande profundidade de compreensão". Tem razão quanto a isso. Nancy de fato entendia as pessoas. O bilhete dizia que ela achava que as duas "deviam se encontrar para conversar", e atenciosamente deixara anotado o telefone.

A culpa é toda minha por ter sido pego de surpresa. Se não tivesse ignorado os cadernos de Nancy, supondo que contivessem anotações ociosas, e se os levasse quando levei o manuscrito, saberia sobre o encontro de ambas algum tempo antes, já que está tudo lá. Os cadernos não continham apenas ideias para um romance, carregavam muito mais que isso. Só depois que li o bilhete dei atenção aos cadernos, e lá estava, em detalhes, o encontro: a data, o horário, o lugar, até mesmo o tempo que fazia. Bem como a deliciosa descrição feita por Nancy de CR: "Eu a reconheci no momento em que ela se dirigiu a mim, e a visão me enojou. Ela não fazia ideia de que eu a vira antes. Era fria, como se as coisas passassem por ela sem deixar marcas — como se fosse impermeável. Nada parecia grudar, ali. Fizera uma limpeza meticulosa em si mesma — nem um traço de sujeira restou...". Nancy enxergou direitinho através dela. E não gostou do que viu.

Levei comigo os cadernos e os li e reli, descobrindo muita coisa para me confortar. Sou grato por ela tê-los guardado. Como as fotos, eles fazem parte de um quebra-cabeça. Suguei cada palavra escrita ali. Saboreei a tinta naquelas páginas. Vou para cama com eles, durmo sabendo que estão debaixo do travesseiro, sonhando que as palavras saem nadando do papel e são absorvidas por mim. Cheguei a mastigar e engolir as páginas. Ela está em mim agora, minha garotinha querida. Somos um só. Ela me deu força: o mundo exterior não pode me tocar, mas eu posso tocá-lo sempre que me aprouver.

Faz um calor surpreendente. Abril foi frio, mas maio está escaldante. Não quero abrir as janelas, ainda que o ar fosse refrescar o ambiente. Prefiro que fiquem fechadas, com as cortinas baixadas. Me tranquei aqui, atrás de barricadas. É meio-dia. Minha única concessão ao calor foi tirar as meias. Escondi os pés descalços debaixo da escrivaninha, onde não preciso olhar para eles. Não são uma visão agradável. Tenho sido um bocado negligente com a higiene ultimamente, e as unhas cresceram muito. Estão curvas nas extremidades, confusas quanto a que direção tomar. Duras como osso. Roo as unhas das mãos para mantê-las curtas, cuspindo e deixando os pedaços onde pousam, pontiagudos e afiados, em volta da escrivaninha. No entanto, não sou uma droga de contorcionista: não consigo fazer o mesmo com as dos pés. Além disso, desconfio que os dentes não estariam à altura dessa tarefa.

Uma batida na porta. Não estou esperando visitas. Levanto-me e olho pela janela. É o meu amigo gráfico, Geoff. Deixo a cortina se fechar. Será que abro a porta para ele? A casa está uma bagunça. Demoro. Se ele for embora antes que eu atenda, dane-se.

Geoff continua lá quando abro a porta.

— Eu queria saber como você está — diz ele.

— Vou bem — respondo.

Ele está com meu livro na mão.

— Eu li — informa. — Não é nem um pouco o que eu esperava, para ser franco.

Ergo uma sobrancelha, mas ele ri, e eu arrisco. Chego para o lado e o deixo entrar. Geoff vai em frente, e observo enquanto dá uma olhada ao redor, surpreso. Ainda não fiz uma arrumação decente depois do ataque quando encontrei as fotos.

— Invadiram minha casa — explico.

— Nossa, Stephen. Lamento muito.

Dou de ombros.

— Fizeram uma bagunça e tanto, mas não acharam as coisas de valor — digo, indicando com a cabeça o laptop intacto em cima da escrivaninha.

Ofereço um chá, que ele aceita, seguindo atrás de mim até a cozinha. Estou ciente de que minhas unhas arranham o linóleo quando ando. Será que ele reparou? Meus chinelos estão debaixo da mesa da cozinha, e paro a caminho da chaleira para calçá-los.

— Então, como vai? — repete Geoff.

Está nervoso, o tom é artificialmente animado. Espero até terminar de encher a chaleira para responder.

— Estou bem — respondo, olhando para ele por sobre o ombro.

— E o livro? Como vão as vendas?

— Bem, meio devagar, mas com consistência — respondo.

Não estou interessado nas vendas, embora ele não saiba disso. Espero a água na chaleira ferver, depois escaldo o bule. Me pergunto se ele sabe que peguei apenas dois exemplares, mas sei com certeza que só eu estou a par dessa informação.

— A questão é a seguinte: se vai vender on-line, precisa criar um perfil. Começar um blog, ou coisa do gênero... E eu não sabia se você ia dar conta disso tudo. Posso ajudar se...

— Então, o que achou do livro? — interrompo. Continuo de costas para ele, nervoso como um aluno de ginásio. — Você disse que leu. O que achou?

— Gostei muito — responde ele, e me viro, faminto por ouvir mais. — Para ser franco, não é o tipo de livro que costuma me atrair, mas me prendeu. Acho que você conseguiria arrumar um editor de verdade, se quiser.

— É muita gentileza sua, mas com certeza meu livrinho não interessaria a um profissional.

Esvazio o bule e jogo lá dentro três saquinhos de chá e a água fervendo, tampo e levo o bule para a mesa.

— Bom, eu acho que poderia acontecer, sim. É tão bom quanto muita coisa do que é publicada por aí.

Procuro duas xícaras limpas no armário e faço questão de poli-las com o pano de prato, só para garantir. Sento-me de frente para ele.

— Leite e açúcar? — pergunto.

— Leite e duas pedras de açúcar.

Gosto de Geoff. Ele não me conta muita coisa a seu respeito, nem me faz perguntas. Conversamos sobre livros e música, e sua aparência descuidada me deixa à vontade. Os pelinhos do nariz não são aparados e estremecem como pernas de aranha quando ele sopra o chá. É desleixado — sinal de uma mente sadia, a meu ver. Ao mesmo tempo, é digno, não ostenta o pouco asseio. Fez a barba, embora dê para ver que a navalha estava cega. Usa uma camisa, não uma camiseta, mas muito apertada na barriga, os botões estufados perto da cintura, e mais pelos se insinuam pelas aberturas. O primeiro botão caiu, não está desabotoado. Sinto certo afeto por ele e acho que ele também sente por mim. Talvez tenha perdido o pai, ou talvez tema terminar como eu. Seja qual for o motivo, ele foi gentil sem ser condescendente. E gostou do livro, gostou de verdade.

— Stephen, sei que você quer cuidar de tudo sozinho, e espero que você não se incomode por isso, mas depois que li seu livro eu pensei... Bem, ele precisa de uma ajudinha, por isso levei uns exemplares até a livraria do bairro, e me disseram que vão expor na vitrine. Para ver como se sai. O pessoal de lá gosta de promover autores locais, e, quando contei sobre você, ficaram realmente interessados.

A notícia me deixa pasmo.

— Ele está em uma livraria? Aquela da rua principal?

— Isso mesmo. Agi errado?

Pareço infeliz? Estou surpreso, só isso.

— Não, não. Só que eu nunca pensaria em fazer uma coisa dessas. Muito obrigado.

Fico emocionado.

— Acho que você não percebe como ele é bom.

Ah, percebo sim, pode crer.

— Você sabe, ninguém gosta de se gabar do que faz.

Minha mente divaga. Será provável que ela venha por estas bandas e entre na livraria aqui do bairro? Por um instante, minha cabeça voa, pensando em uma noite de autógrafos, com ela na fila esperando que eu assine seu exemplar. Geoff sorri para mim, e percebo que também estou sorrindo, feliz com essa pequena fantasia.

— Fiquei bastante surpreso com algumas partes do livro — continua, erguendo uma sobrancelha. — É bem explícito.

Meu sorriso sumiu. Ele está preocupado de ter ultrapassado um limite. Levanto o queixo e volto a sorrir. Sinto seu alívio.

— Este chinelo velho ainda dá para o gasto — comento, olhando-o por cima da caneca enquanto tomo meu chá.

Quero contar que é verdade. Quero dizer que o livro devia estar na prateleira de não ficção. Mas não quero assustá-lo, e, no momento, o fim não passa de uma expectativa ansiosa — uma obra de ficção ainda não concluída.

— O que você achou dela? — pergunto, em vez disso. — Acha que mereceu o que levou?

Ele reflete.

— Bom, não sei. É uma pergunta difícil. Quer dizer, a mulher era uma piranha manipuladora, mas acho que agarrou a oportunidade de se safar, não foi?

Sinto o coração apertar. Como é fácil para ele dizer isso. Não está sentado aqui, sofrendo as consequências do que ela fez ou deixou de fazer.

— Você não respondeu — consigo retrucar. — Acha que ela mereceu?

— Bom, não lamentei quando aconteceu, por isso acho que sim. Uma descrição e tanto.

Melhor assim. Concordo com um aceno de cabeça, tomo meu chá e começo a aproveitar a oportunidade que caiu em meu colo. Prevejo uma tarde movimentada, visitando livrarias na vizinhança. Por que não? Não há nada a perder. Preciso dar um trato na aparência. Quem sabe Geoff não seria um embaixador mais apresentável? Meu querido Geoff, um cúmplice inocente.

— Você acha que existe esperança? Acha que outras livrarias se interessariam?

— Bom, talvez, eu acho. Vamos primeiro ver como ele se sai na Hillside Books e decidir depois.

— Então, se ele se sair bem, você se disporia a me ajudar no boca a boca?

— Com prazer, Stephen. Com prazer.

Acho que talvez meus olhos estejam marejados.

— Não tenho como dizer o que seu apoio significa para mim. É uma estrada solitária, Geoff, e saber que existe alguém mais que acredita em mim... — Minha voz falseia.

E ele sorri. Quer saber? Acho que o fiz ganhar o dia.

15

Final da primavera de 2013

No segundo dia depois da volta ao trabalho, Catherine recuperou a concentração. É o que acham seus colegas, diante da visão familiar de Catherine sentada ereta em sua cadeira, digitando no computador, enrolando uma mecha de cabelo no dedo enquanto lê e toma notas. Está bolando alguma coisa, tecendo uma história. Kim ronda a chefe, mas Catherine está absorta no que faz, e Kim sabe que não deve perturbá-la em momentos como esse. Em vez disso, põe uma xícara de café na mesa e se afasta.

Ela confirmou a morte de Nancy Brigstocke. De câncer. Há dez anos. O marido, porém, está vivo. Stephen Brigstocke, professor. Não é mais o marido falecido seguido de um ponto de interrogação. É um professor aposentado. Por que é que não checou isso antes? Por que não usou na própria história o mesmo rigor que usaria em qualquer outra? Não lhe ocorreu que Nancy tivesse mentido sobre a morte do marido. Agora sabe. E sabe também que cara ele tem.

Recebeu um telefonema da mulher que comprou a antiga casa onde morava. A mulher estava brava. Acusou Catherine de ser dissimulada, de não alertá-la para o fato de que um velho mal-encarado pudesse aparecer à porta. Catherine pediu mil desculpas e explicou que se tratava, de fato, de seu padrinho, mas que não fazia ideia de que ele fosse aparecer de uma hora para outra. Garantiu que não havia nada de sinistro acontecendo e também não haveria mais visitas indesejáveis. Ao menos não para a mulher, pensa Catherine.

O telefonema mexeu com ela. Está se espalhando. Vazando. Marolas em um lago. Precisa chegar até ele antes que seja prejudicada de verdade. Porque ele ainda não lhe fez mal. Abalou-a. E mostrou a maldade em sua missiva venenosa, além de deixar claro, ao enviar o livro para o filho dela, que deseja que o veneno atinja outros. O que está em jogo, no momento, é sua reputação, sua integridade. É uma mulher querida, admirada, confiável e amada por uns poucos. É isso que ele ameaça, porque depois que a coisa vier à tona, depois que a verdade for dita, não haverá retratação. Ela jamais voltará a ser a pessoa que todos acham que é. Ele terá distorcido a imagem que fazem dela. Nicholas leu o livro, embora sem reconhecê-la. A ficha não caiu. Lógico que não. A mulher no livro não é a mãe que ele conhece. E Nancy morreu. Então, quem pode dizer que esse relato perverso é verdadeiro? Trata-se do produto de uma mente doentia, a mente de um velho amargo. Mas será a mente de um assassino? Claro que não. É pela reputação, não pela vida, que ela teme.

— Kim? Você tem um minuto? Eu queria que você pesquisasse uma coisa.

Kim empurra a cadeira de rodinhas até a mesa de Catherine, onde estaciona, a postos com bloco e caneta na mão.

— Stephen Brigstocke. Professor aposentado. Setenta e poucos anos. Reside em Londres. Devia dar aulas na zona norte da cidade. Gostaria que você rastreasse os últimos endereços de trabalho, pode ser? Não estabeleça contato. Só quero saber por onde ele andou nos últimos anos. E o endereço residencial, se possível. E o telefone. Comece com os sindicatos dos professores.

Catherine observa enquanto Kim anota o nome *Stephen Brigstocke*, hesitando antes de acrescentar a palavra *pedófilo* entre colchetes, com um ponto de interrogação. Catherine não a corrige. Por que deveria? Observa Kim voltar na cadeira de rodinhas até a própria mesa e pegar o telefone, zelosa em sua perseguição a um suspeito de molestar crianças.

Leva menos de uma hora para Kim descobrir a escola onde Stephen Brigstocke lecionou por último. Rathbone College. Catherine reconhece o nome. Uma escola particular na zona norte de Londres. Uma escola para a qual quase mandaram Nicholas. Uma escola na qual estudaram os filhos de alguns amigos. Antes disso, deu aulas na Escola Estadual Sunnymeade. Ficou muitos anos ali. Por que a mudança da escola pública para a privada? Catherine tenta ler nas entrelinhas. Perda de princípios? Motivação financeira? Aposentado em 2004 com salário integral.

— Meio velho para ainda estar lecionando, não? — comenta Kim, sobre o ombro de Catherine.

Ela examina a página: *Nascido em 1938*.

— Suponho, embora as escolas particulares tenham regras próprias — responde. — Chegou a algum lugar na busca de contatos?

— Ainda não. Estou à espera. Vou ficar atenta.
— Ótimo. Obrigada.
— Então, qual é a história?

A pergunta é perfeitamente razoável. Catherine hesita.

— Ainda não tenho certeza. Talvez não seja nada. Mas quero saber...

Ela seduz a assistente com um sorriso que a faz crer que será a primeira a saber se Catherine conseguir algo concreto. Não é sua intenção permitir que Kim descubra coisas demais sobre a investigação. Ainda assim, sente-se grata pela ajuda.

— Café? — pergunta Catherine, invertendo os papéis por precaução, pondo um ponto-final na conversa ao levar as xícaras de ambas para a cozinha.

Uma hora e duas xícaras de café depois, Catherine conclui que é nítido que o atual diretor do Rathbone College sente-se pouco à vontade quando Stephen Brigstocke vem à tona. O antigo diretor se aposentou logo em seguida ao professor de inglês, e a relutância do atual em falar a respeito indica que houve algo suspeito com relação à partida de Brigstocke.

Breves telefonemas para uns poucos amigos — que habilidade esta, de fazer contato com amigos há muito esquecidos, abreviar as amenidades sem ofender, mas sem deixar de extrair o que se deseja do telefonema — a levam a encontrar o caminho até alguém que se mostra mais que satisfeita em falar sobre Stephen Brigstocke: a mãe que se orgulha de ter liderado a campanha para demiti-lo da escola.

Um homem desagradável. Um professor que odiava crianças. Pior, a escola estava a par. Tentaram encobrir as deficiências despachando-o para onde achavam que seria menos prejudicial, longe dos alunos prestes a se formarem, deixando-o à solta entre as crianças menores. Não há como calar essa mãe, que continua zangada. Tudo o que lhes interessava era proteger os resultados, não ligavam a mínima para os danos que o professor pudesse causar à mente e à autoestima de meninos de sete anos. Nojento. Absolutamente nojento.

Essa mãe ainda se lembra de quando conheceu Stephen Brigstocke, sentado em frente a ela em um evento para os pais. Realmente, o professor parecera entediado ao falar de seu filho. Era um homem que não aparentava se importar com o que pensassem dele ou que impressão causava. Simplesmente não se importava. E isso pareceu perigoso para ela. Simplesmente não se importar. Ora, é perigoso, não é? Não se trata apenas de falta de educação. A maioria das pessoas se importa, em algum nível, com o que os outros pensam, não? Ele, não.

Catherine concorda que deve ter sido muito perturbador. E a mãe não tem dúvidas de que ele andara bebendo. Ela e o marido sentiram o cheiro de álcool. Não apenas aquela tacinha de vinho branco, coisa mais pesada. Destilados. O homem apresentava todos os sinais de um alcoólatra. Havia um quê de podre nele, definitivamente.

Claro que a escola fez o máximo para protegê-lo. Quando surgiram os primeiros pontos de interrogação a respeito da forma como ele lecionava, deram-lhe uma licença prolongada para tratamento de saúde. Sugeriram que estava de luto. A esposa morrera, e todos tentaram ser compreensivos. Então, ele voltou. Pode ser que tivesse algum relacionamento especial com o antigo diretor, pois deviam ter se livrado do sujeito muito antes. Quando leu a sujeira que ele escreveu no trabalho escolar do filho, a mulher ficou horrorizada. E o filho não foi a única vítima. Ele violou outras crianças também.

— Violou? — interrompe Catherine.

Ah, sim. Essa mãe crê que o que o filho sofreu nas mãos de Stephen Brigstocke não foi menos que uma violação.

— Ele não é o tipo de homem com quem você gostaria de deixar seu filho sozinho, tenho certeza.

— Ele machucou alguma criança fisicamente? — insiste Catherine.

Houve uma pausa.

— Bem... Ouvi falar que o motivo por que ele saiu da escola anterior foi por ter ficado ligado demais a um dos garotos. Por assim dizer.

— Como assim?

Catherine precisa de mais do que essa palavrinha delicada: "ligado".

— Um ex-aluno. Parece que esse Brigstocke desenvolveu um interesse doentio pelo garoto, depois que ele saiu da escola. Soube que foi ameaçado com uma medida cautelar. Só descobri isso depois que ele se aposentou. Para ser sincera, não fiquei surpresa.

— Era um aluno na escola pública onde ele dava aula antes, a Sunnymeade?

— Isso mesmo.

— E como a senhora soube disso?

A mãe tenta lembrar.

— Por uma amiga que tinha os filhos lá.

— Por acaso sabe o nome do aluno? Eu gostaria de falar com ele.

— Não. Mas garanto que consigo descobrir.

— Seria uma ajuda e tanto. Muito obrigada. Agradeço por gastar seu tempo conversando comigo.

Claro que ela gastou o tempo. Catherine tem uma reputação, uma lista de louvores a seu nome reconhecida pela sociedade. É uma mulher de credenciais sólidas, em quem se pode confiar para fazer a coisa certa. Pela primeira vez em semanas, sua cabeça parece desanuviada, livre da vergonha. Está montando uma história, reunindo informações, conhecendo melhor o inimigo.

16

Final da primavera de 2013

Tenho o telefone dela, tenho o endereço e a vi em carne e osso. Não se trata mais de uma imagem no meu laptop. Passei a caçá-la na estação de metrô onde ela faz baldeação para chegar ao trabalho. Neste exato momento, estou olhando para as costas dela.

Há pessoas entre nós, e ela é mais alta que eu, mas posso vê-la pelas frestas entre os ombros e o pescoço desses estranhos. Se der um passo à frente, posso tocá-la. O cabelo ficou preso na gola da roupa e ela o solta, antes de mexer o ombro para acomodar a bolsa. Está inquieta. Isso me agrada. Mas as unhas estão pintadas. Isso não me agrada. Me dá vontade de chorar. Significa que ela não se importa. Que continua levando a vida como se nada tivesse acontecido. Não quero ver isso. Ela não merece o conforto do esquecimento. Não pode acontecer. Ela não devia conseguir pintar as unhas e arrumar o cabelo. Não devia cuidar de si mesma. Sabe o que fez, mas mesmo assim acha que merece ser preservada. Quero ver suas unhas roídas e sangrando. Quero um sinal de que ela sente alguma coisa.

Todos avançam quando o trem chega, e me deixo ser arrastado atrás dela. Meus pés mal tocam o chão. Ela também é empurrada, mas não por mim. Não a toquei. Ela olha em volta, mas não me vê. Não estou em seu campo de visão, há várias pessoas entre nós. Ainda não estamos prontos, Nancy e eu. Eu a trouxe comigo. Seus braços estão sobre os meus, meu peito, onde ficava o dela. Agora uso seu cardigã quase todo dia. As portas se abrem. Ela entra. Não vê a distância entre o trem e a plataforma e tropeça. Terei perdido a minha chance? Então as portas se fecham e eu a observo partir. Será que suspira de alívio? Não sei ao certo, mas faria sentido. Não dessa vez. Ainda não. Mas agora conhecemos sua rotina. Sabemos onde e quando encontrá-la.

E sou muito paciente. Fui pescador anos atrás. Amador, é claro. Pescava nas pedras junto à torre Martello. Isto é uma espécie de pescaria. Joguei a isca, agora preciso esperar. É só esperar. A hora há de chegar.

Geoff também está a postos para atirar mais iscas assim que eu der o sinal verde. Há duas livrarias lá para as bandas dela, e ele agirá conforme minha ordem. O bom e prestativo Geoff. A isca será mordida, sei disso, e, quando acontecer, recolherei minha rede, por assim dizer, ainda que não esteja cheia, nem, a bem da verdade, seja uma rede. Só preciso de uma mordida, uma mordida de um peixe escorregadio. Já tenho a sensação da minha mão pinicando ao sentir o puxão na vara. Quero ver o anzol penetrar em sua garganta. Ver minha presa lutando para respirar, com o destino em minhas mãos. Um simples golpe na cabeça com um instrumento rombudo. Ou será o bastante retirá-la das profundezas e observá-la lutar para respirar, os olhos esbugalhados e vidrados de pânico? Existe algo extremamente gratificante nessa ideia. Um peixe fora d'água. Um peixe trazido com brutalidade a um ambiente hostil. Irá sobreviver? É pouco provável. A exposição repentina provavelmente há de matá-lo. Eles se afogam, não? Os peixes? Se deixados tempo demais fora d'água. Então primeiro a exposição, depois talvez eu acabe com seu sofrimento.

17

Final da primavera de 2013

Não é com o "garoto", mas com sua mãe que Catherine fala. Uma informante mais hesitante que a mãe anterior. Embora Catherine leve um tempo para arrancar alguma informação, ela acaba se abrindo. Sim, foi um período muito difícil. E para o filho, Jamie, agora com trinta e sete anos, bem, foi assustador. Catherine é paciente, compreensiva. Não deseja pressionar. As duas podem se falar outro dia. Talvez ela prefira encontrar-se com Catherine pessoalmente, não? Não, é melhor falar agora, por telefone.

Stephen Brigstocke deu aulas a Jamie no último ano do filho no colégio e o ajudou a tirar ótimas notas. Era um bom professor, e Jamie gostava dele. Interessou-se pelo aluno, deu uma ajuda extra quando necessário, e a família ficou agradecida. Não fosse pelo sr. Brigstocke, Jamie talvez não tivesse se saído tão bem, então não teria conseguido entrar na Universidade de Bristol. Um feito e tanto para todos — Jamie era o primeiro da família a cursar uma faculdade. Ela se lembra de levá-lo de carro até lá, bagagem e tudo, em um domingo à noite. Chorou ao deixar seu menino. Era a primeira vez que ele passaria mais de uma noite fora de casa, e o marido disse que ela estava sendo boba, que o filho ficaria bem. Ambos achavam a universidade o lugar mais seguro para ele começar uma vida independente.

— De todo jeito, naquela primeira semana, Jamie viu o sr. Brigstocke no campus. Ele estava andando por lá, e Jamie achou que não passava de coincidência. Então, tornou a vê-lo. Estava do lado de fora de um dos auditórios, mas, quando Jamie tentou falar com ele, saiu apressado, como se não tivesse visto meu filho. Fingiu que não viu. E começou a seguir Jamie. No pub, perambulando pelo campus, na porta das salas de aula, sempre mantendo distância, sem nunca falar com Jamie, sem nunca se aproximar, apenas observando. E Jamie pirou de verdade. Disse que parecia que o sr. Brigstocke achava que ele não o via, como se pensasse que era invisível. Mandamos Jamie contar a alguém, mas ele não quis criar problemas. Então, um dia, quando voltou para o quarto, Brigstocke estava sentado em sua cama. Para os colegas, Jamie disse que era um tio. Segundo Jamie, Brigstocke não parava de repetir que ele devia tirar o máximo de proveito da universidade, que não devia desperdiçar seu tempo. Disse isso várias vezes. Jamie ficou assustado. Deu uma pirada. No fim, precisou fingir que tinha um encontro marcado com outra pessoa. Foi o único jeito que arranjou de se livrar do sujeito. Descobrimos um monte de coisas depois, não por meio de Jamie, mas por um de seus amigos. Jamie nunca falou sobre isso conosco. O amigo disse que Jamie desconfiava de que Brigstocke revistara suas coisas em sua ausência. Seus pertences pessoais. Que tudo estava remexido. Só soubemos disso tempos depois. Se tivéssemos sabido... Bem, meu marido teria ido direto para lá, dar um jeito nas coisas.

— O que vocês fizeram?

— Queríamos procurar a polícia, mas Jamie não deixou. Meu marido falou com a universidade, e eles disseram que ficariam de olho. Durante algum tempo, nada aconteceu. Então, uma noite, quando Jamie já estava na cama, Brigstocke apareceu. Começou a bater na porta, querendo entrar. Disse que tinha perdido o último trem e queria dormir no chão. Estou dizendo, o sujeito era doente mental. Outro aluno, o colega de quarto de Jamie, ajudou a botá-lo para fora.

— E a polícia foi chamada dessa vez?

— Não, não. Jamie não chamou e não nos deixou chamar quando descobrimos. Mas o colega disse que deu um susto em Brigstocke. Depois disso, o homem não voltou mais. Fomos até lá assim que pudemos. O amigo de Jamie disse que Brigstocke estava soluçando diante da porta do nosso filho, batendo e batendo para que ele o deixasse entrar, e foi preciso arrastá-lo para fora e dar uns safanões. Não houve outro jeito. O sujeito era biruta, chorava como um bebê. Jamie nunca nos contou sobre isso. A verdade é que gostava do sr. Brigstocke, tinha admiração por ele.

— Obrigada, sra. Rossi, muito obrigada. A senhora acha que Jamie falaria comigo?

— De jeito nenhum. Ficaria furioso se soubesse que eu falei. Mesmo agora. Ele se fechou, nunca menciona o assunto. Às vezes me pergunto se alguma coisa aconteceu antes da faculdade. Brigstocke era obcecado por Jamie.

— Como assim? A senhora algum dia desconfiou de Brigstocke enquanto Jamie era seu aluno?

— Sei lá, sei lá... Não, não exatamente. Não tenho certeza. Jamie confiava no sr. Brigstocke. Foi quem o fez ser aprovado naqueles exames. Os dois passavam um bocado de tempo juntos.

— Olhe, vou deixar meu telefone e, se a senhora achar que Jamie se disporia a falar comigo, por favor, me ligue. É possível que ele não seja o único que despertou o interesse de Stephen Brigstocke.

Foi um bom dia de trabalho. Produtivo. Catherine está montando um retrato de Stephen Brigstocke, um retrato nada bonito. Isso a faz sentir-se melhor, um pouco mais segura. Não é a única a esconder coisas. Está prestes a sair quando Kim lhe entrega um pedaço de papel com o endereço e o telefone de que precisava.

Não tem pressa para chegar em casa. Robert avisou que voltaria tarde, por isso não se preocupa com a hora, desce do metrô uma estação antes da sua e decide fazer o restante do caminho a pé. A tarde está linda. Passa pela livraria do bairro e para diante da vitrine. Está cheia de tentações — coisas para restaurar seu paladar. Já vai entrando quando ouve alguém chamá-la do outro lado da rua. Tem vontade de ignorar — sente que a livraria a puxa, arrastando-a para suas prateleiras —, mas a voz se faz ouvir outra vez, mais perto agora, junto a seu ombro.

— Catherine!

Ela se vira e dá de cara com um sorriso nos lábios de uma amiga que não vê faz tempo.

— Tudo bem?

— Tudo ótimo, e você?

— Tudo bem também. Está fazendo o quê?

— Eu ia entrar para comprar um livro. Preciso achar um presente de aniversário. — Por que a mentira?

— Ora, vamos tomar um drinque. Uma tacinha de vinho...

O convite é tentador. O sol está brilhando. Robert vai chegar tarde. Elas podem se sentar do lado de fora, tomar uma taça de vinho, fumar um cigarro. Catherine cede, permite ser levada embora.

Ainda está claro quando chega em casa. Mesmo assim, ela fecha as cortinas e acende a luz. Robert ainda vai demorar uma hora. O silêncio na casa convida Stephen Brigstocke a voltar à sua mente. Ele foi mantido longe por algum tempo: a companhia da amiga e um copo de vinho ajudaram a deixá-lo de lado, mas agora está de volta. O pedaço de papel com seu telefone está na bolsa. Ela o pega e olha, antes de digitar o número no telefone. O dedo hesita sobre a tecla "chamar". O que vai dizer? A boca está seca. E se piorar as coisas com um telefonema? Não sabe o que dizer. O que será que ele quer? Por que não ligou? Talvez não tenha voltado ao apartamento depois que ela pôs o bilhete com o telefone na caixa de correio. Talvez não tenha seu número. Ou talvez tenha e esteja optando por não usá-lo. Talvez não queira falar com ela. Quer o quê, então? Mandou um livro — escreveu um livro — para que ela lesse. E ela leu. Precisa fazer com que ele saiba disso. Mas também mandou o livro para Nicholas. Terá sido para atingi-la? Não houve bilhete para Nicholas — um bilhete poderia ter esclarecido tudo para o filho, mas ele não mandou coisa alguma. Foi um aviso para Catherine: para que entendesse que ele sabe quem é o filho dela, sabe onde o rapaz está, foi uma ameaça. Ele precisa saber que ela leu o livro. Catherine pode fazer isso acontecer. Mas será que ele também quer uma desculpa? Quer que ela diga que sente muito? Uma admissão de culpa? Já é pedir demais. Mas pode dar alguma coisa a ele. Pode lhe estender a mão, se for para que ele a deixe em paz. Sim, está pronta para um encontro com ele, em algum lugar. Seria melhor escrever, não falar. Não confia em si mesma ao telefone. De todo jeito, o homem não acreditaria nela — melhor pensar nas palavras para mandar em uma carta. Deleta o número que digitou e guarda o pedaço de papel de volta na bolsa.

Abre o laptop e vai para o site de *O completo estranho*. Perdeu a conta do número de vezes que analisou aquela página. Nunca viu alteração ali. Clica em "comentar". Cuidado, agora. Muito cuidado. A esposa do homem dissera a ela que o marido estava morto. A própria esposa negou a existência dele. Não confiava no homem. Catherine precisa ter cuidado. Esse homem é doente. Mostrou que tem a mente deturpada. Ela é cuidadosa com as palavras: "No âmago deste livro existe uma dor inegável. É raro uma obra de ficção criar sensações tão potentes no leitor". Será que põe seu nome real? Não, arriscado demais. Ninguém pode associá-la a esse livro, e ele pode aparecer no futuro, caso alguém o pesquise no Google. Ainda assim, precisa que o homem saiba que se trata dela, por isso assina como Charlotte, o nome que recebeu no livro, depois aperta "publicar".

18

Início do verão de 2013

Durmo durante o dia e fico acordado à noite. Gosto do escuro. Não estou só. Nancy está comigo, e também tenho meu laptop. É meu bichinho de estimação — que uso para fazer compras, como se mandasse o cachorro lá fora pegar o jornal: entregam os produtos da mercearia na minha porta. Que sujeito esperto. Quase sempre são enlatados. Como na guerra. Carne enlatada. Estrogonofe de frango. Mas não importa o que eu coma, tudo tem o mesmo gosto. É que outro sabor se impõe. Mesmo depois de escovar os dentes até as gengivas sangrarem, não consigo me livrar do gosto em minha boca. Que azeda tudo. E esta noite está especialmente ruim.

Li uma crítica. Será uma mordiscadinha? A essa altura ela deve saber que Nancy morreu, logo é comigo que está falando. Sinto um puxãozinho no anzol. "No âmago deste livro existe uma dor inegável. É raro uma obra de ficção criar sensações tão potentes no leitor." Adotou o nome de Charlotte. Será uma admissão de culpa? Mas, quanto mais eu leio, mais entendo o significado: "sensações tão potentes" — ela não diz o que são essas "sensações". Repulsa potente? Desprezo potente? Quero precisão, não sensações vagas. Quero vergonha, medo, terror, remorso, uma confissão. Será mesmo pedir demais? Essa crítica barata me aborreceu um bocado. Foi escrita com tanta cautela, ela tomou o cuidado de não se desculpar, de não assumir responsabilidade. Eu devia saber que ela tentaria se esquivar furtivamente. Como ousa supor que suas palavras vazias, redigidas com tanta rapidez, seriam suficientes? Mesmo depois de todos esses anos, a sra. Catherine Ravenscroft, autora premiada de documentário, mãe de Nicholas, o vendedor de aspiradores de pó, continua a retorcer a faca com unhas pintadas e crítica dissimulada. Cometeu um erro ao achar que eu ficaria satisfeito com essa pequena missiva cheia de significados. Ela me atiçou. É um insulto. Não tenho interesse em vê-la reconhecer minha dor. É tarde demais para isso. Ela precisa senti-la, saber como é. Só então ficaremos quites. Ela precisa sofrer como eu sofri.

19

Início do verão de 2013

Catherine acorda. Não se lembra de ter adormecido, mas as sensações em sua cabeça informam que dormiu por algum tempo. Os olhos estão pesados. A cama, vazia, a claridade penetrando por baixo da veneziana. Deixa a cabeça afundar outra vez no travesseiro. O sol aquece o quarto. Deve estar um dia bonito lá fora. Passa das dez. Robert saiu horas atrás. Ela imagina como o marido deve ter ficado feliz em vê-la dormir um sono pesado.

Na noite anterior, Robert disse que teria de sair cedo na manhã seguinte. Era a primeira vez, depois de séculos, que sequer mencionava o trabalho. Catherine anda tão autocentrada! Mas, na véspera, Robert se abrira: deixara o trabalho acumular e se sentia atolado. Ela sabe quanto o marido odiava não estar com os prazos adiantados, Robert precisa estar um passo à frente para se sentir no controle. Caso contrário, fica... Bem, não exatamente em pânico, mas com certeza muito ansioso. É advogado — as pessoas confiam nele para ajeitar as coisas.

Na noite anterior, os dois haviam conversado até tarde, e Catherine sentiu, pela primeira vez em muito tempo, que estava, de fato, presente. Ficou chocada quando o marido contou que a instituição de caridade para a qual trabalha está prestes a ser investigada pela Comissão Parlamentar do Tesouro. Suspeitam da forma como a ajuda do governo vem sendo canalizada através de alguns projetos da instituição.

— Falcatruas? — indagou Catherine.

— Não, não! É só incompetência — respondeu Robert.

— Você vai ter de comparecer?

Ele balançou a cabeça.

— Mas seria mais fácil assim. Preciso dar um jeito de garantir que nenhum dos conselheiros pareça um criminoso, em vez de apenas incompetente, de um parvo bem-intencionado.

— Eles têm sorte de contar com você — comentou Catherine, pegando a mão do marido.

Quando os dois se conheceram, Robert era advogado e trabalhava para o Ministério do Interior. Beirava os trinta anos, enquanto ela estava com vinte e dois, mas era tímido, o que o fazia parecer mais jovem. Catherine trabalhava para um jornal — seu primeiro emprego. Era ambiciosa. Como ele. Ambos estavam decididos a progredir e vinham se saindo bem. Ela se lembra de como ficou surpresa com a franqueza do homem — tão sincero que a fez querer protegê-lo. Na primeira vez que se viram, ele disse que tinha "ambições políticas". Usou essas palavras com certa timidez, como quem pede desculpas. Ela o encorajou a falar. Foi a primeira de muitas conversas "confidenciais" em um pub em Stoke Newington: território neutro, onde era pouco provável que um colega de trabalho de qualquer um dos dois aparecesse. Robert era membro do Partido Trabalhista desde os tempos de estudante, igual a ela. Só que Catherine deixara a filiação expirar e ele não. Esperava ser escolhido como candidato ao Parlamento — teria sido um dos mais jovens da história. Isso nunca aconteceu, mas ela sabia que o marido ainda acalentava esse desejo. Haviam conversado a respeito na noite anterior. Robert sorrira, satisfeito por ela abordar o assunto, mas balançara a cabeça.

— Não, não agora.

— Sabe, eu o apoiaria, se você quiser mesmo isso.

Era um alívio pensar em alguém além dela mesma, algo que encara como sinal de recuperação. Sentando na cama, recosta-se no travesseiro.

Faz quase uma semana desde que enviou a crítica, e seu instinto diz que agiu certo. Stephen Brigstocke precisava ouvir palavras suas. Agora sabe que Catherine reconhece o que ele enfrentou. Foi bom para ela também, supõe. Talvez seja mais uma razão para estar dormindo melhor. Escrever aquelas palavras obrigou-a a pensar no sofrimento do sujeito, não apenas no seu. Não tem como assumir a responsabilidade, mas pode começar a entender o que o levou a um ato de ódio tão calculado. Sim, foi bom pensar nisso. Talvez algum equilíbrio tenha sido restaurado para ambos, sob diferentes aspectos.

Levanta-se da cama e ergue a persiana. Está um dia glorioso lá fora. Não quer ir trabalhar — pode ligar e dizer que vai trabalhar em casa. Desce e prepara um chá, então senta-se diante do laptop. Abre a página de *O completo estranho*.

A crítica continua lá, mas nada mais foi acrescentado. Uma imagem da capa do livro espreita do canto da tela, fazendo suas entranhas latejarem de raiva ante a lembrança da invasão sofrida. Sai da página. Nunca mais voltará a olhá-la.

20

Início do verão de 2013

É de manhã. Passei a noite acordado. Não sinto vontade de tomar café. São dez horas, segundo meu laptop, e estou todo dolorido de ficar muito tempo sentado na cadeira. Preciso me mexer. Suponho que adquiri a "síndrome do confinamento". Tempo demais diante de uma tela. Não é uma coisa comum de acontecer com alguém da minha idade. Três passos até a janela e abro a cortina. Que dia lindo! Eu não fazia ideia. Fico piscando como se tivesse atravessado na frente de um carro no meio da noite. É o tipo de dia perfeito para sair de casa.

Mandei copiar as fotos, a partir dos mesmos negativos usados por Nancy há tantos anos. Meio que esperei receber um bilhete malcriado do laboratório, mas não mandaram. Veio apenas um novo punhado de fotos lustrosas. Vesti o paletó de verão e enfiei o envelope com as fotos no bolso. Sim, é o tipo perfeito de dia para sair de casa.

Sempre que piso em uma daquelas lindas praças de Londres, fico arrependido por não me esforçar para fazer isso mais vezes. É tão estimulante! E Berkeley Square é uma preciosidade. Não há nada camuflado nessa praça, um lugar ciente de seu valor, ostentando-o sem timidez alguma. É o lugar perfeito para ir caso esteja procurando um Rolls-Royce. O que não é o meu caso, claro, nem, a julgar pela aparência, o dos sujeitos que partilham a praça comigo nessa hora de almoço. Fecho os olhos e viro o rosto para o sol. Por um átimo de segundo, sinto-me feliz por estar vivo. Ainda continuo aqui, vivo e pronto para agir. Mas primeiro termino o sanduíche, satisfeito por fazer parte desse clube de almoço *al fresco*. Percebo um espírito de camaradagem entre mim e os outros comensais, um punhado de pessoas sentado em bancos, e mais outros deitados na grama ou sobre paletós. Ninguém se conhece, mas todos sentem-se à vontade na presença dos demais: somos privilegiados por partilhar esse espaço verdejante com árvores centenárias, os únicos seres vivos mais velhos que eu nesta praça. Amasso o papel que embrulhava o sanduíche e o jogo na lixeira, grato por sua presença, grato por ela continuar ali, por não ter sido retirada devido ao medo de que deixem uma bomba dentro dela. Enquanto atravesso a praça, tiro o envelope do bolso, checando outra vez o endereço: Berkeley Square, 54.

A fachada do número 54 foi parcialmente derrubada e substituída por placas enormes de vidro, como se a boca do prédio tivesse sido aberta à força, tendo essas lápides polidas enfiadas nela para impedir que volte a se fechar. Um prédio tentando, permanentemente, não engasgar. Uma expressão humilhante para uma fachada que já foi nobre. Penetro o orifício escancarado e me dirijo a uma jovem no balcão de recepção, a quem entrego, com um sorriso, o envelope.

21

Início do verão de 2013

Catherine decide passar o dia na bem-aventurança doméstica. Manda uma mensagem de texto para Robert, avisando que vai tirar folga do trabalho e perguntando como anda seu dia. *Bem*, responde Robert. *Chego em casa às sete.* Catherine manda três beijos para o marido. Esta noite, vai preparar um jantar decente. Tomarão uma garrafa de vinho branco estalando de gelado, comerão algo temperado com ervas frescas e terão um ao outro. Ainda gosta mais da companhia de Robert do que a de qualquer outra pessoa, não existe ninguém com quem lhe apeteça mais passar uma noite, ninguém cuja opinião respeite mais. Volta a pensar naquela noite fatídica, algumas semanas atrás, quando quase contou tudo a ele. Graças a Deus não fez isso. Robert se considera forte, mas na verdade não é, e casamento é uma coisa delicada — não só o deles, todos são assim. Há um equilíbrio a sustentar, e ela acha que conseguiu manter a união na linha.

Robert odeia todo tipo de confronto. Catherine o viu zangado poucas vezes, até mesmo com Nicholas, mesmo quando o filho passou pela fase mais difícil. Era sempre Catherine quem alteava a voz, nunca Robert. Ele era quem punha panos quentes. Embora isso às vezes a incomodasse, a fizesse sentir-se a estranha no ninho, entende os motivos do marido. Se Nick não pudesse ou não quisesse falar com ela, ao menos sabia que podia falar com o pai.

Robert era filho único de pais que viviam brigando e se tornou especialista em mediação. Catherine ficava magoada de pensar que ela e Nicholas precisavam de um mediador, mas isso às vezes acontecia. *Minha culpa*, admite. Não era capaz de se aproximar do filho como gostaria. Ele parecia interpretar mal sua voz, seu tom, suas expressões faciais. Qualquer coisinha era o bastante para deixá-lo zangado, e, passado algum tempo, ela perdeu a espontaneidade com ele. Nada soava natural. Nem sempre foi assim, mas esse decerto foi o padrão a partir da adolescência. Catherine jamais duvidara de seu amor por Nicholas, mas, de todo jeito, o laço que parecia uni-los se desgastou. Quem sabe as coisas fossem diferentes se ele tivesse um irmão ou irmã.

Para Catherine, é difícil pensar no assunto. Ela o evita por hábito, mas permite-se nutrir a esperança de que, com a mudança de Nicholas, a distância entre os dois os ajude a ver um ao outro por uma perspectiva melhor.

Catherine não se lembra de já ter ficado ansiosa para ir ao supermercado, mas é o que acontece naquele dia. É bom ser capaz de se concentrar na mecânica da vida cotidiana, ela aproveita a experiência. Pega um ramalhete de salsa, os caules longos balançando em sua mão, e põe no carrinho. Compra comida fresca, que se não for consumida vai apodrecer e feder, o que a faz recordar que está perdendo o controle mais uma vez.

A tarefa tediosa de guardar as compras lhe dá tanto prazer quanto a ida ao supermercado. Algo tão trivial e chato pode se tornar um grande luxo para quem estava se sentindo como Catherine. Ela saboreia o simples prazer de tirar a comida das sacolas e guardá-la: cada coisa tem seu lugar, e é ela quem garante que assim seja.

São apenas quatro da tarde — faltam horas para que precise começar a cozinhar. Vai para a sala e se deita no sofá. Fecha os olhos, embora não esteja cansada, apenas relaxada. Então faz o que há semanas não lhe ocorre fazer: pega um livro e começa a ler. É um livro seguro — já o leu —, e, deitando-se outra vez no sofá, mergulha na história.

Às seis da tarde, Catherine se serve de um copo de vinho e liga para a mãe. Jamais se esquece desse telefonema semanal, embora nos últimos tempos as chamadas tenham sido apressadas e as conversas, descuidadas. A mãe merece mais que isso.

— Mãe? Tudo bem? Como foi a sua semana?

— Maravilhosa, querida. Tranquila, sabe... Mas muito boa. Quando você voltou das férias?

Catherine hesita, sem saber ao certo se deve corrigir a mãe. Ela e o marido não saem de férias desde o último verão. Ultimamente, a mãe anda confusa sobre datas e horários.

— Voltamos há séculos, mãe. Você sabe, já nos encontramos várias vezes desde então. — Ela tenta ser delicada e não assustar a mulher. Não há nada com que se assustar, não ainda. A mãe encolhe o tempo, mas lembra-se muito bem de outras coisas. Catherine retoma o fio da meada: — Então, foi visitar o bebê da Emma? — A prima caçula de Catherine acabou de ter o terceiro filho.

— Fui. Eles vieram me buscar. São uns amores. É uma coisinha muito fofa, só faz sorrir. E Nick, como vai? Continua gostando do emprego?

— Sim, gosta muito.

— Que ótimo! Ele é um menino muito inteligente.

Nick e a avó sempre foram próximos. Quando ele nasceu, a mãe de Catherine morou algumas semanas com o casal para ajudar com o bebê. Isso fez a filha desenvolver um novo respeito por ela, que ajudou a cuidar de Nicholas, mas também cuidou de Catherine e Robert, preparando as refeições, tomando conta da criança enquanto os dois dormiam à tarde e sempre que achava que o casal precisava de descanso. Jamais se fez de mártir, jamais disse a Catherine como agir, apenas deu apoio e amor.

— Peço desculpas por não ter aparecido por aí esses dias. Tem sido meio caótico por aqui, com a mudança e tudo o mais. Vamos marcar um almoço de domingo, e eu chamo o Nick também. Ele pode buscá-la.

— Vocês não precisam me buscar, Catherine. Posso pegar o ônibus.

— Certo, vamos ver, mãe.

Da última vez que tentou pegar o ônibus, a mãe de Catherine entrou em pânico pois não sabia onde descer e continuou a viagem até o ponto onde o pegara. Catherine sabe que reluta em enxergar o suave declínio da mãe, que, embora ainda não esteja instalado, aos poucos se faz visível. Já providenciou uma diarista para ajudar a idosa duas vezes por semana com a limpeza e as compras. É bom saber que mais alguém está vigilante.

— Bom, é melhor eu começar a fazer o jantar, mãe. A gente se fala, mil beijos.

— Cuide-se bem, minha querida.

Às sete, ela manda uma mensagem de texto para Robert, avisando que o jantar estará pronto às sete e quinze. Liga o som e se permite ouvir a música em volume alto, assim como se permite outra taça de vinho e sentir-se à vontade.

Às nove, Robert ainda não chegou. Catherine fica preocupada. Ele não respondeu aos seus telefonemas nem às mensagens de texto. Não é do feitio do marido ser tão desatencioso. Simplesmente não aparecer. Sente um aperto no estômago. Deixa uma mensagem para Nicholas, pedindo que o filho ligue, caso tenha notícias do pai, mas também não recebe resposta. Já começou a ensaiar o que dizer à polícia quando Robert finalmente manda uma mensagem. Está preso no trabalho. Sem desculpas. Sem beijo. Puta merda. Ela fica magoada. Que babaca. Porra. Não pensou nela por um segundo sequer.

22

Início do verão de 2013

Catherine está errada. Robert nada fez senão pensar nela. Durante horas. Imóvel. Permaneceu sentado à mesa depois de todos terem ido embora, a cabeça quente de tanto pensar na esposa. O pacote passou a tarde toda na mesa, fechado, e, já prestes a sair, ele o pegou.

Com o paletó ainda meio vestido, pronto para ir ao encontro de Catherine em casa, Robert rasgou o papel, desfazendo o embrulho. Assim como ela, esperou ansioso por uma noite a dois, e era isso que tinha na cabeça ao abrir o envelope. Franziu a testa ao tirar um monte de fotos, distraído, sem registrar direito o que via. Um rápido passar de olhos. Havia algo a mais no pacote. Um livro. O livro que Catherine queimou. *O completo estranho*, de E.J. Preston. Abriu-o e leu na primeira página: *Qualquer semelhança com pessoas vivas ou mortas é mera coincidência.*

E então se sentou e despiu o paletó.

Olhou as fotos de novo, dessa vez dando total atenção a elas, estudando uma após outra. Ao todo, eram trinta e quatro. Pegou o envelope pardo e estudou-o. Não reconheceu a caligrafia. "Em mãos" estava escrito no canto a caneta-tinteiro, assim como o nome de Robert. Não com uma caneta esferográfica, mas com uma caneta-tinteiro com tinta azul-real. Foi quando se levantou para chamar a assistente, antes que ela fosse embora.

— De onde veio isto? — indagou.

A moça ficou surpresa com seu tom de voz e parou o que fazia.

— Alguém deixou na recepção.

— Quem?

— Vou descobrir — disse ela, pegando o telefone diante de Robert, que não arredou pé. Então virou-se para ele. — Foi um homem. Um idoso. Lucy disse que ele entregou o envelope e avisou que era para você. Não falou mais nada. Lucy disse que ele parecia meio... Bem, meio simplório. Achou até que fosse um mendigo, mas o sujeito era educado e não ficou esperando, só deixou o envelope e saiu.

— Obrigado. Até amanhã.

Robert continua sentado, as fotos espalhadas diante dos olhos, tal qual uma colagem: pequenas imagens reunidas para revelar uma maior. Ainda assim, Robert não consegue ver qual é essa imagem maior. O que vê é Catherine. Catherine em uma praia, enrolando no dedo as tiras que prendem a parte de baixo do biquíni vermelho. Nicholas está ao lado dela, que sorri para a câmera. Catherine dormindo serena. Em outra, ela aparece apoiada em um dos braços, de lado, os seios apertados um contra o outro, bonitos, vazando do sutiã do biquíni, o rosto sorridente apoiado na mão. Para quem sorria? Catherine e Nicholas sentados à beira da areia. Nicholas contemplando o mar. Catherine olhando diretamente para a câmera, sexy, segura de si, o filhinho de ambos, então com cinco anos, sentado a seus pés.

As fotos foram tiradas ao longo de uma série de dias, não um só, mas vários. Mas que dias? Ele tenta lembrar. Nicholas está presente na maioria das que têm a praia como cenário. Existem outras, também, em que Nicholas não aparece. Estaria ali, ao fundo? Devia estar por perto. No mesmo cômodo? No cômodo vizinho? Sozinho? Dormindo? O que terá visto? O que terá ouvido? Nessas outras fotos, Catherine está usando lingerie, não biquíni. Calcinha e sutiã. Definitivamente não se trata de um biquíni. Renda. Alças que escorregam dos ombros. Mamilos visíveis, duros, através da renda. Calcinha, não biquíni. Nada resistente. Mínima, frágil. Algo que não resistiria debaixo d'água. Robert sabe muito bem — foi ele quem comprou a lingerie para aquelas férias. E a mão de Catherine está dentro da calcinha, com a cabeça virada para cima, o que parece indicar que fita algo no teto, mas é evidente que não é o caso. Ela alçou voo para outro lugar, alcançou um estado mental que a fez entreabrir os lábios e fechar os olhos. Perdida em seu espaço especial. Mas não propriamente sozinha, porque alguém mais está presente. Uma testemunha muda e agradecida. Invisível. Exceto na foto. Um deslize. Uma sombra no canto.

Robert agradece por estar sozinho, por não haver mais ninguém ali para flagrar suas lágrimas. O choque inicial ao ver as fotos deu lugar a uma dor que o dilacera como uma lâmina de aço, abrindo-o do topo da cabeça até o estômago. Sente que as entranhas ameaçam sair pelo corte. Os dedos estavam trêmulos quando redigiu a mensagem para Catherine, avisando que sairia mais tarde do trabalho. Uma mensagem de texto foi tudo que conseguiu administrar. Não podia falar com ela, não ainda. Não é capaz de ter a conversa que sabe que os dois precisarão ter em algum momento, não ainda.

Quer acreditar que se trata de um equívoco, mas não pode negar o que vê. É ela. Em cores, em close. Quase consegue sentir o cheiro do corpo da esposa vindo das fotos brilhantes. As imagens falam por si, imagens que são novas para ele, e, ainda assim, flashes de algo que já viu. A lingerie que ele escolheu. E o biquíni vermelho. O rosto dela é o mesmo — mais jovem, mas o mesmo —, embora ele não reconheça a expressão. E como dói! Nunca viu tamanho abandono no rosto de Catherine. É Catherine, sim, mas não é sua esposa. Também reconhece o lugar. A Espanha em... Quando foi mesmo? Em 1991, 1992? Uma cidadezinha espanhola no litoral. Férias de verão para os três. E, quando a raiva brota, Robert permite, agradecido, que ela supere a dor por um instante. Lembra que perdeu uma parte das férias. Pegou um avião para casa mais cedo, deixando Catherine e Nicholas para trás. Surgiu um caso, algo que deve ter parecido importante na ocasião, mas que agora se perde no fato mais importante de tê-lo feito afastar-se da mulher e do filho.

Catherine podia não se parecer com a esposa nas fotos, mas Nicholas sem dúvida é seu filho. Aquele sorriso. Aquele corpinho esbelto, já sem a gordura de bebê, um garotinho, não mais um neném. Todo anguloso, joelhos ossudos, cotovelos pontiagudos. Um menino azougue, sempre em movimento, eletricamente curioso. Olhar para esse garotinho alimenta sua raiva. O que será que Nicholas presenciou? Quanto foi que viu? Será que entendeu o que via? O pobrezinho não teria escolha. Não podia pegar um avião para casa. Não podia pedir ao papai para buscá-lo.

Robert se obriga a lembrar quando foi que Catherine e Nicholas voltaram daquelas férias. Logo depois de seu retorno, Catherine anunciou que queria voltar a trabalhar em expediente integral. Ele lembra muito bem. A ideia brotou do nada. Robert imaginou que ela ficaria mais um tempo em casa e depois trabalharia meio expediente. Não era por dinheiro, ele já ganhava mais que ela — o suficiente para ambos. Ficou perturbado, mas mesmo assim se calou, disfarçou o que sentia, porque priorizava as necessidades dela em detrimento das suas. Guardou a decepção para si.

Engole o nó de angústia que se formou na garganta. Catherine disse que estava deprimida, que sentia falta do trabalho. Não disse, mas deu para perceber que ser mãe não lhe bastava, ela priorizava as próprias necessidades em detrimento das do filho. Como ele priorizava as necessidades de Catherine em detrimento das de Nick. Conclui que nada teve a ver com trabalho, mas com o caso amoroso que ela manteve nas férias.

Catherine estava deprimida quanto ao casamento, não com a falta do trabalho. Ele olha as fotos espalhadas na mesa. Entende que a esposa encontrou algo mais excitante naquelas férias. Porra, que idiotice a dele. Devia tê-la imprensado na noite em que a viu queimando o livro, quando ela parecia prestes a contar — e teria contado, se ele insistisse. Mas não insistiu, claro. Comeu direitinho na mão dela, como sempre. Por isso as insônias, por isso esse nervosismo todo: foi descoberta. Nada a ver com a saída de Nicholas de casa ou a culpa que sentia por isso — ela não se importa a mínima com Nick ou com ele. Não, ela foi desmascarada, isso sim. Desmascarada quanto a um caso de anos atrás. Um caso que manteve debaixo do nariz do filho, santo Deus!

Pobre Nicholas, preso na Espanha com a mãe e... Quem mais? Quem estava lá com eles? A mãe com um estranho e ele, um menino de cinco anos, vendo Deus sabe o quê. *O completo estranho?* Robert vasculha a memória para ver se consegue se lembrar de alguma conversa que possa ter tido com Catherine na volta, algo que forneça uma pista. Tudo de que se recorda são frases inócuas: "Sentimos saudades suas", "Não foi a mesma coisa depois que você veio embora". Disso ele tem certeza, porra!

E quanto a Nicholas? Será que o menino falou alguma coisa que pudesse servir de ponto de partida? Que Robert devesse ter entendido como ponto de partida? O comportamento dele mudou? Ele se fechou em si mesmo? Robert não se lembra de ouvir qualquer coisa de Nicholas. Sem dúvida o filho deve ter dito ao menos "O amigo da mamãe fez isso..." ou "Conhecemos um cara legal..." ou "A mamãe tem um amigo novo", não? Robert não se lembra de ouvir coisa alguma do filho sobre o período que passou sozinho com a mãe nas férias. E um estranho. Seria mesmo um estranho? Ou alguém que o filho conhecia? É preocupante o fato de Nicholas não ter dito nada. Não é normal uma criança não dizer nada. Uma criança só age assim quando está escondendo alguma coisa, alguma coisa indizível.

O telefone apita. Uma mensagem de Catherine. *Pena que você não me avisou mais cedo.* Sem beijo dessa vez. Robert não responde. Não quer falar com ela, nem por mensagem. Mas precisa falar com o filho. Precisa se encontrar com ele. Ao lembrar-se do Nicholas nas fotos, sabendo que o filho agora é um rapaz, a discrepância o assalta. Nada restou daquela criança ativa e irrequieta no Nicholas apático, praticamente sem rumo, de vinte e cinco anos. Essa criança foi eclipsada pela adolescência — sumiu na fumaça — e nunca foi recuperada. Robert sempre se perguntou por quê. Por que teria largado os estudos? Por que era tão desmotivado? E a mãe nada dizia. Ora, talvez o motivo fosse esse. Talvez o Nicholas menino tivesse visto e ouvido coisas que não devia. Vai ver Robert tinha a chave para revelar o que fez o filho perder o gás.

— Nick? Oi, é o papai.
— Alô. — O tom é monocórdio.
— Olha só: você já jantou? — Robert tenta parecer animado.
— Eu... Não.
— Bom, vou dar uma passada aí e levar você para jantar. Tive de ficar até mais tarde trabalhando e estou morto de fome...

Nicholas reluta, mas Robert está decidido a convencê-lo:
— Rapidinho. A gente pode comer alguma coisa no pub aí perto. Fica no caminho.
— A mamãe está tentando achar você, aliás.
— Já falei com ela, não se preocupe — mente Robert. — A gente se vê daqui a quinze minutos.

São quatro as campainhas na porta do prédio de Nicholas, três com nomes escritos, uma sem nome. Robert aperta a última. Não pisa no apartamento desde que, junto com Catherine, ajudou o filho a se mudar, três meses antes. Visualiza o rapaz descendo os quatro lances de escada. Quando finalmente abre a porta, ele parece exausto.

— Vamos!? — exclama Robert, compensando a falta de entusiasmo de Nicholas com uma animação artificial.
— Ainda não estou pronto.
— Tudo bem. Eu subo e espero — diz Robert, seguindo o filho, reduzindo o passo para se adequar ao ritmo arrastado do garoto, reparando nos pés descalços de Nick, com as solas sujas, na correspondência espalhada pelo chão do corredor, no carpete manchado e queimado por cigarro. Robert espera na sala de estar, dá uma espiada na cozinha, onde a pia está cheia de louça, vê a frigideira engordurada no fogão, a lata de lixo que precisa ser esvaziada dos pedaços de comida que escapam do saco preto. *Mas o que esperar de um apartamento cheio de estudantes?*, diz a si mesmo. Só que Nicholas é o único que não estuda. Os colegas saíram, e o lugar cheira a maconha. Robert espera que a droga seja dos outros, não de Nick. Por favor, que ele não volte a fumar baseado. Mas, como não quer se arriscar a aborrecer o filho, fica calado.

— Pronto?

Robert abre a porta do quarto e sente outro aperto no estômago. Calças, pratos, jeans, xícaras... Tudo jogado na própria sujeira. O edredom tem um tom amarelado na beirada, onde Nicholas esfregou o rosto. O filho está sentado na cama, calçando as meias. Robert observa enquanto ele enfia o sapato preto mocassim que usa para trabalhar e sente uma nova onda de raiva contra Catherine. Isso é culpa dela, que afastou Nicholas. Convenceu Robert de que seria bom para o rapaz ser independente. Não há nem globo na lâmpada do teto. Sente a garganta se fechar. Vê o móbile que Nicholas tinha na infância pendurado em um prego cuja função seria outra: as frágeis asas de papel dos aviões batem na parede, sem espaço suficiente para flutuar livremente.

— Vamos lá, garoto, vamos andando — ordena, com um sorriso encorajador.

Está decidido a encarar o jantar sem sucumbir.

Pai e filho. Uma garrafa de vinho tinto. Robert convenceu a cozinha a servi-los a essa hora. Um pai amoroso que se arrepende de nunca ter feito isso antes. De não ter transformado essas saídas em hábito. Pergunta a Nicholas como anda o trabalho, porém mal ouve quando ele responde. Ser um vendedor em treinamento na John Lewis não é a carreira que Robert e Catherine sonharam para o filho, mas Nicholas parece ter o bastante a dizer para convencer o pai de que está bem. Animou-se agora que comeu. Estava faminto. Conta a Robert sobre o treinamento e os benefícios que os funcionários têm. Mas é isso mesmo o que ele quer fazer na vida? Basta? Ele gosta de viver nessa penúria?

— E o apartamento? Que tal? — indaga Robert.

Nicholas dá de ombros, e então um sorriso aflora em seus lábios.

— Na verdade, não tenho ficado muito lá — responde, enfiando o garfo em uma batata frita de Robert.

— É mesmo?

— Conheci uma garota. Tenho passado um bocado de tempo na casa dela.

— Então me fale dela.

A notícia é boa.

— Não tem muito para falar. Não vá pensando que ela seja o sonho da mamãe...

— Bom, ela não tem nada a ver com sua mãe, tem? — O tom faz Nicholas erguer os olhos, surpreso. — Como é essa garota? — prossegue Robert.

— Legal. A gente quer viajar no verão, se conseguir juntar dinheiro.

— Sério? Para onde?

— Algum lugar barato. Para a Espanha, talvez. Ou Maiorca — responde Nicholas, com um sorriso largo.

— Para a Espanha. — Perfeito. — Você se lembra daquelas nossas férias quando você era pequeno? Na Espanha?

Nicholas parece irritado com a mudança de assunto.

— Não, não lembro.

— Você tinha uns cinco anos. Precisei voltar na metade das férias por causa do trabalho. Você e a mamãe ficaram lá sozinhos — explica, examinando o rosto do filho em busca de um sinal, mas nada vê. É uma tela em branco, revelando que algo deve ter sido apagado.

— Vagamente. Muito pouco.

— Vocês ficaram sozinhos só uns dias. — Quer fazer o filho lembrar, mas sem deixá-lo alarmado. — Na época fiquei chateado. Não devia ter deixado você lá. Sozinho. Com a mamãe.

Nicholas olha para o pai, dá de ombros.

— Não lembro direito, pai. Não se chateie com isso.

Robert estuda de novo o rosto do filho buscando um traço de sofrimento, mas nada encontra. O que quer que ele tenha vivenciado foi enterrado bem fundo.

— Você devia levar sua namorada para algum lugar bacana. Eu ajudo vocês. Deve ser difícil com o seu salário, mais o aluguel e o resto.

Nicholas se espanta. Sem dúvida isso contraria as regras — regras da mãe —, mas ele aceita de bom grado o que conseguir do pai.

— Obrigado.

Depois de deixar Nicholas no apartamento, Robert dá voltas com o carro até ter certeza de que Catherine já estará dormindo. Estaciona do lado de fora da casa e olha para a janela do quarto dos dois no andar de cima. A luz está apagada. Tira o livro da pasta e, com a luz do celular, lê a primeira página: *Victoria Station em uma tarde cinzenta e úmida de quinta-feira. O dia perfeito para escapar...*

Está cansado demais esta noite para encarar o que o livro tenha a dizer, e foram as fotos que apunhalaram seu coração. Lerá o livro no dia seguinte. Procura no Google do celular *O completo estranho* e descobre o site. Como aconteceu com Catherine, nada encontra que informe quem é o autor — homem, mulher, jovem, velho. Presume que seja homem, e da sua idade. Lê a crítica e se pergunta quem a terá escrito. Sai do carro, fecha a porta e entra na casa. Aguça o ouvido um instante e depois vai para o quarto de hóspedes, tomando cuidado para não fazer barulho.

23

Início do verão de 2013

É a segunda noite seguida que Catherine vai se deitar sozinha. Tentou ficar acordada na noite anterior, esperando que Robert chegasse, mas não conseguiu. Quando acordou naquele dia não havia sinal algum de que ele tivesse se deitado. Foi só quando ouviu a porta da frente se fechando e desceu correndo a escada que se deu conta de que o marido dormiu em casa e depois saiu sem querer acordá-la.

Ele deve estar muito atolado em trabalho para chegar tão tarde em casa e sair tão cedinho. Catherine teve vontade de conversar com o marido e perguntar por que ele não ligou para dizer o que estava acontecendo, por que não apareceu para jantar. Robert é um homem atencioso. Sim, atencioso. Tão atencioso que dormiu no quarto de hóspedes para não acordá-la, satisfeito por vê-la conseguir dormir bem outra vez, sem querer incomodá-la. E quando chegou a manhã fez o mesmo. Catherine deveria ficar grata, mas não fica. Está inquieta, e essa inquietude só fez crescer ao longo do dia, quando seus telefonemas não foram retornados e as mensagens de texto demoraram a chegar e tinham um tom lacônico.

Agora, nessa segunda noite sozinha, está na cama tentando ouvir sinais da chegada do marido. Falta pouco para a meia-noite. Catherine escuta o ronco de um trem, o barulho de carros na rua molhada e o som do motor de um táxi parando. A batida de uma porta. Senta-se na cama. Pode ser ele. Tenta ouvir o ruído de uma chave na porta da frente, mas nada. O único som é o distante badalar do sino da igreja anunciando a meia-noite. Levanta-se da cama e vai até a escada. Então escuta o barulho de chaves sendo deixadas na mesa do corredor, um barulho tão suave que se estivesse deitada na cama não teria ouvido. Se estivesse deitada na cama, como imagina que Robert pense ser o caso, não saberia que o marido chegou e está lá embaixo. O que Catherine sem sombra de dúvida ouviu foi o esforço dele para esconder sua chegada. Espera, então, que Robert suba. Quando isso não acontece, ela desce, apertando o nó que prende a camisola na tentativa de sufocar a queimação no estômago.

Robert olha para Catherine, mas nada diz. Os olhos estão fixos na esposa enquanto ela se aproxima e puxa uma cadeira para juntar-se a ele à mesa da cozinha. Está tomando um uísque que serviu há pouco e continua a observá-la.

— Robert — diz Catherine, baixinho. O nome dele é tudo que consegue dizer.

Ele pousa o copo na mesa, mete a mão no bolso do paletó, de onde tira um envelope. Põe as fotos na mesa e as espalha com os dedos, como quem se prepara para fazer um truque com cartas. Ela olha as fotos, a princípio confusa, como aconteceu com o marido na primeira vez em que as viu. Então, registra. Vê as imagens. Ouve o som. Clique, clique, clique.

— Meu Deus! — exclama, enquanto é arrastada ao passado como uma viajante no tempo involuntária. Não toca nas fotos, apenas olha.

Robert segura o pulso da esposa e a obriga a pegá-las.

— Olhe para elas. Olhe bem. Olhe para você.

É o que Catherine faz. Lágrimas brotam em seus olhos, a garganta se aperta, seca, sufocando-a. Ela passa a manga da camisola nos olhos. Não pode chorar — se começar, não vai conseguir parar, vai continuar chorando até se afogar em lágrimas. Ambos hão de se afogar. Será este o pior momento? Ela sabe que não.

— Eu disse para você olhar.

Catherine nunca viu o marido usar um tom tão frio, nunca sentiu esse arrepio que a voz dele causa em seu corpo. Ele não grita, mas o amor se foi, deixando apenas fúria.

— Olhe todas.

E Catherine é obrigada a examiná-las, uma por uma.

Robert segura a mão dela quando Catherine chega a uma foto em que está se masturbando. Há mais de uma, e o marido não lhe dará permissão para passar depressa por elas. Terá de olhá-las devagar. Então ele arranca todas de suas mãos e põe três lado a lado: um tríptico da esposa desavergonhada. A esposa exposta em cor brilhante sobre a mesa da cozinha, os dedos pegajosos, enfiados em si mesma. Dedos leves, ágeis. Então Robert começa a chorar, partindo o coração de Catherine.

— Robert, eu sinto tanto... Devia ter contado a você...

Ela se dirige ao marido, querendo envolvê-lo nos braços, puxá-lo para si, mas ele empurra a cadeira para trás. Não quer ser tocado por ela. Pega uma foto de Nicholas na praia com a mãe.

— Que merda aconteceu lá? — Outra vez aquela voz. Há mais raiva que sofrimento ali.

— Eu devia ter contado... Mas... Nicholas não soube de nada. Juro. Ele não soube... Faz tanto tempo... Eu...

— Sei exatamente quando aconteceu, porra — interrompe ele. — Não importa quanto tempo tem. Você fez isso...

Pega, então, as fotos e as atira no rosto dela.

O choque a deixa sem fôlego. A maioria cai no chão; duas ou três, em seu colo. Ela as empurra, deixando-as onde caem.

— E Nicholas? — indaga Robert. — O que ele viu? Uma coisa é fazer isso comigo, mas com ele? Como você pôde? Nunca pensei que fosse capaz de...

Robert não consegue pronunciar a palavra, e Catherine aguarda enquanto ele luta para organizar as ideias. Aguardar é um perigo, porém. Ela devia intervir antes que ele fale demais, mas está perdida. Perdida no passado, recordando.

— Quem era ele? Quero saber com quem foi. Continuou depois? Ou era um garçom espanhol safado, um casinho de verão, como se você fosse uma puta adolescente que teve uma transa de férias? Uma mulher fácil. Essas vadias inglesas. Basta um pouquinho de sol e uma sangria, e elas dão para qualquer um. Claro que, em geral, elas não levam os filhos. Você estava de saco cheio? Carente de atenção especial?

— Não, não foi assim... — começa Catherine, com a sensação de que um estranho entrou em sua casa. O homem a seu lado não é Robert.

— Bom, foi como, então? Ele estava tirando fotos do nosso filho. Me fala! Como foi?

— Pare de gritar comigo! — Sim, porque agora ele está gritando, e ela não pode pensar com essa gritaria. Robert perdeu a frieza, a raiva o aqueceu. — Por favor, chega. Vou contar, se você escutar... Tente escutar. — Pegando o copo do marido, ela bebe o uísque que restou. Prepara-se para desabafar, para confessar o motivo por que nunca lhe contou. — Eu não queria que você nos deixasse lá. Lembra? Pedi para você não voltar, não correr para o trabalho, para ficar conosco... — Ela protela, se prepara, mas ele não cede. Toma de volta o controle, incapaz de conter a fúria.

— Você é inacreditável. Está dizendo que a culpa é minha? Que o fato de ter voltado mais cedo justifica você trepar com um estranho debaixo do nariz do nosso filho? Expor o garoto a isso? Acha mesmo que pode justificar tudo que faz, não é? Você está sempre certa. Que o direito é sempre seu. A porra da santa Catherine!

Ela está pasma. Robert a odeia naquele instante, dá para ver. Como foi rápida a passagem do amor para o ódio. Ele está magoado, diz a si mesma, mas teme que seja mais que isso. Um ressentimento negro, possante, escorre, fervilhando, da boca do marido. Ela o observa vomitar aquilo tudo.

— Você não podia passar quatro dias sem mim? Não podia aguentar ficar sem sexo durante quatro dias? Segundo lembro, mal transávamos naquela época. Foi por isso que comprei aquela lingerie! — Ele chuta uma das fotos. — E aí, quanto tempo durou o caso? Vocês se viram depois, para matar a saudade? Se encontraram para tomar uma taça de Rioja aqui na Inglaterra? Ou quem sabe naquelas suas viagens *de trabalho*? Você levou o cara junto?

O que ela esperava? Certamente não isso. Olha as fotos no chão e se abaixa para pegá-las.

— Onde foi que você conseguiu estas fotos?

Robert a ignora, abre a pasta e joga com força *O completo estranho* em cima da mesa.

— Então isto *é* sobre você.

O suor empapa a camisola de Catherine.

— Sim, mas não foi assim... Não como está aí...

A sensação era de que ele enfiara a mão em sua garganta, bloqueando a saída das palavras.

— Sério? Então por que estava tão preocupada? Por que queimou o livro? E acabou de dizer que Nicholas não soube de nada, mas mandaram o livro para ele também, não é mesmo? Ele deve ter tido alguma participação...

— Sim, mas não... — começa ela, mas então para. — Você não leu?

— Não. Não tive estômago. As fotos já me disseram o suficiente — diz ele, chutando as fotografias outra vez. — Foi *ele* quem escreveu?

— Não — responde Catherine, em um sussurro.

— O quê? Não escutei. — Desdenhoso. Petulante.

Ela balança a cabeça.

— Quem escreveu, então? A mulher do cara? Ela descobriu?

— O pai. Acho que foi o pai.

— O pai? Ora, pelo amor de Deus! Ele era rapazinho? Tinha quantos anos exatamente? Não me diga que era menor de idade.

É quando Catherine alteia a voz. Mais parece um uivo, porém, do que um grito. Agudo e desesperado.

— Ele está morto. Ele morreu...

O choque transparece no rosto de Robert. Uma onda de choque que levou vinte anos para viajar dela para ele, e que agora acaba de derrubar as defesas que Catherine ergueu para proteger a vida do casal.

24

Verão de 1993

Não foi no meio da noite nem às três da manhã, mas na hora do chá em um dia ensolarado. Nancy e eu estávamos sentados no jardim, lendo os jornais e tomando chá. Tínhamos puxado as cadeiras para o canto da varanda, aproveitando ao máximo aquele finzinho de sol que aquecia o jardim antes da chegada da sombra. De início, não ouvi. Só quando entrei na cozinha para encher de novo nossas xícaras é que vi duas figuras através do vidro da porta da frente. Então ouvi. Mais tarde dei-me conta de que deviam estar batendo havia algum tempo, porque o que ouvi da cozinha já não era uma simples batida, mas um murro seco, com a mão fechada. Não me pareceu agressivo, mas, sim, urgente. O bule de chá estava em minhas mãos, pronto para servir, e eu o pousei na pia e dei uma olhada pela porta aberta da cozinha, buscando Nancy, o chapéu enfiado na cabeça, protegendo os olhos do sol, totalmente absorta. O que ela estava lendo? Não sei direito. Lembro que era a seção de críticas, logo devia ser sobre uma peça, um filme ou um concerto que talvez tivesse marcado a lápis para comprarmos ingresso. Não compramos. Nunca mais fomos ao teatro nem ouvimos música depois daquilo.

Eu a deixei lendo e fui abrir a porta. A gente sabe quando alguma coisa está errada. E eu queria deixá-la, tanto tempo quanto fosse possível, naquele velho mundo onde os jornais de domingo podiam ser lidos e era possível ter solidariedade quanto aos problemas dos outros, não quanto aos nossos.

— Sr. Brigstocke? — perguntou o homem.

Assenti, sem me afastar da soleira da porta, sem querer deixá-los entrar.

— Podemos entrar? — Dessa vez foi a mulher, com o olhar decidido a reter o meu.

Hesitei e cheguei para o lado, escancarando a porta para permitir que os dois entrassem.

— Sua esposa está? — perguntou ela.

Assenti.

— O que houve? O que vocês querem?

— Lamento, mas temos más notícias. Por favor, vá chamar sua esposa.

Obedeci. Ambos me seguiram até a sala e disseram que esperariam ali. Atravessei a cozinha para sair pela porta dos fundos e fiquei de pé à sombra, olhando para Nancy, em cujo chapéu brincava uma derradeira réstia de sol.

Ela ergueu os olhos.

— O que foi? — Os olhos se semicerraram no esforço para me enxergar na sombra. — Stephen?

— A polícia está aqui. Na sala.

E ela continuou a me encarar, a boca parcialmente aberta, sabendo, como eu, que estávamos prestes a envelhecer antes da hora. Curvados e cativos debaixo de um fardo pesado demais para aguentar. Nancy se levantou da cadeira baixa com dificuldade, dando a impressão de que a vitalidade já a abandonava. Estendi a mão e, juntos, entramos na sala e nos sentamos cada qual em uma cadeira. Os agentes da polícia estavam no sofá.

— Vocês têm um filho, Jonathan, de dezenove anos, não têm? Ele está viajando pela Espanha.

Ambos assentimos. Então não estava morto, pensei. Eles usaram o tempo presente. Nancy deve ter pensado o mesmo.

— Recebemos um cartão dele ontem. De Sevilha.

Ela sorriu ao dizer aquilo, como se mostrasse a prova de que, de alguma forma, Jonathan estava bem, a confirmação de que ele era um bom rapaz, que gostava dos pais, que não queria que eles se preocupassem.

— Sentimos muito, mas Jonathan morreu em um acidente. Ontem. Sentimos muito mesmo.

Eu assenti. Nancy não se mexeu. Ambos continuamos sentados em nossas cadeiras, então me levantei e fui até ela. Peguei sua mão. Estava pegajosa, inerte.

— Que tipo de acidente?

Pensei em estrada. Algo na estrada, que é onde os acidentes acontecem. Um carro o atropelou. Ou ele caiu de uma moto a toda a velocidade. Foi atingido por um caminhão. Algo rápido e decisivo, sem qualquer chance de recuperação.

— Ele se afogou — disse o policial, e a mulher que o acompanhava se levantou e se ofereceu para fazer um chá. Apontei para a cozinha. — Foi um acidente. A polícia espanhola não tem dúvidas. Tarifa... O mar é traiçoeiro por lá. Imprevisível.

Ele olhou para nós.

O que dizer? O que fazer? Precisávamos que nos dissessem o que fazer. Ele sabia disso.

— Vocês terão de ir à Espanha identificar seu filho. As autoridades espanholas não liberarão o corpo até que haja uma identificação formal. A menos que exista outra pessoa que possa fazê-lo...

— Então vocês não têm certeza de que é Jonathan? Pode ser um engano? — indagou Nancy, agarrando uma esperança.

— Sra. Brigstocke, lamento, mas não é engano. A polícia espanhola já examinou os pertences do seu filho... A sacola dele estava na praia. Mesmo assim, precisamos de uma identificação formal.

— Talvez alguém tenha roubado a sacola dele, não? — implorou ela.

— Encontraram o passaporte. Sem dúvida é Jonathan.

A mulher voltou trazendo o chá. Com leite demais, açúcar demais.

— O corpo não será liberado sem identificação formal. Depois, vocês podem trazê-lo para casa — falou, enquanto pousava a bandeja na mesinha. — Se houver alguém que possa fazer isso...

— Não, não há mais ninguém — respondi.

— Nenhum outro parente?

Balancei a cabeça.

A mulher registrou a informação e prosseguiu:

— O consulado os ajudará a tomar todas as providências. Vai cuidar de tudo para vocês.

O corpo. Nosso filho. O corpo. Senti Nancy puxar a mão da minha e segurar a xícara de chá.

— Este é o telefone do consulado. Também vou deixar o meu — disse a policial, anotando em um bloquinho. — Caso tenham outra pergunta.

Ela estendeu o papel para mim, mas foi Nancy quem o pegou. Sentou-se com ele, encarando os números. Não ergueu os olhos quando os dois policiais se dirigiram para a porta nem quando me ouviu fechá-la.

Havia perguntas, claro, que não tive presença de espírito para fazer na ocasião. O que aconteceu exatamente? Que tipo de acidente foi? Alguém mais estava envolvido? Foi Nancy quem descobriu os detalhes quando ligou para o consulado, e foi Nancy quem me contou. Nesse momento, ouvi pela primeira vez o nome Ravenscroft. Nancy quis entrar em contato com ela, mas eu a dissuadi. Falei que cabia a ela nos contatar, e Nancy concordou. O fato de Catherine Ravenscroft não ter feito qualquer tentativa de nos encontrar me deu ainda mais certeza de ter sido a decisão certa. Só mais tarde, depois de revelar o filme que estava na máquina de Jonathan, foi que Nancy mudou de ideia. Mas não me disse nada. Guardou segredo.

Quando a porta se fechou após a saída dos policiais, vi que minha esposa tremia e peguei a manta nas costas do sofá para colocar em seus ombros. Ela ainda não olhara para mim.

— Nancy, Nancy — sussurrei.

Ajoelhei-me e a puxei para mim. Precisei puxá-la, ela não veio por conta própria. O choque a deixou paralisada. Claro que eu também estava chocado, mas de certa forma tive mais sorte. Meu foco era ela. Eu precisava ajudá-la, por isso não podia pensar em como me sentia. Afaguei sua cabeça, como se afagasse a de uma criança. Repeti seu nome várias vezes, baixinho, como se a ninasse para dormir. Então, ela despertou e me olhou, livrou-se da manta e se levantou, quase me derrubando.

— Reserve as passagens, Stephen.

Então subiu e ouvi uma mala ser puxada de debaixo da nossa cama.

25

Verão de 2013

O pescoço de Robert está duro, os olhos, secos. O amante de Catherine está morto. Santo Deus. Por isso ela achou que não precisava contar. Achou que tivesse se safado direitinho. O amante nunca bateria em sua porta. Não era de se espantar que andasse deprimida. Era luto. Teria se apaixonado? Não em um período tão curto, com certeza. Mas será que isso a fez pensar ter perdido alguma coisa? Robert passou a noite no carro, levando consigo a garrafa de uísque quando saiu porta afora. Ela implorou para que ficasse, implorou para que ouvisse. Chegou a correr atrás dele.

Ele dirigiu só até a rua seguinte, não foi longe. Não sabia aonde ir, por isso estacionou e ficou ali, meio esperando que ela aparecesse de repente, depois de correr em seu encalço. Continuou checando o retrovisor, mas ela não apareceu, então reclinou o assento e tomou seu uísque.

A bebida deveria fazê-lo passar mal, mas não fez. É a esposa que lhe embrulha o estômago. Suas mentiras — não quer mais ouvi-las, ignora todos os telefonemas, finalmente desligando o celular. A raiva que sente é sólida, e se agarra a ela para não se desintegrar. Fica tonto de pensar quanto foi manipulado. Devia ter desconfiado. É uma característica de Catherine, algo que sempre admirou: o talento para convencer todo mundo a fazer coisas que preferiam não fazer. Jamais sonhou que ela usaria esse truque com ele.

Começou a ler o livro na noite anterior, enquanto emborcava o uísque. Não progrediu muito — estava disperso demais, incapaz de se concentrar —, mas o vai ler naquela mesma manhã. Dormiu no banco traseiro, enroscado como um bebê, os joelhos junto ao peito. Continua no banco traseiro, agora sentado, como se esperasse o motorista. A cabeça dói. O gosto na boca sugere que bebeu o conteúdo da privada antes de dar descarga. Leva a mão até o painel do carro e enfia três pedaços de chiclete extraforte na boca. Precisa comer, precisa tomar um café e precisa de tempo para sentar e ler. Mas não pode dirigir, não ousa se arriscar a tanto. Ainda deve estar acima do limite alcoólico. Portanto, tranca o carro, ajeita a roupa e parte para o ponto de ônibus.

São cinco e meia. Tem tempo de sobra até precisar chegar ao escritório para a primeira reunião do dia. Espera o ônibus. O dia está lindo, ensolarado, sereno. É o único passageiro no ponto, mas, quando o ônibus chega, já vem com outros dois ou três. Gente com quem ele não costuma fazer o percurso até o escritório. Aposta que a jovem africana esteja voltando para casa depois do turno noturno. Percebe uma barra da blusa de um uniforme aparecendo por baixo do anoraque. A moça parece cansada, com olheiras escuras. Uma funcionária de hospital, talvez. Enfermeira, não médica. Uma boa mulher, pensa ele, uma mulher que trabalha à noite para sustentar a si mesma e a família, uma mulher sem vaidade, que não tem tempo para casos e traições. Ele se pergunta se seus pensamentos são racistas e conclui que é bem provável que sim, essa suposição de simplicidade — um mérito imposto à existência da moça. E o idoso — do Leste Europeu, supõe — com uma touca de lã, embora seja verão, e carregando na mochila um almoço cujo cheiro Robert sente a dois bancos de distância. Operário de obra, imagina, dedicado a embelezar a casa de algum londrino privilegiado. Uma casa como a dele. Onde de má vontade permitirão que esse homem, que já deveria estar aposentado, tome algumas xícaras de café e use o banheiro. A ele, Robert atribui uma dignidade serena, um oásis de silêncio do qual observa a vida das pessoas para quem trabalha sem julgá-las. Quando se levanta, pronto para saltar em seu ponto, Robert sorri, primeiro para a mulher, depois para o homem. Nenhum dos dois repara. Imbecil hipócrita — é como ele mesmo se rotula.

É uma manhã de novidades, e descobre um pequeno café, do tipo que normalmente não escolheria, mas que é o único aberto às seis da manhã no entorno da Berkeley Square. Pede uma torrada com tomate. Pão de centeio, não pão branco. Não, quer os tomates no forno, não fritos. E uma xícara de chá, que, quando chega, é da cor de chocolate. Escolheu um cantinho nos fundos e se acomoda para ler.

Não consegue resistir à tentação de ler a última linha primeiro. Concorda com o que está escrito. Realmente, é *lamentável* a existência dessas omissões da esposa, sua *omissão* em lhe contar alguma coisa. Ela só quer falar agora porque ficou encurralada. Admira o comedimento na linguagem, mas não consegue partilhá-la. É mais que lamentável, porra. *Mortal?* Uma ameaça infundada. Não sente necessidade de protegê-la.

Na noite anterior, Catherine tentou convencê-lo de que o livro não retrata o que aconteceu. Não aconteceu desse jeito. Não conseguiu ouvi-la, não conseguiu aguentar o som da voz dela. Falso. Tudo sobre ela soa falso. Claro que ela diria isso. Para Robert, a mulher perdeu a chance de dar sua própria versão. Só lhe resta confiar na palavra impressa. Catherine teve sua chance anos antes, e agora ele não pode acreditar em nada que ela diga, porque sabe que será questionável. Que ela tentará de tudo para justificar o injustificável. E é injustificável, por causa de Nicholas. Porque Nicholas estava lá.

Menos de uma semana antes, teria sido um luxo dispor de algumas horas para sentar em um café e ler um livro, mas agora a ocasião lhe causa secura na boca e tremor nos dedos. Ele volta à primeira página.

Victoria Station em uma tarde cinzenta e úmida de quinta-feira. O dia perfeito para escapar. Dois jovens fazem fila no guichê de passagens, entrelaçando as mãos, depois desentrelaçando-as, mas não por muito tempo. Não conseguem ficar desconectados por mais que uns poucos minutos...

Não se trata do tipo de livro que Robert costuma ler, mas ele descobre que não pode largá-lo. Dá para ver o que deve ter atraído Nicholas, o motivo por que o filho continuaria a ler. É fácil, leve e flui. Conta a história de um jovem, mais moço que Nicholas, que viaja pela Europa com a namorada. Robert lê sobre a expectativa de ambos e a sensação de aventura. Ambos largaram os empregos para viajar, decididos a não desperdiçar a juventude. Duas pessoas ainda jovens o bastante para viajar com dinheiro contado. O cheiro dos trens à noite, o despertar pela manhã e a chegada a outro país. Abrir a janela e contemplar o céu mediterrâneo enquanto disparam a toda a velocidade pelas rotas de liberdade. Estão apaixonados. O destino os quer juntos.

O que permeia o texto leve, e o que Robert imagina que tenha impedido Catherine de abandonar o livro após os primeiros capítulos, é a aproximação lenta das sombras da tragédia. O paraíso terá curta duração. Todas as coisas boas — os odores, os sabores, o calor — estão contaminadas pela ameaça de que a bonança não pode durar. Na altura em que Robert já trocou o chá por café e o casal chegou a Nice, uma má notícia de casa faz a namorada, Sarah, voltar para a Inglaterra. John, o namorado, se dispõe a voltar também, mas Sarah se recusa a permitir. Sabe quanto essa viagem significa para ele. Sabe por quanto tempo o rapaz pensou em fazê-la, planejou-a, economizou para ela.

Sarah é o tipo de moça que qualquer mãe ou pai desejaria para o filho. Os dois têm uma despedida lacrimosa na estação ferroviária de Nice. John compra um cartão-postal e se senta em um café para escrever aos pais. Compra um maço de Gauloises e fuma um cigarro. Sarah não suporta cigarro. Nem os pais sabem que o filho fuma. Compra um selo, põe o cartão no correio e segue viagem sozinho. Agora é que vai começar, pensa Robert, que pede mais um café puro.

26

Verão de 1993

Éramos definitivamente peixes fora d'água no aeroporto. Talvez fosse só uma sensação, e os outros não estivessem reparando, mas desconfio que os viajantes mais atentos tenham notado o casal de meia-idade com olhos vermelhos, ambos necessitando de férias, mas aparentemente temendo entrar no avião, talvez por medo de voar. Mas era o medo de aterrissar que afligia tanto a mim quanto Nancy — o medo de tudo se tornar real. Até então só havíamos imaginado. Agora precisaríamos olhar para o corpo do nosso filho, que partira antes de nós para vivenciar algo que devia ter esperado que vivenciássemos primeiro.

Antes de sair para o aeroporto, peguei na escrivaninha os três cartões enviados por Jonathan: Paris, Nice, Sevilha. Lustrosos e coloridos. Palavras escritas com pressa, sem muito peso quando lidas pela primeira vez, mas que, mais tarde, seriam relidas muitas vezes, com atenção. O de Sevilha foi o último que recebemos: a catedral banhada pelo sol, com turistas em uma carruagem puxada a cavalos ao fundo. Como esses turistas poderiam saber que sua imagem ficaria congelada para sempre em nossas mentes? Saber que, quando o cartão chegasse a nossa casa, os veríamos e depois lhes viraríamos o verso para ler as palavras que se tornariam as últimas que teríamos do nosso filho:

Queridos papai e mamãe,
Passei dois dias aqui. Parto para o litoral amanhã.
Quero pegar a barca para Tânger.
Amo vocês,
J.

Nenhum de nós falava espanhol, razão pela qual o consulado em Jerez nos ajudou a lidar com a burocracia. E quanta burocracia! Certidões e mais certidões para assinar, selar e entregar a várias autoridades antes que nos permitissem levar nosso menino para casa.

Fazia anos que não víamos Jonathan nu, mas ele estava assim quando olhamos seu corpo deitado, apenas com um pano cobrindo os genitais. Perfeito. Preservado na morte, os olhos fechados. E indubitavelmente nosso filho. O consulado nos informa que ele seria embalsamado — a legislação espanhola exige isso para que um corpo possa ser transportado. Entendi as tecnicalidades do processo de embalsamamento, ambos entendemos, embora nenhum de nós quisesse pensar muito a respeito.

Jonathan tinha se afogado, mas o rosto não estava inchado como imaginamos que estaria. Havia uma marca ao longo da parte posterior do braço esquerdo. Segui seu curso com os dedos, acariciando a carne fria onde uma linha roxa cruzava com outra. Um ferimento sofrido durante o acidente, pelo que disseram.

Chorei o mais discretamente que pude, mas chorei. Nancy tremia. Os tremores sacudiam seu corpo todo, não apenas os ombros. Não foram soluços que a fizeram tremer, mas uma emoção prolongada, potente. Algo se rompera dentro dela, causando onda após onda de choque. Era como se a tivessem ligado em uma tomada e não fosse possível desligá-la. Abracei-a para tentar fazer passar os tremores, mas não consegui. E o pior era o silêncio dela. Silêncio absoluto. Minha tentativa de tirá-la daquela sala foi em vão. Minha esposa se inclinou e pegou a mão de Jonathan. Rígida. Os dedos não podiam mais segurar os dela. Vimos que a palma estava roxa e arranhada, a pele arrancada e queimada no lugar onde ele se agarrara a alguma coisa. Devia estar tentando salvar a própria vida. Nancy caiu de joelhos e beijou a mão do filho, e eu pousei a mão no ombro dela. O funcionário do consulado ficou inquieto. Sem sombra de dúvida aquele era o nosso filho, mas precisávamos assinar um papel confirmando isso. Ele achava que estava na hora de irmos embora, percebi. Devo ter parecido impotente, por isso ele se aproximou.

— Sra. Brigstocke, podemos ir agora.

Fiquei aliviado quando Nancy o ignorou, pois assim me restou um espaço para agir. Puxei a mão dela que segurava a de Jonathan e fechei-a na minha.

— Nancy, querida, vamos.

Ela enfim permitiu que eu a levasse embora da sala. O consulado providenciara para que um carro nos conduzisse até a cidade praiana onde Jonathan morrera. Não me ocorreu, sinceramente, se iríamos ou não precisar pagar alguma coisa. No fim das contas, descobrimos que sim. O seguro de viagem de Jonathan não cobria tais despesas.

Fizemos o percurso de Jerez a Tarifa em silêncio, no banco traseiro do carro. A primeira coisa que Nancy quis, quando chegamos, foi ir até a praia. Pedi ao motorista que esperasse. O calor era muito forte. Meio-dia. Não havia sombra, lugar algum em que pudéssemos escapar do sol escaldante. Era a praia mais ampla em que já havíamos entrado: quilômetros e mais quilômetros de areia branca. Um deserto, não fosse pela multidão ali presente. Hordas de pessoas com a pele coberta de bronzeador, fritando reluzindo ao sol. Éramos as únicas vestidas dos pés à cabeça, e nossos sapatos afundaram na areia. Perguntei-me se devia tirar os meus e andar descalço, mas Nancy foi em frente, e eu a segui direto para o mar. Ela segurava o chapéu na cabeça, para que não voasse. O vento nos açoitava, e semicerrei os olhos para evitar que se enchessem de areia. Um lugar hostil. Levamos quinze minutos para alcançar a beira do mar e ali ficamos, o olhar fixo à frente. Era como fitar o espaço, não havia fim no horizonte. O vento marulhava a água, formando uma espuma branca, mas havia crianças brincando ali, além de praticantes de windsurfe que o vento ajudava a empurrar. Para esses, o lugar era amistoso. O topo de minha cabeça ardia, e imaginei as bolhas que se formariam depois, antes que a pele descascasse. Não pude mais aguentar e pus a mão no braço de Nancy, mas ela se libertou de mim. Não estava pronta para ir embora. Senti vergonha por ter exposto minha fraqueza. Olhei para trás e me perguntei em que trecho da praia Jonathan teria se deitado. Eu me perguntei se teria tentado fazer windsurfe. Quando me virei, Nancy estava descalçando os sapatos. Ergueu a saia com uma das mãos e estendeu a outra, à procura da minha. Tirei as meias e os sapatos, enrolei a barra da calça e pisei na água com ela. Ficamos ali alguns momentos. Eu a vi fechar os olhos e também fechei os meus. *Adeus, Jonathan*, pensei, e imaginei-a fazendo o mesmo. Então voltamos para o carro e partimos para o hotel em que nosso filho se hospedava.

O motorista sabia direitinho aonde ir: uma pensão barata para mochileiros em uma ruela próxima à praia. Esperei ser tratado com delicadeza pelos funcionários da pensão, mas não foi bem assim o que aconteceu. Mal tinham visto Jonathan durante sua estada, disseram. Não o conheciam. Era um estranho que por acaso morrera durante a hospedagem. Achei-os evasivos, quase envergonhados, como se preparados para que os culpássemos pela morte do nosso filho. Não tinham culpa. Ninguém tinha, não cansavam de repetir todos. Foi um acidente. O mar é traiçoeiro, o vento pode vir a qualquer momento, como ocorreu naquele dia. Havia uma bandeira vermelha na praia? Ninguém parecia lembrar.

A mochila de Jonathan estava em uma cadeira no quarto que ele ocupara. Era um quarto inóspito: uma cama de solteiro com lençol e cobertor, uma cômoda lascada que ainda continha suas roupas. A polícia devolvera a sacola que ele levara para a praia. Nela tinham encontrado a chave do quarto, foi assim que localizaram o hotel. Lá encontraram o passaporte, que os levou a nós.

Nancy cuidou de tudo. Tirou as roupas das gavetas e as dobrou antes de colocá-las em cima da cama. Não me deixou ajudar. Essa função era sua. Enquanto ela separava as coisas de Jonathan, sentei-me em uma cadeira junto à janela e contemplei o que Jonathan devia ter contemplado. O quarto não tinha uma vista do mar — ficava nos fundos da pensão barata. Assim, enquanto eu observava dois mochileiros, possivelmente escandinavos, sentados em cadeiras de plástico branco a uma mesa de plástico branco em um pátio ladrilhado de amarelo e cor-de-rosa, Nancy deve ter encontrado a máquina fotográfica de Jonathan. Acaso a teria posto na mochila do filho? Não sei. Ou a teria escondido na própria bolsa? Jamais saberei, mas me pergunto quando tomou a decisão de mandar revelar o filme. Será que foi ali, ou mais tarde, depois de voltarmos para casa? Nunca vi a máquina de Jonathan — sempre presumi que se perdera em algum lugar ou fora roubada por alguém do hotel, quando descobriram que meu filho não voltaria para pegá-la. Era uma máquina cara — o presente mais caro que lhe demos na vida. Uma Nikon top de linha com lentes superzoom. Nosso presente para seu aniversário de dezoito anos. Se a perdesse, provavelmente não nos diria.

Quando desviei os olhos da janela, Nancy segurava o canivete suíço de Jonathan, mais um presente nosso de aniversário. Aos treze anos? Catorze? De todo jeito, em uma idade que achamos suficientemente madura para que o ganhasse. Ela descobriu a loção de barba, borrifou o ar e cheirou, um último resquício do aroma do filho. Por que estaria fazendo tudo aquilo? Arrume a mala, por favor. Eu queria sair dali. Ela pegou um maço de cigarros. Nenhum de nós sabia que Jonathan fumava. A namorada, Sasha, não aprovaria. Não era de seu feitio. Talvez ele tivesse adotado o hábito depois da partida. Me pergunto por onde andará Sasha. Deve estar na meia-idade, provavelmente casada. Era um amor de moça, mas mesmo assim eu não teria gostado de ver Jonathan casado com ela. Bem, isso não é verdade. Se ela não tivesse voltado para a Inglaterra, se tivesse ficado na Europa com Jonathan, ele provavelmente estaria vivo até hoje. E eu daria qualquer coisa para que ele estivesse vivo, mesmo que isso significasse o sacrifício de casá-lo com uma mulher responsável, um tantinho séria demais.

27

Verão de 2013

Robert já encontrou Catherine no livro, embora ela seja Charlotte, não Catherine. Consulta o relógio. Tem meia hora até ser obrigado a ir embora a tempo de encarar a primeira reunião do dia, mas é incapaz de parar de ler. Liga para o escritório e pede que adiem o compromisso em uma hora.

Uma noite em Tarifa, isso que John planejara, só uma noite. Uma noite no hotel mais barato antes de pegar a balsa para Tânger cedinho, na manhã seguinte. Estava atrás de Orwell, Bowles, Kerouac, não de amor. Mas ouviu o canto dela e não teve salvação. Foi uma presa fácil para uma mulher com tanta experiência. Uma mulher meio entediada. Uma mulher que procurava um pouco de diversão leve para preencher um punhado de dias antes de voltar para casa e para o marido. Uma mulher que tinha um filho, um filho que comprometia um bocado seu estilo. Mas que não deixava de ser um disfarce útil, permitindo-lhe disfarçar-se de mãe, uma mulher que já não priorizava a si mesma. Que disfarce inteligente! Estou aqui, gritava das rochas. Cuidando do meu filho. Abandonada pelo marido viciado em trabalho. Posso desempenhar muito bem esse papel. Estão vendo como me porto?? Minha voz é suave quando falo com meu menininho. Eu sorrio. Um bocado. Sorrio um bocado. Ele é energia pura, é um azougue, esse meu garotinho. E feliz. Porque sou uma boa mãe. Ah, mas como é cansativo. Ele precisa de atenção o tempo todo, e isso é tão, mas tão cansativo! Não posso olhar para o lado um instante, ele não para de me chamar: Mãe, olha, mãe, mãe, mãe! Olha para mim. Olha para mim. E ela olha, sempre que ele exige, e sorri, e seu tom é paciente, mas não passa de teatro. A voz paciente ecoa, porque ela se assegura de que isso aconteça, de modo que todos à sua volta, no café, deem-se conta da mãe maravilhosa que ela é. De vez em quando confere se a plateia presta atenção. Olhem para mim, diz ela, tão alto quanto o menino, mas sua inteligência é maior que a dele. E John ouviu sua voz e não teve salvação. Não conseguiu perceber que estava sendo enfeitiçado.

Viu o vestido leve de algodão arrastando no chão sob a cadeira: as pernas compridas, bronzeadas, a pele dourada se insinuando por entre a fenda que abria bem no alto da coxa — uma fenda deliberada, que lhe permitia mover-se livremente no vestido longo, um vestido que declarava recato, mas sugeria o calor guardado ali dentro.

A imagem é um tapa na cara de Robert. Ele a viu em uma das fotos — uma fotografia de Catherine com a perna se projetando do vestido de verão. Sentada em um café com Nicholas. O autor a odeia mesmo, e Robert também detecta ciúmes permeando as páginas. Pergunta-se de novo se o romance pode ter sido escrito por uma namorada, mas Catherine não disse que achava que o autor era o pai? Continua a ler:

Charlotte pagou uma cerveja a ele, como agradecimento por ajudá-la a distrair o menino para fazê-lo comer o jantar. Depois o rapaz acompanhou os dois até o hotel, já escurecia e ele não tinha mais nada para fazer. O garotinho foi andando calado, sonolento, segurando a mão da mãe, enquanto ela e John conversavam. O rapaz explicou que partiria no dia seguinte para pegar a mochila. A mulher comentou que sentia inveja da liberdade dele, mas era uma inveja saudável, em nada maldosa. Ainda era cedo, e ela o convenceu a esperá-la no saguão enquanto botava o filho na cama. Estava na hora de ele dormir, mas não na dela, e queria pagar um drinque para John como agradecimento, além de também desfrutar a companhia de um adulto. E o rapaz ficou todo prosa, tinha dezenove anos...

As mãos de Robert tremiam. Segurando uma delas, repara, surpreso, nos dedos inquietos, com a sensação de estar vendo um espécime de algo jamais visto. O que quer que esteja prestes a ler, aconteceu de verdade. Não havia o que fazer a respeito, e ainda assim aquilo exerce um poder sobre ele como se o ato da leitura pudesse levar tudo a acontecer outra vez, só porque agora está presente para ver. Continua a ler, como um adolescente desesperado para chegar às partes onde há sexo.

Ele se encantou com a timidez dela, a relutância recatada em se deixar ver nua. Perdera a confiança no próprio corpo desde que se tornara mãe, pelo que falou, e temia que ele recuasse ante a visão da cicatriz no lugar onde a abriram para tirar o filho, já que o jovem estaria mais habituado a carne mais jovem e mais firme. E Sarah era mais jovem, muito mais, mas John não disse isso a Charlotte. Nem que Sarah fora sua única amante. O nervosismo dela o incitou, e por um instante os papéis foram invertidos enquanto Charlotte lhe permitia sentir como se o controle fosse dele, como se ele fosse o guia.

O filho dormia do outro lado da porta, que ela fechara. Os dois estavam no quarto que Charlotte partilhara com o marido. Ela fechou os olhos quando John tirou seu vestido leve de algodão, os braços erguidos como os de uma menina sendo despida para dormir. Por baixo estava o biquíni, ainda sujo de areia. Ele desfez os laços de cada lado da parte de baixo e acompanhou a queda lenta até o chão. Depois desamarrou o sutiã, preso atrás do pescoço e nas costas, fácil de tirar. Ela estava nua, mas ele continuava vestido. A mulher não o ajudou a despir-se, não o tocou. Observou-o e não reparou em seu olhar faminto. O rapaz era bonito e era um estranho. Ela sabia que o dominava. Convenceu-o a adiar a viagem para Tânger por alguns dias, só até ela partir também...

— O livro é bom? — Robert leva um susto, como se tivesse sido flagrado lendo pornografia. — Outro chá? — indaga a garçonete.

Ele assente, depois recusa. Não sabe o que quer, incapaz de decidir.

— Estou bem assim — consegue responder.

E continua a ler.

... E o que John não entendeu foi que o que a interessava de verdade era o jogo: a clandestinidade de levá-lo às escondidas para o quarto, de modo que os funcionários do hotel de nada soubessem, de modo que continuassem a sorrir e a tratá-la com gentileza; a clandestinidade dos olhares trocados na praia fingindo serem dois estranhos. Nem o filho se dava conta de que o jovem deitado em uma toalha a alguns metros de distância conhecia a mãe mais intimamente do que ele jamais viria a conhecer. E John registrou sua paixão, seria algo para guardar com carinho quando voltasse para casa, no mundo real. Não passou por sua cabeça que jamais veria aquelas fotos, jamais seria capaz de olhar para aquele passado...

28

Verão de 2013

Catherine correu atrás de Robert, torcendo para que ele parasse. Foi até o meio da rua, onde ficou, de camisola, vendo as luzes das lanternas traseiras desaparecerem na esquina. Permaneceu algum tempo ali, esperando que ele reaparecesse — segura de que o marido mudaria de ideia e voltaria para casa. Não aconteceu.

Ficou acordada a noite toda, na esperança de que ele ao menos ligasse, mas Robert também não o fez. Ela ligou e deixou recados, todos ignorados. Tentou imaginar onde o marido estaria, mas não conseguiu. Não conseguiu imaginar seu paradeiro, mas imaginou-o lendo o livro — perguntava-se que parte estaria lendo e que reação teria. Foi quando a fúria cresceu em seu íntimo contra a violência desse ataque. Não conseguia se deitar, não conseguia sequer ficar sentada. Não parava de se mexer, o corpo todo tremendo. Andou para cima e para baixo, ferveu água na chaleira, fez um chá, tomou, e depois fez outro, à espera do marido. Queria fazê-lo entender por que não mencionara o acontecido. Não tinha sido por ela, tinha sido pelos dois. Por Robert, mas, sobretudo, por Nick. Seu silêncio teve como objetivo proteger o filho de ambos, e a morte de Jonathan selara o segredo. Não era preciso que mais alguém sofresse.

Mas Robert não voltou para casa.

Já clareou, e Catherine está exausta. Pernas e braços pesam, parecem mais um lastro, como se todo o chá que consumiu tivesse ido parar ali, enchendo os membros e deixando-os pesados. Ela está mole, inchada, pesada. Quando se mexe, dá para ouvir o líquido sacudir dentro de si. A cabeça também parece alagada, assaltada por imagens incontroláveis e lembranças que foram desenterradas e se recusam a ir embora.

 Catherine queria fechar os olhos para nunca mais abri-los. Não morrer, apenas dormir por muito tempo. Arrasta-se até o quarto, deita-se na cama e fecha os olhos. É quase um alívio saber que Robert sabe — sobre a morte, ao menos. Ele tem direito de saber esse tanto. Devia ter contado antes. Devia ter contado tudo antes, mas agora está cansada demais para pensar. É por falta de sono, mas também por choque: o choque da raiva de Robert e da percepção de seu ódio. Ela não esperava por isso, fica assustada com a ideia. Registra o choque e permite que ele a anestesie e a feche para balanço. Não lhe desagrada ser impermeável a qualquer sensação. Vai aproveitar ao máximo enquanto isso durar.

 Está dormindo profundamente quando o telefone toca. Ela atende, assustada, de olhos ainda fechados, voltando para o presente a contragosto.

 — Alô? — Abre os olhos para verificar o número. Não há número, só a palavra *Chamada*. E também não há voz do outro lado da linha. — Alô! — tenta de novo.

 E espera. E escuta. Os dois escutam um ao outro, e ninguém diz uma palavra: ele não precisa, Catherine sabe quem é. Ele está esperando por ela. Não diz, mas ela sente.

29

... Era o tipo de dia em que, sem tomar cuidado, pode-se ficar seriamente queimado. O sol estava forte, mas uma camada fina de nuvens mascarava a ferocidade, e o vento refrescante induzia o ignorante a expor a pele sem proteção. Charlotte não era ignorante. Cobrira o corpo com protetor solar e agora passava o creme no filho. Fazia disso um espetáculo à parte. Ambos faziam: Charlotte demonstrando ser a mãe ciosa que era, e o filho, Noah, resistindo às mãos da mãe e reclamando que o creme ardia nos olhos.

Os gritinhos dele estavam especialmente irritantes naquele dia, porque Charlotte estava de ressaca. Sabia que esfregava com mais força do que precisava, irritada com a indisciplina do filho e querendo sujeitá-lo à sua vontade. O corpinho do menino estava sujo de areia, motivo pelo qual parecia que ela usava uma lixa. Também foi descuidada com o rosto do garoto, deixando que o creme sujasse os cílios de um dos olhos. Limpou os resíduos com uma toalha, mas ele tinha começado a chorar, e ela sentiu vontade de chorar também. Só queria que ele sumisse. Gostaria de aproveitar esse dia, esse último dia, ao sol com o amante.

John continuava a dormir no quarto de hotel, aquele alberguezinho barato. Passava das cinco da manhã quando ele voltou, depois de transar a noite toda com Charlotte em seu hotel cinco estrelas, enquanto o filho dela dormia no quarto ao lado. O garotinho não ouviu os suspiros de prazer que o jovem amante proporcionou à mãe, não ouviu o tinido dos copos quando ambos beberam juntos, antes de fazerem amor vez após vez.

Por isso, enquanto Charlotte brigava com o protetor solar na praia, John dormia. Dormiu bem, como um adolescente. Aos dezenove anos, ainda não terminara de crescer, e estava exaurido pelas exigências do próprio corpo e pelas que haviam sido feitas a ele na noite anterior. Charlotte não se dera por satisfeita, e o deixara exausto. Sabia que seu tempo estava acabando e, embora tivesse convencido o rapaz a não ir para Tânger, ela mesma logo voltaria para casa e para o marido. Aproveitou o amante quanto pôde naquela noite e aguardava mais do mesmo na seguinte, a última dos dois.

Tentou fazer seu papel de mãe, mas o desempenho naquela manhã foi sem convicção. Deitou-se de barriga para baixo, tentando dormir, enquanto Noah cavava com a pazinha. Ele escavava sem parar, enquanto o vento, acoplado à escavação, jogava areia no rosto de Charlotte. Já chega, pensou ela, e finalmente exclamou:

— Sorvete!?

Noah parou de cavar:

— Quero, quero! — gritou.

Charlotte enfiou o vestido de algodão por cima do biquíni, vestiu uma camiseta em Noah e, de mãos dadas, os dois saíram da praia.

Quando subiram os degraus que levavam às lojas, John foi em sua direção. Passaram um pelo outro, os dois amantes, e ninguém diria que se conheciam. O estômago dele deu uma cambalhota de excitação, e o dela, de desejo, ao ver os olhos sonolentos e o cabelo desalinhado do amante. Quase se tocaram, de tão perto que estavam. Podiam sentir o cheiro um do outro, e ela inalou o dele e sorriu, mas não para John. Era esperta demais para isso. Dirigiu a Noah o sorriso endereçado ao rapaz. Mas John sabia que era para ele. Noah mordeu a isca, satisfeito de ver que a mamãe estava feliz, e sorriu de volta, o pobre inocente. Como ficou agradecido por aquele presente que nem sequer era seu.

John reconheceu a toalha de Charlotte e posicionou a própria a alguns metros de distância, como sempre, assegurando-se da existência de outros corpos entre ambos. Distante o suficiente para que Noah não registrasse sua presença, mas perto o bastante para trocar olhares com Charlotte. Desde aquele primeiro dia no café, os dois tomavam cuidado com Noah. Ela não queria que o menino reconhecesse John, não queria que ficasse amigo do amante. "Para não se afeiçoar a você", dissera, algo que não podia permitir. Não podia correr o risco de que Noah dissesse alguma coisa ao pai a respeito do sujeito bacana que haviam conhecido nas férias. O novo amigo da mamãe.

John, de olhos fechados e cabeça baixa, ouviu mãe e filho chegando de volta à praia antes mesmo de vê-los. Noah tagarelava a plenos pulmões, animado com alguma coisa, motivo pelo qual John deu uma olhada, curioso. O menino puxava um bote inflável, arrastando-o pela areia com uma corda. Havia dias vinha pedindo à mãe um brinquedo de inflar, insistindo muito, e aquele, o último dia dos dois na praia, foi a ocasião que ela escolheu para satisfazê-lo. Qualquer brinquedo inflável serviria, mas ela escolheu o bote amarelo e vermelho, lançando mão do charme para convencer o vendedor a usar o ar dos próprios pulmões para enchê-lo. Ela não tinha fôlego, explicou, sorrindo. Usara todo o fôlego na noite anterior.

 O bote foi também um presente para Charlotte. Distrairia o filho, esperava, mantendo-o entretido enquanto relaxava com seu livro e seus pensamentos. Noah não tinha facilidade para se divertir sozinho, mas o bote de plástico vermelho e amarelo parecia ter resolvido a questão. Pela primeira vez naquelas férias, o menino deu a impressão de estar feliz, perdido em seu próprio mundinho. Sentou-se no bote na areia, falando sozinho, e a mãe se esticou de barriga para baixo, virando-se para encarar o amante. Havia gente entre os dois, mas eles não notaram, de tão absorvidos um no outro. Ela o devorava, e ele a ela. O biquíni vermelho mal cobria as partes do corpo que ele agora conhecia tão bem. Podia visualizar cada uma sem esforço. Era como se Charlotte estivesse nua. Os seios, as nádegas, o osso púbico. Imaginou também, de onde estava deitado, o cheiro dela, e sua ereção fez pressão contra a areia.

 Teve uma vontade desesperada de tocá-la, uma vontade desesperada de deslizar para baixo e para dentro dela. E Charlotte sabia disso, podia ver no rosto dele, em seus olhos. Virou-se de lado, os seios balançando no biquíni, fazendo pressão no braço quando se apoiou e entreabriu os lábios para sorrir. Depois estendeu a mão para o livro e fingiu ler, quando, na verdade, posava para ele, o amante. Provocando-o.

 O braço deve ter doído passado algum tempo, e Charlotte se sentou. Estava inquieta, entediada. Olhou para o filho, mas o menino estava feliz, não precisava da mãe para entretê-lo, era o comandante do próprio navio. Ela ergueu os olhos e flagrou o olhar da mãe da família sentada a seu lado. Os filhos eram mais velhos, adolescentes. Charlotte notara o sorriso da mulher para Noah, e agora sorria para ela.

 — Você fala inglês? — indagou.
 A mulher deu de ombros:
 — Um pouco.
 Charlotte pediu, por gestos, que a mulher ficasse de olho em Noah enquanto ia ao banheiro. A mãe dos dois adolescentes aceitou, encantada, a incumbência de vigiar o adorável garotinho inglês. Charlotte sentiu-se tão agradecida que brindou a mulher com seu melhor sorriso e se inclinou para Noah, avisando que só demoraria um instante. Teve medo de que ele também quisesse ir ao banheiro ou fizesse uma cena por ter de ficar sozinho,

mas nada disso aconteceu. Ele foi um menino de ouro. Nem sequer olhou para a mãe, enquanto ela calçava as sandálias de tiras finas e prateadas, sem salto, com uma tira entre os dedos elegantes, antes de se dirigir ao toalete. Mas John observou. Observou-a afastar-se, indo para um ponto distante da praia, os quadris ondulando. Quis segui-la, mas tinha de esperar, compor-se. Por isso concentrou a atenção em uma mulher de pele tostada, sem o sutiã do biquíni, as nádegas murchas vazando da tanga, até se livrar da ereção.

Charlotte parara nos chuveiros, erguendo o rosto para a água e alisando o cabelo para trás, como se estivesse totalmente só, não em uma praia pública. Estava ciente de que John a observava. Fechou o chuveiro e se encaminhou para o banheiro. O rapaz a seguiu. Não havia mais ninguém, e ele sabia onde encontrar Charlotte: no cubículo para trocar de roupa no fim do corredor de cabines. Bateu na porta, e ela abriu. Na mesma hora, ele deixou a mão escorregar para dentro da calcinha do biquíni. Sabia que ela preferia não tirar a roupa, dissera que gostava de sentir o corpo apertado ali dentro. Os dedos dele encontraram a maciez úmida e aveludada que ela lhe mostrara. Ele a ergueu, pousando-a na tábua de madeira enviesada, afastou a calcinha do biquíni para o lado, usou os dedos para penetrá-la suavemente, passeando a língua para cima e para baixo e ao redor do ponto que ela indicara, exatamente da forma como sabia que ela gostava. Do jeito como ela lhe ensinara. A mulher apoiou os braços nas laterais do cubículo, para evitar cair. Estava tão molhada que John não conseguiu ter certeza de que não seria também culpa da saliva dele. Bêbado de amor. Pobrezinho. Fora de si. Mesmo quando ambos ouviram alguém entrar, John não teve como parar, e ela não o forçaria a isso, de todo jeito. Ouviram um trinco se fechar, o jato da urina de outra pessoa. Charlotte fez o calção dele escorregar para o chão e se colou em seu corpo, enroscando as pernas em torno da cintura dele, beijando-lhe a boca, sugando o que era dela e tornando a engolir. Colado nela, John a segurou, com mais força do que a parceira o segurava e, ao mesmo tempo, nem tanto. E, quando acabou, ela sorriu e segurou o rosto dele entre as mãos, como o de um garotinho. Beijou-o na boca, no pescoço e, por fim, na testa. Uma maneira de avisar ao amante que aquilo era tudo no momento.

Esperaram que a intrusa se fosse, então Charlotte abriu a porta e deu uma olhada. Saiu primeiro, e o rapaz a seguiu alguns instantes depois. Ela tomou outra chuveirada, mas John continuou andando, passando pela própria toalha e correndo diretamente para o mar, onde mergulhou em uma onda.

Noah ainda estava no bote, conversando sozinho. Charlotte demorara mais do que previra. A mãe ao lado arrumara seus pertences, precisava ir embora com a família. Acenou para se despedir de Noah, e Charlotte agradeceu a ela, afagando a cabeça do filho. Observou, outra vez atenta, quando o menino empurrou o bote em direção ao mar. Não estava na água e sim na areia. Feliz. Ela o fitou, sorrindo ao notar seu contentamento. Exausta, deitou-se na areia. Se virasse um tantinho a cabeça, conseguia ver Noah. John voltou para seu lugar, enxugou-se com a toalha, todo o tempo olhando para Charlotte, que agora mantinha o rosto virado para o outro lado. Ele se deitou de barriga para cima e também fechou os olhos. Cochilou, pensando na noite que o aguardava, um sorriso no rosto ao imaginar o que fariam um com o outro.

Quando acordou, o vento se tonara mais forte e ele vestiu a camiseta. Charlotte dormia. Foi quando John reparou em Noah. O menino continuava no barco, mas agora flutuava na água rasa, um ser feliz balançando para lá e para cá no mar. Charlotte acordou e se virou para ver para onde John olhava. Talvez surpresa por descobrir que algo que não ela chamara a atenção do amante. Lá estava o bote, subindo e descendo ao sabor das ondas, cada vez mais distante. O mar estava mais cheio, e havia uma forte corrente puxando o bote, levando-o para longe, criando um espaço crescente de água revolta entre Noah e a banheira rasa próxima à areia, onde havia gente nadando e brincando. Ninguém reparou no garotinho inglês sendo arrastado para mar alto.

John se levantou e olhou para Charlotte. Ela também se levantara, mas sem se mexer, os pés firmemente plantados na toalha. Virou-se para John, o medo estampado no rosto, depois tornou a olhar para Noah. Continuou sem se mexer. Gritou para Noah, depois para John.

— *Socorro! Me ajude.*

E John, que faria qualquer coisa por ela, correu para a água na mesma hora. Só então Charlotte se mexeu. John foi na frente, e ela o seguiu. Gritou outra vez para Noah, que acenou para a mãe, nem um pouco amedrontado. E todos continuaram sem agir. Não havia salva-vidas na praia.

John pôde ver que o barco de Noah tomava a direção errada, a direção do mar alto. Logo seria um pontinho ao longe. Correu, jogando areia em outros banhistas, e mergulhou. Nadou em direção a Noah. Era um jovem forte, um ótimo nadador. A corrente o puxou, mas ele se deixou levar, permitindo que o mar o levasse para perto do menino, poupando energias para nadar de volta. Foi uma estratégia. John sabia o que estava fazendo e se concentrou em suas braçadas: precisas, potentes. Alcançou Noah e viu como o menino estava assustado, gritando para chamar a mãe. Mas ela não teria condições de ouvi-lo. Noah deve ter se perguntado por que ela não fora atrás dele. Por que não nadara para buscá-lo. O garotinho tentava ficar em pé, mas não conseguia — as ondas lambiam os lados do bote e o enchiam de água. O plástico era demasiado escorregadio, e o bote balançava muito. O menino parecia em pânico. John tentou acalmá-lo. Pediu que ele ficasse quietinho sentado e segurasse firme nas alças laterais do bote. Mas o menino ficou congelado, olhando para a praia, na esperança de que a mãe viesse buscá-lo. John agarrou a corda e enrolou-a no pulso, então começou a nadar para a areia.

Podia ver uma fileira de pessoas observando e, no centro do grupo, Charlotte, de biquíni vermelho. Usou cada músculo do corpo, nadou com mais empenho que nunca. Afogueado, os músculos dando o máximo, alongados ao extremo, o sangue bombeando sem cessar. O mar se tornara um inimigo, deixara de empurrá-lo e agora o puxava para trás. E o vento unira forças com o mar, açoitando as ondas, balançando o bote como se tentasse derrubar Noah. John gritou para que o menino segurasse firme. Quando olhou para trás, viu o garotinho rígido, agarrado às alças, ainda olhando para um ponto atrás de John, procurando a mãe. Talvez achasse que o bote se dirigia sozinho para a areia.

Os olhos de John ardiam por causa do sal, e o corpo estava dormente. Transformara-se em um autômato, braços e pernas empurrando o corpo adiante. Já não havia estratégia. Nadava no ritmo do sangue que latejava em seus ouvidos. Então, dois homens, dois outros corajosos, afastaram-se do grupo e correram, pulando na água e nadando em direção ao jovem e ao menino. Um seguia na frente do outro, um nadador mais competente. Era rápido, o mar o ajudava, impelindo-o para os outros dois. Ele os alcançou, tirando a corda da mão de John, puxando a carga preciosa para a praia. Não houve tempo para amenidades, o homem deu meia-volta e nadou para a areia. John estendeu o braço para agarrar-se à traseira do bote.

Quando o homem se aproximou da praia, outros correram para ajudá-lo, puxando o barco, cuidando da criança. John viu tudo aquilo e viu que Noah estava seguro. Viu todos na praia. Continuava bem fundo — bem longe. Soltara o bote, mas ninguém notara sua existência. Observou quando o segundo nadador virou as costas para ele, juntando-se à multidão e resgatando o menino. As mãos de John estavam brancas de frio, com lanhos vermelhos onde a corda roçara. Não conseguia sentir a mão. Tudo que sentia eram os pulmões, inchados, agora enormes, sem espaço na caixa torácica. Tentou recuperar o fôlego, mas tudo que conseguiu foi beber água. Desperdiçara um tempo precioso examinando a mão, pensando nos pulmões, quando devia *estar nadando. Viu que o mar o puxara para mais longe ainda e que teria de refazer a nado o percurso até o local onde entregara Noah.*

Tentou, tentou de verdade. Esperou que alguém fosse buscá-lo. Que alguém se lembrasse dele. E quis a mãe. Quis que a mãe fosse até lá e o pegasse no colo para tirá-lo da água. Como Noah, ansiou pela segurança dos braços da mãe. Tentou acenar para quem estava na praia, mas os braços não tiveram força. Não pôde acenar. Não pôde mais nadar. Bateu na água como se pudesse fazê-la baixar e tornar-se rasa. Sentiu medo. Dizem que o afogamento é uma das melhores formas de morrer, mas John teve medo porque sabia que ninguém viria salvá-lo. Gastara o último átimo de suas forças com o filho daquela mulher.

Finalmente viu um barco. Por um instante, achou que tudo daria certo. Mas, quando o alcançaram, ele já afundara duas ou três vezes. Jogaram uma corda, mas John não conseguiu agarrá-la, porque estava morto. Já estava morto quando chegaram a ele. Foi tirado da água e alçado para o barco. Alguém tentou o beijo da vida, outra boca cobriu a sua. Alguém massageou seu peito. Voltaram com o barco até a praia e levaram o corpo do jovem para a areia, três homens, e tentaram outra vez a respiração boca a boca. Tentaram ressuscitá-lo. Massagearam seu peito, mas foi em vão.

E, no outro extremo da praia, uma pequena multidão cercou o garotinho e sua mãe, impedindo Noah de ver que o homem que o salvara estava deitado na areia a certa distância, morto. E Charlotte, ajoelhada, enrolou uma toalha no filho, protegendo-o da visão do amante morto.

30

Verão de 2013

Um Fiat 500 azul cruza a praça. Robert o observa pela janela. A cor favorita de Catherine. Pensou em dar um desses de aniversário à esposa. Está na reunião à qual chegou atrasado, mesmo depois de adiá-la em uma hora. Precisou tomar banho, fazer a barba, trocar o terno. Sempre tem um terno no escritório, para o caso de ter de comparecer a algum evento social — e era formal demais para um dia no escritório. Robert viu a expressão de surpresa no rosto dos colegas, que se perguntaram que compromisso ele teria mais tarde. Fica feliz por ter companhia, gente à volta. Não precisa fingir nem falar, apenas observar, e mal consegue fazê-lo. Fica grato pelas outras vozes. É a confiança que depositam nele que o impede de desmoronar. Toda vez que começa a vacilar, outra palavra o desperta e o põe de novo de pé.

Era apenas um livro. É apenas um livro. Ele sabe que não passa de uma versão dos acontecimentos escrita por alguém que nitidamente odeia a esposa, mas será que pode culpar essa pessoa? E é uma versão suficientemente verdadeira para levar Catherine a desejar dar sumiço no volume. No mínimo, ela trepou com um estranho que depois morreu salvando a vida do filho deles. Não é ela, mas, mesmo assim, é. Existe o suficiente da esposa ali para que ele a reconheça. E o livro lhe mostrou coisas que deixara de ver até então. Uma mulher que sempre conseguiu o que quis, sempre fez o que lhe apeteceu.

Robert se lembra da primeira vez que a viu. Ela o convidou para um drinque, dizendo que queria ter uma conversa confidencial. Catherine era jovem, estava em seu primeiro emprego como jornalista. Ele não devia ter ido, podia perder o emprego, mas a mulher foi persuasiva ao telefone — levou-o a crer que aquilo era o certo a fazer. Ele se lembra de que ela chegou atrasada — embora ele estivesse lhe fazendo um favor —, mas conseguiu transformar o atraso em algo charmoso. Lembra-se de uma loura jovem e linda entrando no pub, e de como torceu para que fosse ela. Catherine olhou à volta, flagrou o olhar dele e sorriu, com certa timidez. Robert sorriu de volta, levantando-se. Ela pagou os drinques, insistiu nisso, e ele lhe deu tudo que ela pediu, respondeu a todas as perguntas. Em nível confidencial, claro, mas ela usou o que ele revelou. Conseguiu mantê-lo fora da história, mas, por outro lado, não omitiu coisa alguma. Era uma boa jornalista. Ainda assim, ele podia ter perdido o emprego. Mesmo naquele primeiro encontro, Robert estava disposto a fazer qualquer coisa por ela. Catherine sabia o que queria e como conseguir. Que se danassem as consequências.

No livro, Catherine é a mãe que põe a si mesma antes do filho. Verdade, ela nunca foi talhada para a maternidade. O amante morreu, e o trabalho se tornou sua válvula de escape. Por acaso terá culpado Nick pela morte do amante? Seria esse o motivo por que não conseguia ficar em casa e tomar conta do filho? Não era de espantar que a relação entre os dois sempre tivesse sido difícil. E Robert passou a mão em sua cabeça, pôs panos quentes, sempre presente para apoiá-la, tentando de todas as formas impedir que ela se sentisse culpada, jamais fazendo críticas, jamais julgando-a. Até agora. A imagem de uma das fotos vem à mente. Ele tenta tirá-la da cabeça e se concentrar no presente, mas vê o passado. Catherine tomando uma chuveirada na praia, o pescoço arqueado, os olhos fechados enquanto a água escorre pelo rosto e pelo corpo, um sorriso nos lábios. Gostando de ser observada. Sente que a mão está trêmula outra vez e fecha o punho debaixo da mesa. Toda a tensão que manteve enterrada durante anos, pensamentos que jamais se permitiu ter, aflora.

Mas ele a amou. Se Catherine tivesse contado sobre o caso na época, talvez a perdoasse. Mas não agora. Morde o interior da bochecha para evitar chorar. Teria feito qualquer coisa por ela. Desejou ter mais filhos, mas até disso abriu mão sem brigas. Ela jamais rejeitou a ideia abertamente, apenas conseguiu produzir desculpas e mais desculpas até ser tarde demais. Robert queria que Nick tivesse um irmão ou irmã, achava que isso diminuiria a pressão sobre o filho.

Um pedaço de papel surge na mesa à sua frente. Informações que deveria estar lendo, detalhes que deveria estar registrando. Ele se esconde atrás do documento. Tem uma vaga lembrança de Nick pedindo o bote ou algum brinquedo inflável, e de os dois concluírem não ser boa ideia. Mesmo assim, ela comprou o brinquedo depois que Robert voltou para casa e não tomou conta do menino, não o vigiou, e o filho de outra pessoa morreu para salvar Nicholas. Mas filho de quem? Quem escreveu aquele livro? A namorada? O pai, a mãe? O velho que deixou as fotos no escritório? Aquele pobre velho. Que sacanagem, mas será que pode culpá-lo? Será que deveria agradecer a ele pelo que o filho fez? Devia ser grato, embora no momento ainda não consiga lidar com gratidão. Se *John*, ou seja lá qual fosse o nome do rapaz, não estivesse lá, *Charlotte* não teria ficado tão distraída, e talvez impedisse o filho de entrar no mar sozinho. E se Robert estivesse lá, nada disso teria acontecido.

Existe uma massa latejante na cabeça de Robert. E outra em seu estômago. Grumos obscuros de algo que havia anos não sentia. Ciúmes. Não verde, mas preto e denso. Tem ciúmes desse jovem morto que teve um caso com sua esposa e salvou seu filho. Que, há muito, muito tempo, em uma terra distante, cortou fora os colhões de Robert sem que ele percebesse. Pergunta-se quantas vezes Catherine pensou naquele rapaz enquanto transava com ele. Quantas vezes comparou o sexo? Será que finge com ele? Às vezes? Sempre? E Nicholas? Nicholas, que nem sequer se lembra do jovem que salvou sua vida — o que para Robert faz "John" parecer ainda mais heroico. Desprezado. Um mártir. Folheia as páginas mentalmente. Nelas mal faz jus a uma menção. É um personagem irrelevante, nem sequer merece um nome. O marido.

Afunda em si mesmo, curvando-se como uma planta sem escora. As palavras cessaram. A sala ficou silenciosa. Ergue os olhos. Todos o fitam, mas ele não consegue entender o que querem. Estarão aguardando uma resposta? Seus olhares são curiosos. O que veem?

— Há muito para refletir — diz, e se tranquiliza com o som da própria voz, grave e forte.

Fica em pé, sua autoridade, ali ao menos, intacta. A reunião terminou e todos deixam a sala.

Entrará em contato com a família — descobrirá quem são e falará com eles. O mínimo que pode fazer é agradecer pela coragem do filho e tentar compensar os defeitos da esposa como ser humano. Primeiro, porém, precisa cuidar de Nick, pô-lo debaixo da asa. Pega o telefone.

— Nick? Foi ótimo estar com você naquela noite... Será que podemos repetir a dose? Está ocupado hoje? Tem uma coisa que eu queria conversar com você.

31

Verão de 2013

Quando Jonathan morreu, Nancy ficou despedaçada. Sua mente encolheu e se transformou em uma coisa pequena e escura, e ela só conseguia pensar na ausência do nosso filho. Um passo de cada vez, um dia de cada vez, eu vivia dizendo. Mas não a convencia. Eu de nada servia. Lembro-me de um dia, cerca de dois meses depois da morte dele. Estava esperando por Nancy na sala, depois de convencê-la a sair para um passeio, um feito extraordinário. Passava do meio-dia, e ela continuava de camisola. Subiu para trocar de roupa e fiquei sentado no sofá, à espera. Demorou — tudo que fazia, agora, demorava. Não quis apressá-la porque tive medo de que, se subisse para importuná-la, ela mudaria de ideia. Eu a ouvia andando de um lado para outro. Ouvi uma gaveta sendo aberta e a porta do armário se fechar. Nancy estava se vestindo, indo na direção certa. Então, passado um tempo, não ouvi mais nada e subi.

Esperava encontrá-la deitada na cama, mas ela estava no banheiro. Entrara totalmente vestida na banheira, que, descobri depois, enchera horas antes. Estava deitada na água gelada, vestida para dar um passeio comigo. Mantinha a cabeça debaixo d'água e os olhos e boca abertos. Arranquei-a dali. Estava pesada, empapada. Disse que não tinha tentado se matar. Só queria saber o que Jonathan sentira. Queria saber se doía morrer afogado. Queria descobrir por conta própria se era indolor como diziam — se a pessoa desmaiava antes de morrer. Ficou zangada comigo por negar a ela essa experiência quase compartilhada, mas reconheceu a falha em seu processo: que o medo e a solidão de ser engolido por um vasto oceano não podiam ser replicados pela submersão em uma banheira de plástico cor de abacate na segurança do próprio lar.

Empatia aguda, pode-se dizer, virara o esporte radical predileto dela. Era a mais empática das pessoas, mas sabia que buscava o impossível. Apesar disso, tentava. Nancy era perfeitamente capaz de saber como os outros se sentiam. Era do seu feitio. Não havia muitas camadas entre ela e o mundo, como acontece com o restante de nós. Possuía o raro talento de conseguir se colocar no lugar de outra pessoa e vê-la por dentro. Muitas vezes, antes de Jonathan morrer, tentou me ajudar a fazer o mesmo. Se eu ficava zangado ou nervoso a respeito de alguma coisa, Nancy contemporizava, dizendo "Tente enxergar a coisa toda do ponto de vista do outro", ou "Tente imaginar como ele deve ter se sentido". E eu tentava, mas nunca consegui. Mas Nancy era muito sensível. Estava aí o problema.

Parou de trabalhar porque não conseguia mais conviver com crianças. Então eu trabalhava por nós dois, para manter a vida nos eixos. Uma espécie de vida, quer dizer. Devíamos ter vendido a casa e saído de Londres. Eu devia ter sido mais duro, tomado essa decisão, mas sabia que não tinha o poder de convencer Nancy a fazer o que não quisesse.

Até mesmo convencê-la a se desfazer das coisas de Jonathan estava além das minhas forças.

Um dia, cheguei do trabalho e a encontrei no quarto do filho, estendendo as roupas dele na cama. Aquilo me fez lembrar o dia que passamos no quarto de hotel, na Espanha.

— Não vou me livrar delas — falou, com firmeza, quando se virou e me viu. Eu não respondi. — Só quero separá-las.

Assim, eu a observei dobrar e alisar as roupas dele, separando-as em pilhas, o que me deu esperança de que talvez aquilo fosse um começo.

— Vou fazer um chá — falei. — Depois lhe dou uma ajudinha.

Ela me lançou um olhar, assentiu e prosseguiu com a arrumação das gavetas. Quando voltei, vi que ela começara a encher uma valise. Pousei o chá na mesinha e me sentei na cama, olhando à volta. O quarto ainda guardava reminiscências da infância de Jonathan: um cachorro de pelúcia, careca e magrela, na prateleira de cima da estante; uma caixa de quebra-cabeça de madeira entalhada que lhe demos em um Natal, onde ele guardava suas coisas secretas. Lembro-me de sentir um misto de tristeza e felicidade, porque achei que via ali o começo da recuperação de Nancy. Até aquele ponto, ela se recusara a tocar no que quer que fosse no quarto do filho, querendo deixá-lo exatamente como fora.

— Estou botando o lixo aqui... — falou, balançando um saco preto vazio na minha frente.

Tomei meu chá, pus a xícara na mesinha de cabeceira e abri a gaveta. Sorri ao ver as pilhas e os trocados, o conteúdo era quase idêntico ao da gaveta da minha mesinha, salvo o pacote fechado de preservativos. Joguei tudo no saco preto, sacudindo depois, para que os preservativos escorregassem para o fundo. Não quis que Nancy os visse — havia algo horrivelmente tocante no fato de não terem sido usados.

Nancy assumira o território do armário e da cômoda de Jonathan, por isso ataquei a arca de pinho no pé da cama. Abri o tampo e vi que era um lugar onde ele punha coisas que não descobrira onde guardar. Havia um monte de brinquedos velhos, balas não comidas, moedas de chocolate que tinham sobrado na meia de Natal, uma coisinha ou outra das colônias de férias, placas de metal e canecas, um capacete com lanterna... Até mesmo uma calça de moletom suja. Quando me aproximei do fundo, encontrei os gibis. Eu dera a ele uma assinatura de *Beano*, na infância, e achei que seria legal guardar alguns números. Peguei-os e vi o que estava escondido embaixo: uma coleção de pornografia — revistas e fitas de vídeo. Os títulos e as capas me deixaram horrorizado. Dei uma espiada em Nancy, mas a vi absorta em um caderno de desenhos de Jonathan. Dei a volta na cama e abri uma das revistas.

— Deus do céu! — A exclamação escapou antes que eu pudesse evitar.

— O que foi? — indagou Nancy.

— Nada, nada — respondi. — Uma cólica, só isso.

Sentei-me por um instante, depois me levantei e levei o saco preto até a cama e joguei tudo lá dentro. Nancy me olhou com desconfiança.

— Tem que ir para o lixo, meu bem. Tem comida aqui, tudo velho. Nada importante, prometo.

Escondi o peso do saco ao sair do quarto e o levei direto para a lata de lixo fora de casa. Graças a Deus fui eu, não Nancy, quem encontrou aquilo. Quando voltei para o quarto, o caderno de desenhos de Jonathan continuava aberto no colo dela.

— Veja estes.

Fui me sentar a seu lado no chão.

— Eu não sabia que estavam aqui. São muito bons.

Ela sorriu para mim, com lágrimas nos olhos. Olhava algumas fotos soltas nas costas do caderno. A princípio não entendi direito do que se tratava.

— Foram tiradas com zoom — explicou Nancy. — Olhe...

Levantou uma delas e vi que era o close de um olho. Outra mostrava a curva de um queixo, tão próximo que dava para ver as veias sob a pele.

— Ah, sim — falei.

— Experiências com a nova máquina fotográfica — explicou. — Aposto que foram as primeiras fotos que tirou com ela.

— Quem é? — perguntei. Ela deu uma olhada no conjunto e sorriu.

— Sou eu — respondeu e as examinou, uma após outra, indo dos closes abstratos até a revelação final da mãe sentada em uma cadeira dobrável no jardim.

Ele batera as fotos sem que ela desconfiasse de sua presença, e Nancy gostou de saber que o filho lhe dedicara tanta atenção.

Havia outras também: cenas da zona norte de Londres, crônicas da vida urbana. Nancy tinha razão, eram boas. Ao que parece, Jonathan era um fotógrafo talentoso. Como um genuíno fotojornalista, conseguira se manter fora da imagem e registrar algo real e natural. Garanto que Nancy ainda não revelara o filme da máquina, mas me pergunto se não terão sido essas fotos, enfiadas no caderno de desenhos, que a fizeram pensar nisso, provavelmente supondo que encontraria belas imagens passíveis de ir para porta-retratos e serem exibidas.

Errei ao presumir que separar as coisas de Jonathan fosse um sinal de recuperação. Ao contrário, ela piorou depois disso. Recusava-se a sair. Não nos encontrávamos com pessoa alguma, e, passado mais ou menos um ano, havíamos perdido contato com todos os nossos amigos. Eles desistiram. Suponho que presumiram que tínhamos um ao outro. Fazia cerca de cinco anos da morte de Jonathan quando Nancy concluiu que também não aguentava me ver. Ao menos por um tempo, explicou. Precisava de um tempo sozinha, e respeitei esse desejo, mas me preocupei com sua escolha pelo apartamento de Jonathan como refúgio.

Havíamos herdado algum dinheiro de uma tia, e com ele compramos aquele apartamento em Fulham, para Jonathan, no ano anterior à sua viagem. Achamos uma boa ideia ele ter seu primeiro gostinho de independência perto de casa, e a mudança aconteceu um pouco antes da partida da Inglaterra. Nancy equipou-o com tudo que era necessário: panelas novas, roupas de cama. Também demos de presente coisas nossas de que não precisávamos mais, como a escrivaninha de Nancy, que costumava visitá-lo para dar aulas de culinária: ensinar ao filho o que lhe permitiria ser autossuficiente. O apartamento estava pronto para quando Jonathan voltasse para casa, e esperávamos que lhe desse o espaço necessário para decidir o que queria fazer. Esperávamos que optasse por fazer uma faculdade.

Depois da morte dele, Nancy continuou a visitar o apartamento com regularidade, para limpá-lo. Não contou a ninguém no prédio o que acontecera. Talvez achasse que, se não soubessem, fosse possível fingir, ao menos ali, que o filho continuava vivo. Morava no meio dos pertences de Jonathan, enfeitando o lugar como se fosse um santuário, com flores frescas em todos os cômodos. E, no início, me deixava visitá-la lá, até que um dia me pediu que parasse. Disse que isso não a ajudava, que eu estava atrasando sua recuperação. Eu ainda telefonava uma vez por semana, mas, passado um tempo, até os telefonemas cessaram. Segundo Nancy, ela *me* ligaria quando estivesse pronta para voltar para casa. Só concordei com tal exigência porque ela me prometeu que nada faria contra si mesma, e algo em sua voz me fez acreditar. Achei ter ouvido uma mudança, como se finalmente ela começasse a encontrar um pouco de paz. No final, foi alguém da Associação de Inquilinos que me ligou, não Nancy. É doloroso saber como fui inútil para ela durante aquele período.

Quando recebi o telefonema, tive medo de que ela tivesse quebrado a promessa. Disseram haver reclamações sobre o estado das partes comuns do prédio e sobre um cheiro que vinha do apartamento. Fiquei furioso comigo mesmo por ter sido tão fraco — por não ter ido lá antes e a obrigado a voltar para casa. Quando entrei com a chave que hesitara usar até então, estava certo de que a encontraria morta. Mas ela ainda respirava, deitada no sofá, com os olhos fechados. No ar, pairava um cheiro desagradável. O banheiro fora esquecido, mas o fedor maior vinha de uma lata de lixo cheia junto à porta da frente. A intenção devia ter sido levá-la até a rua, mas faltaram-lhe forças, e havia semanas o lixo estava ali, vazando no chão, apodrecido a ponto de quase conseguir descer a escada sozinho. Ela me disse que estava com câncer. Foi muito pragmática a respeito, embora sentisse dores que já vinham de algum tempo, dores que suportava e até aceitava de bom grado. Era por isso que esperava. O câncer preencheu o espaço deixado por Jonathan. Odiei aquele apartamento. Quando voltei e encontrei o manuscrito, foi a primeira vez que entrei lá desde que a levara para casa, tantos anos antes.

Foi à nossa separação que ela se referiu, garanto, quando disse a Catherine Ravenscroft que "perdera o marido". Durante algum tempo nos perdemos um do outro, mas sempre acreditei que a perda era minha, não dela. Achei que estava sozinho ao me sentir sozinho, por isso senti conforto ao ler em seu caderno que ela se sentia como eu. Eu lhe fazia tanta falta quanto ela fazia a mim.

Levei-a para casa e cuidei dela, e houve uma pequena melhora. Nancy morou mais dois anos em casa comigo. Eu ainda trabalhava na escola particular, e admito que descontei meu sofrimento naquelas crianças. As acompanhantes foram maravilhosas. Ficavam com Nancy durante minha ausência. Ela jamais se queixou. Como eu disse, recebeu o sofrimento de braços abertos. Era o tipo de dor que ela buscava, algo concreto em que cravar as unhas.

Agora, porém, está viva de novo — minha companhia constante. Ouço sua voz e falo com ela regularmente. Contei sobre o telefonema e o medo na voz daquela puta. Não existem mais segredos entre nós. E Nancy começa a ficar impaciente para levar isso adiante. Queremos ver seu medo, não apenas ouvi-lo.

32

Verão de 2013

Catherine está sentada diante da escrivaninha, os olhos fixos na tela do computador, sem nada ver. A cabeça é um torvelinho, incapaz de formar pensamentos coerentes: cada pensamento que tem, velho ou novo, traz sua própria carga de dor. As lembranças mais recentes, mais frescas, são as mais dolorosas. Robert saiu de casa. Ela supõe que o marido esteja em um hotel, mas não tem certeza. Ele não quer falar com ela. A última coisa que disse foi que não aguentava ver a cara dela. As palavras a deixaram sem fôlego. O que esperava, afinal? Não isso. Sabia que escondeu de Robert partes de si mesma, mas não se deu conta, até agora, quão pouco dele conhecia. Quando tentou imaginar a reação do marido ao livro, não conseguiu visualizar essa amargura. A raiva a chocou: Robert permitiu que a raiva preenchesse todos os espaços, ficando surdo a qualquer coisa que ela dissesse. Catherine dorme no quarto de hóspedes, tentando fugir do vazio da cama de casal.

Clica na tela, fingindo trabalhar, mas o choque que sentiu quando ele a confrontou com as fotos torna a despedaçá-la. Robert quer puni-la. Acha que ela merece. Catherine tentou não olhar as fotos — tentou ignorá-las, reduzindo-as a fragmentos com piscadas —, mas elas ficaram gravadas em sua mente, e essa é uma via de mão única. Aquelas imagens nunca a deixarão. As fotos foram usadas como matéria-prima para o livro, nuas e cruas, encadeando-se em uma falsa projeção da história real. Infelizmente, é nessa história que Robert optou por acreditar. E o segredo de anos ajudou-o a chegar a esse veredicto de culpada, a crença equivocada de Catherine de que tinha direito ao silêncio a condenou.

— Você sabia que o diretor que saiu do Rathbone College depois de Brigstocke se "aposentou"? Bom, descobri que os dois foram colegas em Cambridge. Consegui o telefone dele. Acha que devo ligar?

— Esqueça, Kim. Não tem história aí — retruca Catherine, irritada, sem parar para pensar antes de falar. Dane-se. Está perdendo o controle no trabalho também. Não quer aborrecer Kim, razão pela qual pousa a mão no braço da assistente. — Desculpe, mas não há nada aí. Esqueça. Esqueça Stephen Brigstocke.

Kim rejeita o gesto e se afasta. Catherine não devia ter falado assim com ela. Precisa manter o equilíbrio. O trabalho é seu único refúgio. Alisa com os dedos o pedaço de papel que Kim lhe deu alguns dias antes, onde está anotado o telefone e o endereço de Stephen Brigstocke, e o guarda no bolso.

— Que tal um chá? — oferece a Kim, que a ignora, mas Simon se vira e lança um sorriso para Catherine.

Ele a segue até a cozinha, a xícara estendida e os dentes alvos cintilando. — Está tudo bem, Cath? — Uma nota de preocupação tinge a voz dele.

Cai fora, cara. Seu ódio pelo sujeito é irracional, ela sabe.

— Tudo bem, sim, obrigada.

— Mudança é um caos, não é? Está no mesmo patamar que divórcio, o suficiente para estressar qualquer um.

Ela se mantém de costas para ele, escondendo a fúria. Simon deve ter notado sua resposta atravessada para Kim. Põe dois saquinhos no bule, enche-o de água e despeja o conteúdo na xícara estendida antes que o chá fique pronto, ignorando o gesto dele para que espere, satisfeita ao ver o insípido líquido cinzento cair na porcelana esmaltada. Seu celular apita enquanto ela entrega a xícara a Simon.

Mensagem de texto de Robert? Ela tenta disfarçar o tremor nas mãos. *Seu acidente recente pode lhe dar direito a...* Propaganda. Merda.

— Você está bem?

Ela assente, mas sente-se encurralada com a presença de Simon, incapaz de pensar. Sai pisando forte e levando o celular para o banheiro. Precisa de privacidade, porra, precisa de espaço para pensar. Robert não vai ligar. Teve esperanças de que, passado o choque inicial, o marido concordaria em ouvi-la. Achou que poderia contar tudo a ele com suas próprias palavras. Em vez disso, foi amputada como se fosse um membro gangrenado. Tenta refrear a raiva que sente, mas é cada vez mais difícil. Será que não merece ser ouvida? Robert a faz sentir-se uma intrusa insistente ao deixar suas mensagens e recados sem resposta. Catherine telefona para a secretária dele.

— Oi, Katy. Por acaso Robert está aí? Não precisa chamar, eu só queria deixar uma encomenda...

Está parecendo uma mulher desconfiada de que o marido tem um caso. Se ele estiver no escritório, irá até lá para confrontá-lo. Robert não vai conseguir se safar, não deve querer fazer cena, terá que ouvir.

— Não, saiu mais cedo — responde a secretária. — Disse que ia trabalhar de casa esta tarde.

— Claro. Idiotice a minha. Esqueci. — Cada dia uma mentira nova.

Quando entra pela porta da frente, ela tropeça em algo e o coração dispara. Robert voltou para casa. Graças a Deus, ele voltou para casa. Mas a sacola é de Nicholas, não de Robert. Foi Nicholas quem voltou para casa. Já tem até uma trouxa de roupa suja junto à porta da cozinha. Mas Robert está em casa, sentado à mesa da cozinha com Nick. Cada um com uma cerveja. Um sorriso no rosto de Robert, a página de esportes aberta diante de Nicholas. Nenhum dos dois ergue os olhos quando ela entra. Por um breve instante, um átimo de segundo, ela pensa: *Nicholas ficará no quarto de hóspedes e eu terei que voltar para a cama de casal?* Mas quando Robert a fita, ela sabe que se trata de uma fantasia, fantasia que as palavras dele confirmam.

— Nick veio me fazer companhia enquanto você estiver fora.

Que diabos...? Nicholas se vira, e ela se espanta com quanto o rapaz está pálido e cansado. Será que ele sabe? Mas o filho sorri e volta ao jornal. Ela abre a boca para falar, mas Robert toma a dianteira. Assume o controle.

— Parece uma história e tanto, por isso acho que você vai ficar fora algumas semanas. Fiz sua mala. Achei que estaria com pressa.

Cada frase é um tapa na cara. Ele disse a Nick que ela viajaria a trabalho. Aproximando-se do marido, Catherine segura sua mão:

— Robert...

Quer que ele suba com ela, que a escute, mas Robert puxa a mão e pega o telefone. Catherine ouve quando ele chama um táxi.

— Qual é a história, mãe? — indaga Nicholas.

Robert responde por ela:

— Sua mãe não quis contar nem a mim.

A voz soa bastante aduladora, e, além disso, Nicholas não está interessado e volta a atenção para os mexericos do futebol.

— O táxi está a caminho. É melhor subir e ver se botei na mala tudo o que você queria.

Ela permanece ali em pé um instante, querendo gritar com o marido, perguntar como se atreve, mas não faz isso na frente de Nicholas.

Então sobe e se senta na cama. Robert preparou uma mala pequena, suficiente para uma semana. Ela vê as roupas dobradas, as calcinhas acomodadas nas laterais, a nécessaire fechada e acomodada em cima de tudo. Remexe um pouco, na esperança, quem sabe, de que ele tenha deixado um bilhete dizendo que precisa de tempo para pensar. Um pouco de espaço para depois conversarem. Não há bilhete. Ele não precisa dar explicações; ela, sim.

— Seu táxi chegou — grita ele lá de baixo.

Catherine fecha a mala e desce com ela. Quer que Robert a encare, que encontre seu olhar, mas isso não acontece. Ele se mostra ativo e animado. Tem que preparar o jantar. *Eles podem se virar muito bem sem ela, obrigado*, pensa ouvi-lo dizer. Nicholas se levanta e arrasta os pés até a mãe, chutando uma meia que se desgarrou da pilha de roupa suja.

— Até mais, mãe.

Ela dá um abraço no filho. Sem palavras. Por cima do ombro dele, olha para Robert, que ainda se recusa a encará-la. *Covarde*, pensa Catherine enquanto sente Nicholas escorregar para longe de seu abraço. O táxi está esperando.

Fecha a porta da frente e vai até o carro, que tem o motor ligado. O taxista a vê pôr a mala no banco traseiro e sentar-se no banco do carona.

— Para onde?

Então Robert não decidiu seu destino. Para onde? Ela lhe dá um endereço.

33

Verão de 2013

Nicholas leva o saco de viagem para o quarto de hóspedes e o larga no chão com um estrondo, depois se joga de costas na cama: queda livre, ainda calçado, a cabeça aterrissando no travesseiro. Fecha os olhos e sente o perfume da mãe. Abre os olhos. Sim, dá para sentir o perfume dela. Cheira o travesseiro. Ela, sem dúvida. Andou dormindo no quarto de hóspedes. Que porra está acontecendo? O pai não se despediu quando ela saiu. Sequer foi até a porta. Não é do feitio dele — Robert é um sujeito atencioso. Por isso Nicholas fez esse esforço — ora, alguém tinha de fazer. Sentiu pena dela. Não se lembra de um dia ter sentido pena da mãe.

Vê-la partir daquele jeito o fez se lembrar de quando era pequeno e ela viajava bastante a trabalho. Isso nunca o incomodou. Quando voltava de viagem, ela o mimava como se tivesse morrido de saudade. Ele costumava ignorá-la — aquilo nunca lhe pareceu sincero. Era teatro. Nicholas conseguia ficar sem falar com ela vários dias. A mãe voltava cheia de presentes — Sandy, o cachorro de pelúcia, foi um deles. Deve ter comprado no aeroporto, mas ele adorou, dormia com o bichinho todas as noites. Quando estava em casa, era sempre ela quem o botava para dormir e lia para ele, que ficava deitado de olhos fechados, fingindo dormir. Ela continuava, e ele ouvia o som daquela voz até acabar adormecendo de verdade. Ele a magoou quando disse que não queria ficar com Sandy. Por que diabos ficaria?

Se fosse o contrário, ela jamais o convidaria para se hospedar na casa nova, bacana. Mas papai tem coração mole. Cruzes, Nicholas vai enlouquecer se ele insistir naquela tagarelice brincalhona, na conversa fiada sobre o que vão comer. Até vê-lo abrir a embalagem da quentinha para duas pessoas já o deixa impaciente, mal aguenta esperar para se fechar no quarto. Ainda assim, é bom ter um pouco de mordomia. Será que vai conseguir ficar com o pai, se Robert for se comportar desse jeito o tempo todo? Sim, porque está precisando de dinheiro. Vai sublocar o quarto, o pai não precisa saber — pode ganhar uma grana com isso. Coitadinha da mãe, a última coisa que ela gostaria era de vê-lo fazer bagunça no quarto de hóspedes zero-quilômetro.

Ele se debruça na beirada da cama e puxa a sacola para perto, tirando dela a nécessaire. Trouxe a escova de dentes, mas não sabonete ou xampu. Não precisa. Está "em casa". A mãe teria um ataque se soubesse que levou drogas para a casa dela. Acharia que o filho está "perdendo o controle", que não "dá conta do recado". Ficaria preocupada pensando que ele "pode ficar sem chão" de novo. Claro que não vai acontecer. Emprego estável. Terno. O que mais os pais querem? É como nos velhos tempos — os dois não têm ideia do que está rolando. Mas tem alguma coisa errada com o casal, só que Nicholas não está nem um pouco a fim de descobrir o que é. Que guardem seus segredos, ele tem os dele. Mesmo assim, o velho foi generoso ao se oferecer para ajudar com as férias. As férias com a namorada. Ele se encolhe quando lembra a mentira. Não tem namorada, mas era o que o pai queria ouvir.

De onde está deitado, pode ver os topos das árvores no jardim, emolduradas pela janela. Como na casa velha, só que menor. Até o bairro é o mesmo, a um milímetro de onde ele nasceu. O pai ficou satisfeito de ouvir falar em namorada, mas Nicholas não está a fim de encarar os problemas de ter uma — é esforço demais, porra. Mas do dinheiro ele gostou, por isso terá de levar a mentira adiante — ou talvez diga que resolveu viajar com os amigos, afinal. O pai há de comparecer, do mesmo jeito — vai achar difícil voltar atrás depois de ter dito que ajudaria. Nicholas ri quando imagina o que o pai diria sobre seus amigos.

Odeia essa palavra. *Amigos*. O que significa? Aproveitadores? Colegas? Companheiros? São sujeitos com quem anda, só isso. Não têm interesse em se conhecerem. É como fazer parte de um cardume, entrando e saindo. Caras diferentes, todos nadando na mesma direção, mantendo a formação, flutuando juntos. O dinheiro para as férias pode mantê-lo à tona uma semana inteira: fechar os olhos e sumir, tirar uma bela folga e depois voltar ao trabalho. Enrola um baseado e o enfia na boca, apagado. Não quer que o velho se preocupe. Equilíbrio entre vida social e vida profissional — não é assim que se chama? E Nicholas vem administrando isso muito bem: só um baseado aqui, outro ali, para aparar as arestas, mas nunca demais.

— O jantar está pronto — grita da cozinha o pai.

Nick revira os olhos e não responde. Não responder costumava deixar os pais doidos de raiva. *O jantar está pronto*. Nada de resposta. Cedo ou tarde, um dos dois ia até o quarto chamá-lo. Tinha ouvido? Estavam gritando havia séculos. A comida está esfriando. Ele vira de lado e enterra o rosto no travesseiro, inspirando o perfume da mãe. Nunca foram próximos, mas o cheiro dela faz brotar lágrimas em seus olhos.

34

Verão de 2013

O odor faz Catherine se encolher: cheiro de casa de gente velha. Não é urina, nada tão definido assim, mas um odor específico. De quê? Latas de lixo que demoraram demais para serem levadas para fora? Anos de animais de estimação? Pele e tecido? Perfumes florais industrializados borrifados para disfarçar os cheiros já citados?

— Oi, querida — diz a mãe, que se levanta, instável, sobre as pernas finas.

Catherine pousa a valise no chão e aceita o abraço, tomando cuidado com os ossos frágeis da mulher mais velha. Uma batidinha suave nas costas. Uma batidinha maternal, mas vinda dela, a filha, que quer ser paparicada, mas sente que já passou da idade.

— Mãe, obrigada por me deixar ficar aqui. A confusão é tão grande com os operários, e Robert está fora, então...

Ela torce para que a mãe não se lembre de que os operários já foram embora há semanas e que Robert não viaja a trabalho faz anos.

— Ele está nos Estados Unidos de novo?

Catherine assente, sem querer mentir para a mãe além do necessário.

— Você quer alguma coisa para comer, amor?

São sete da noite, e Catherine não jantou, mas tudo que deseja é se deitar em um quarto escuro e dormir. Está enjoada e com a cabeça latejando.

— Na verdade, mãe, acho que vem uma enxaqueca por aí. Você se incomoda se eu for me deitar? Garanto que logo passa.

A mãe inclina a cabeça para o lado, e seu sorriso traduz solidariedade.

— Eu tinha muitas enxaquecas na sua idade.

Catherine se dirige ao único quarto do apartamento e põe a valise junto à cama onde o pai dormia. Duas camas de solteiro juntas. Então lembra-se de que a mãe agora dorme na cama do pai, mais perto da porta, mais perto do banheiro. Então vai para a antiga cama da mãe. Na ponta da manta há uma mancha escura, onde o gato tem o hábito de dormir. Catherine tira a roupa, ficando só de calcinha e sutiã, deita-se na cama e fecha os olhos. Precisa dormir. Se dormir, talvez consiga pensar com mais clareza, talvez consiga entender o que está acontecendo em sua vida.

Ouve o ruído leve das pantufas da mãe arrastando no carpete se aproximar. Ouve um copo de água ser posto na mesinha de cabeceira e o clique de plástico e de alumínio de uma cartela de remédios. Abre os olhos e vê a mãe, de pé, com dois comprimidos na mão estendida. Pode não saber que dia da semana é, mas ainda não esqueceu o impulso de cuidar de uma filha indisposta.

— Obrigada, mãe — sussurra Catherine, engolindo os comprimidos e fechando os olhos outra vez.

Fica deitada no escuro durante horas, ouvindo a solidão da mãe: um jantar modesto sendo preparado e consumido em uma bandeja diante da tevê, que fala sozinha. A voz da mãe atendendo ao telefone, de repente viva e animada, fazendo seu próprio teatro:

— Ah, eu estou ótima. Catherine está aqui. Uma surpresa maravilhosa, sim. Robert viajou. É, foi para os Estados Unidos de novo...

Tudo plausível, até Catherine ouvi-la dizer ao interlocutor que Nicholas está em casa com a babá.

— Uma menina tão boazinha...

Nossa, somos muito bons em disfarçar. Em fingir que tudo vai maravilhosamente bem. A mãe só perdeu um pouco a agilidade para isso, entrando e saindo de épocas diferentes, deixando-se flagrar na mentira.

Catherine adormece com a televisão tagarelando no cômodo vizinho. Acorda no silêncio e no escuro e se vira para olhar a silhueta do corpo da mãe na cama ao lado. A mãe está deitada de boca aberta, a pele do rosto flácida sobre os ossos. É assim que ficará quando morrer. Catherine a examina, acachapada pela tristeza das coisas perdidas: a própria infância, a infância do filho, a energia da mãe, a antiga crença de que o amor materno lhe daria forças para superar qualquer coisa. A crença de que seus ossos tinham absorvido tal força — uma armadura. Precisa falar, contar a alguém. É demais para guardar dentro de si.

— Mãe...

A mãe se mexe de leve, as pálpebras estremecem.

— Mãe, aconteceu uma coisa...

Os olhos da mãe permanecem fechados. Então, Catherine conta tudo que foi incapaz de contar a Robert. Traz tudo à tona. A vergonha. A culpa. Tudo. A mãe está muda. Terá ouvido? Ou será que a história de Catherine foi parar em seus sonhos? Talvez. Quem sabe não esteja sonhando com a história da filha? Pode ser que se lembre de alguma parte depois e a ignore por se tratar de um sonho. Contá-la em voz alta pela primeira vez ajudou Catherine, ao menos o suficiente para pegar no sono outra vez, um sono tão pesado que não a deixa sentir a mãe esticar o braço para pegar sua mão e segurá-la um bom tempo, antes de apertá-la com carinho.

35

Verão de 2013

Tudo que faço agora é com a bênção de Nancy. Tenho mais certeza disso quando visto o cardigã, a lã absorveu todos aqueles anos de uso. É uma companhia constante, embora um pouco deformado onde o alarguei para caber em meu corpo. Também uso uma touca dela, algo que a própria Nancy tricotou. Alguns cabelos dela continuam ali, o DNA de Nancy brigando com o meu. Isso me remete a uma época em que éramos tão próximos quanto um casal pode ser: como éramos quando nos conhecemos, antes de Jonathan, antes que ela fosse mãe. Quando éramos só nós dois. Sinto que voltamos a ser só nós dois. Colaboradores. Coautores. Nosso livro, não apenas de Nancy.

Fui eu que defini o título. Sempre ajudamos um ao outro quando nos faltavam ideias para títulos, e quase pude ouvi-la aplaudir e dizer "Isso mesmo!" quando bolei *O completo estranho*. O final também é meu. Nancy escreveu um fim diferente, um tantinho mais sutil, talvez, mas resolvi que precisávamos de algo mais forte para o livro causar um impacto em seu primeiro leitor. Eu que matei a mãe.

Ainda assim, foi Nancy quem fez o trabalho duro. Procuro evitar imaginá-la sentada sozinha no apartamento de Jonathan, escrevendo, olhando as fotos e descobrindo a verdade sobre os motivos por que nosso filho foi levado a salvar aquela criança. Ela conseguiu preencher o vazio nebuloso em torno da morte de nosso filho e entender a falta de sentido de tudo. Tenho certeza de que isso a fez continuar, que lhe dava uma razão para acordar de manhã, como aconteceu comigo. Foi só quando terminou que ela permitiu que o câncer a consumisse. Por isso parou de me ligar nesse período: o livro era suficiente para ela.

A livraria do meu bairro vendeu alguns exemplares, de acordo com Geoff, e vários foram mandados para a livraria mais próxima de Catherine Ravenscroft. Não tantos, mas alguns. Sinto certa animação por saber que existem estranhos por aí que não gostam dela, que estou reunindo forças e ampliando a rede. Devagar, devagarinho, nos aproximamos dela, sorrateiros. Cada vez em maior número.

36

Verão de 2013

Mesmo sem checar os números, Catherine consegue adivinhar qual casa é a dele. É um lugar pelo qual qualquer um gostaria de passar sem parar, mas esse lugar encara Catherine e a chama, como o grunhido fanho de um bêbado sem teto na Charing Cross Road.

A casa é imperscrutável, as janelas estão embaçadas, cobertas de sujeira. A pintura, tão nova e sedutora nas casas que a ladeiam, nela é velha e sem lustro. O jardim é sufocado pelo mato, embora seja possível ver uma roseira corajosa, corada, rebelde, cujo perfume Catherine sente quando atravessa o portão — um perfume doce que desafia a selvageria à sua volta. Quando bate na porta, o som ecoa pela rua. Não atendem, e não há campainha, por isso ela bate outra vez, com mais força. Agacha-se e empurra a portinhola da caixa de correio, que fica aberta, sem bandeja de metal do outro lado para aparar as cartas, que entram direto na casa. Vê um par de sapatos perto da porta, gasto e sujo, e um casaco pendurado em uma cadeira.

— Olá, sr. Brigstocke. Por favor, abra a porta. É Catherine Ravenscroft.

Está decidida, mas mesmo assim ouve um tremor na própria voz. Tenta de novo.

— Por favor. Sei que o senhor está aí. Abra a porta. Precisamos conversar sobre o que aconteceu.

A casa parece imperturbável, à espera, assim como Catherine, atenta ao menor movimento. Ele envenenou Robert contra ela — expulsou-a da própria casa. O mínimo que pode fazer é olhá-la nos olhos e ouvir o que ela tem a dizer.

— Sr. Brigstocke. Por favor, abra a porta. Nada que possa me fazer trará Jonathan de volta. Por favor. Tenho direito de ser ouvida.

A porta permanece fechada. Ela liga para o número que Kim encontrou. Ouve o telefone tocar lá dentro. Uma voz atende: *Não estamos em casa no momento...* Uma voz de mulher. Nancy Brigstocke. Não pode deixar recado com uma morta. Precisa vê-lo, precisa obrigá-lo a escutá-la, obrigá-lo a parar. Tem certeza de que ele está em casa. Agacha-se outra vez, enfiando o braço pela abertura da caixa de correio o mais longe que consegue. Como o braço é fino, vai até o cotovelo. Tenta alcançar o trinco, mas não consegue e retira o braço. Encosta o rosto na caixa de correio outra vez.

— Sei que tem meu telefone. Ligue para mim. Mas dessa vez fale. Quero conversar sobre Jonathan. Mereço ser ouvida, sr. Brigstocke.

Fica de quatro, a testa encostada na porta. Ouve a leve distorção de um rádio que vem de mais acima na rua e olha à volta. Vê uma van estacionada, de vidro aberto, dois operários almoçando. Vira-se de novo para a porta e conclui que talvez ele não esteja em casa, afinal. Por isso torna a digitar o número do telefone e, dessa vez, deixa recado.

37

Verão de 2013

Foi como se ela tivesse jogado uma serpente cega pela caixa de correio. Vimos a cabeça cega farejar o ar, tentando nos localizar pelo cheiro, esticando-se para alcançar o trinco — tentando invadir a casa. Eu devia ter usado uma machadinha. Mas estou misturando os demônios. Ela é mais sereia que Medusa. Ouvimos o mal em sua voz tentando nos atrair até a porta, depois enviando seu canto pelo telefone. Então ela quer que a gente a escute, não é mesmo? Quer falar, não quer? Tem algo a dizer. Bem, é tarde demais para isso. Não temos estômago para seu coração despedaçado — nem para o do marido, aliás.

Ele agora é uma peste, deixando mensagens no site de *O completo estranho*, desesperado para compensar o tempo perdido, desesperado para marcar um encontro conosco. Acreditava que ainda fôssemos "nós", ainda senhor e senhora, até eu lhe enviar um e-mail avisando que minha esposa morrera alguns anos antes, que Jonathan era nosso filho único e ela jamais se recuperou da perda. É de dar dó, coitado. Acho que tem consciência de ser um personagem acidental nessa história. Não me interessa encontrá-lo, mas fico feliz de responder às suas perguntas, quando puder. Responder "Por que agora?" foi simples. A verdade bastou. A descoberta dos escritos de minha esposa e das fotos, a conclusão de que durante anos ela me poupara de saber que nosso garotinho não perdeu a vida por um estranho; que meu filho fora íntimo da mãe daquela criança. Nossos e-mails têm sido gratificantes. Os dele evidenciam a repulsa pela esposa e o esforço que vem fazendo para se distanciar dela; "imperdoável", "crueldade vergonhosa". Ele está agradecido por finalmente "saber a verdade" e "tem esperança de que possa haver algum tipo de conciliação". A linguagem que usa soa como a de um membro de comitê abordando os malfeitos de uma ditadura vil.

Lamentei a mágoa e o choque que devo ter causado ao enviar o livro e as fotos e também expressei meu arrependimento por ter deixado um exemplar para o filho em seu emprego. *Eu estava fora de mim*, expliquei. *Como se revivesse a perda de Jonathan e de Nancy*. Esperava que ele pudesse ao menos entender meu sofrimento. E acredito que tenha entendido, pois jamais questionou a descrição que Nancy fez da esposa como predadora sexual. Uniu-se a nós contra ela.

Nancy se aproxima por trás de mim e sussurra em meu ouvido. Acha maçantes os apelos dele, está impaciente para ver Jonathan de novo, por isso o coloco de volta na tela. Ainda é um projeto em andamento, mas está quase concluído. Curtimos um bocado escolher as fotos: Jonathan em seu aniversário de dezoito anos, com a máquina fotográfica que demos de presente pendurada no pescoço; Jonathan com a mochila nova, pouco antes de partir para a Europa; Jonathan sorrindo, bonito, em uma praia qualquer da Inglaterra — mas podia ser em qualquer lugar, por isso diremos que é na França, a primeira parada de sua viagem. Seus livros favoritos — que ainda continuam em nossa estante — estão listados. E a música, algo importante, não pode faltar. Seu gosto é um tantinho ultrapassado, mas isso é "bacana" hoje em dia — mostra que ele é sério, entende do assunto. Optamos por mantê-lo adolescente — não permitimos que afunde na meia-idade. Jovem para sempre, para sempre no limiar da idade adulta, prestes a ingressar na universidade. Ainda não decidiu qual. Bristol? Manchester? Tudo de que precisava era um punhado de amigos — e um melhor amigo, precisamos dar isso a ele. Amigos vão fazê-lo parecer mais sólido, mais confiável.

Geoff foi de grande ajuda para o projeto. Encontramos com ele de novo algumas semanas atrás. Ele me acompanhou a um evento na livraria do bairro. Fui convidado a fazer uma leitura do livro. A livraria está muito empenhada, pelo que disse Geoff, em promover autores locais. Sinto dizer que foi lamentável. Eu ali, de pé, junto a uma pequena pilha de livros, com uma plateia de uns poucos gatos-pingados ouvindo um velho que publicara o primeiro romance. O vinho era barato, as batatas fritas estavam murchas, e eu não via a hora de tudo aquilo acabar. Uma provação. Minha voz falseou, e achei difícil proferir as palavras, que engasgaram na garganta e me passaram uma rasteira. Mesmo sabendo que devia tentar encarar a plateia, sentia-me incapaz de erguer os olhos do papel. Sentia-me desconfortável com todos me encarando. Não, não gostei de ser o centro das atenções.

Geoff e eu escapamos para o pub assim que pudemos. Meu amigo se sentiu culpado por ter me exposto a tal situação. A ideia foi dele, afinal. Acho que subestimou a dificuldade que um homem idoso desabituado ao contato social teria ao ver-se exposto dessa forma.

— Geoff — falei. — Esqueça o assunto. *Eu* esqueci.

Peguei sua caneca de cerveja vazia e fui até o bar. Quando voltei com as bebidas, pousei minha mão na dele, de um jeito paternal.

— Você tem sido um bom amigo. Não fosse por você, meu livro nem sequer estaria naquela livraria. E, não fosse o seu encorajamento, eu não teria ânimo para começar outro romance.

Isso o consolou.

— Stephen, que ótimo! É sobre o quê?

— Não bolei a trama ainda, mas tenho um personagem na cabeça. Posso vê-lo. Posso ouvi-lo. — Estalei a língua enquanto levava o dedo à têmpora. Ele estava ali, sim. — Ainda estou pesquisando e fico me perguntando se você vai poder me ajudar com uma coisa. Sei que já gastou um bom tempo comigo, por isso não gosto de pedir...

— Não, não, tudo bem. Peça.

E pedi. Contei-lhe que o personagem era um adolescente e que, embora me sentisse confiante quanto à caracterização depois de tantos anos dando aula, era com a parte técnica que estava com problemas.

— Quero criar um perfil no Facebook para ele. Um perfil de verdade...

— Você quer dizer falso. Um perfil falso? Para um personagem fictício?

— Ahã. — Assenti, tomando um gole de cerveja.

Ele nada disse. Pude ouvir a engrenagem mental funcionando em sua cabeça: um velho, garotos adolescentes, perfil falso no Facebook. Sem falta de modéstia, acho que lidei com competência com suas desconfianças.

— Ele não é o personagem principal. É no avô que quero me concentrar, no seu relacionamento com esse garoto, mas, mesmo assim, preciso entender um pouco melhor o mundo onde essa garotada desaparece quando está on-line. Isto é, veja ali...

Apontei para um grupo de jovens: bebidas na mesa, cigarros nos cinzeiros, rostos prontos a desatarem a rir. Tudo normal. Podia ser uma cena de qualquer década, só que ninguém falava. Não havia conversa. Sequer olhavam uns para os outros. De olhos baixos, fitavam os celulares, como um bando de velhas checando as cartelas de bingo.

— O que estão olhando? — Balancei a cabeça, sorrindo, perplexo.

Geoff assentiu.

— Entendi o que você quis dizer — retorquiu, enquanto a engrenagem continuava funcionando.

— Talvez seja uma má ideia, mas me sinto tão idiota diante desse tipo de coisa... Estava torcendo para que você pudesse me orientar. Um manual para idiotas de introdução ao Facebook e a qualquer que seja o jeito de os jovens se "comunicarem" entre si. — Com os dedos, fiz sinal de aspas ao pronunciar a palavra *comunicarem*. — É um universo que desconheço.

— Eu também — comentou Geoff.

— Bom, foi só uma ideia. — Merda.

— Mas meu filho faz isso o tempo todo.

— Eu não sabia que você tinha um filho.

— Tenho. De dezoito anos. Mora com a mãe, mas passa os fins de semana comigo, de quinze em quinze dias. Acho que ele pode ajudar.

Foi assim que tudo começou. Domingos na internet com o filho de Geoff. E, em troca da sua experiência, eu o ajudava com os trabalhos de inglês. Geoff ficou encantado quando o filho começou a tirar dez nos deveres, embora eu ache que ambos concordamos que eu era o aluno mais entusiasmado. Não posso reclamar dos ensinamentos do filho, porém, um professor muito meticuloso. Cinquenta amigos, disse o rapaz. No mínimo. E me mostrou como consegui-los. Era um bom mestre, e eu era o pupilo perfeito. Às vezes parecia que a minha cabeça ia explodir com todas aquelas informações novas, mas queria cada vez mais delas. Como era possível enfiar uma foto tirada na década de 90 em um laptop? De que jeito? Bem, agora sei a resposta. E, uma vez ali, mandamos para todo lado. Não só para o Facebook, mas para o Google também.

— De que tipo de música ele gosta?

Dei de ombros, de repente, o parvo da classe. Naquela tarde, ele me mandou para casa com algumas trilhas no laptop.

Geoff estava sempre presente, jamais nos deixou a sós. Trazia chá para os encontros, e eu levava potes da geleia de Nancy, para comer com nossos *muffins*. Foi um bom arranjo, passamos algumas semanas agradáveis.

Fui aprovado com louvor, saí equipado com todos os recursos necessários para trazer Jonathan de volta à vida. Nosso filho agora tem um futuro, e é boa a sensação de tê-lo em nossas mãos. Desta vez, quando ele partir em uma de suas viagens, teremos certeza de poder manter uma vigilância maior sobre seus gostos e desgostos, bem como quanto às amizades que ele fizer na estrada. Não se pode ter amigos demais, mas é importante que ele tenha um especial, um confidente, alguém com quem se abrir.

38

Verão de 2013

Catherine pega o ônibus para o trabalho, o jeito mais prático de chegar, saindo da casa da mãe. É praticidade, não covardia. Stephen Brigstocke é o covarde. Ela deixou o telefone ligado a noite toda, e o homem não ligou. Senta-se no ônibus, revendo mentalmente a confissão noturna que fez à mãe, e se pergunta se algo do que disse foi registrado. A mãe nada disse, mas será que sabe? Será que lembra? Fica com lágrimas nos olhos quando pensa que a mãe sabe e não a julga. Luta para se livrar delas, para poder vestir a máscara que precisa usar para chegar ao fim do dia. A máscara lhe cai bem, ninguém diz que está ali, e se habituou ao fato de ela dificultar sua respiração. Quando desce do ônibus, já endireita o corpo em sua postura costumeira, caminhando a passos largos para o trabalho, como uma mulher segura preparada para um dia movimentado, sem notar as pessoas por quem passa. Sem notar o velho com touca de tricô que parou para observá-la. Quase se tocam. Ele sente seu cheiro quando ela passa, e a observa até perdê-la de vista.

Entra no escritório e desenrola a echarpe que envolve o pescoço, deixando que a bela estampa deslize pelo peito, ondulando quando anda. Larga a bolsa no chão e se senta, girando a cadeira para verificar quem mais já chegou. É a primeira. Estranho, são dez horas. Pega a agenda, pensando que talvez tenha se esquecido de alguma reunião, e então os vê. Empilhados sobre a mesa. Exemplares de *O completo estranho*, as lombadas rígidas encarando-a acusadoramente.

Foda-se. As mãos tremem quando pega todos e os joga na lata de lixo sob a mesa. Foda-se. Ele esteve aqui. Graças a Deus está sozinha, mas, quando se recosta na cadeira e ergue os olhos, constata que não.

Kim e Simon a observam. Kim e Simon estão em pé, lado a lado. Kim tem na mão um exemplar do livro. Catherine tenta encará-la, mas a outra evita olhá-la diretamente. Simon caminha em sua direção, a mão estendida, como faria com um animal nervoso. Não fale, deixe que ele fale primeiro.

— Cath... — Ele colore o nome com seu próprio tom de superioridade.

Ela o vê aproximar-se mais, e aperta o pé na lata de lixo para impedir que a perna trema.

— Tudo bem se a gente tiver uma conversinha? — indaga Simon, sentando-se na cadeira ao lado da dela.

Aquele homem jamais conseguiu esconder o sentimento de rivalidade. Essa é uma oportunidade que não vai deixar passar. Kim está a seu lado.

— É o seguinte: Kim me procurou porque não sabe o que fazer.

É Kim quem fala agora, parecendo uma criança nervosa:

— Stephen Brigstocke esteve aqui. Trouxe os livros... O livro que escreveu.

A mão de Kim estremece. Catherine morde a bochecha até sentir gosto de sangue.

— O problema é... — intervém Simon. — Kim disse que você lhe pediu para largar a história sobre o sr. Brigstocke, e fico me perguntando por que tanto empenho para esquecê-la.

— Sério? Bom, não é da sua conta — responde Catherine, com um tremor na voz, as palavras soando sem autoridade.

— Acho que é, sim... Quer dizer, eu gostaria que não fosse, mas... Se uma assistente pede o meu conselho, passa a ser da minha conta.

— Uma assistente? Santo Deus! Quem você pensa que é?

Ele pega o livro da mão de Kim e acena com ele.

— Você disse a Kim que o sujeito era um pedófilo e pediu que ela o localizasse. Então, feito isso, mandou que ela esquecesse o assunto. — Ele se recosta na cadeira, abrindo as pernas, de modo que a braguilha da calça encare Catherine. — Me pergunto por que fez isso.

— Não lhe devo satisfações, Simon. Nem a você, Kim.

Ela encara a assistente com os olhos faiscando.

— Então por que me pediu para conseguir o endereço e o telefone dele? — indaga Kim, à beira das lágrimas.

— Você o deixou entrar? — pergunta Catherine, asperamente.

— Deixei. A recepção ligou, e eu desci para recebê-lo. Quando ele me disse quem era...

Simon a interrompe:

— Tudo bem, Kim. Eu cuido disso. — Ele sorri para a moça por sobre o ombro. — É o seguinte: não sei o que está nesse livro. Ainda não tive tempo para ler, mas um homem que *você* andou investigando como pedófilo aparece aqui com um livro que escreveu. E diz a Kim que você faz parte da história. Que está no livro. O que quer dizer isso? Algum tipo de confissão? — pergunta Simon, enquanto folheia as páginas, como se elas pudessem lhe dar a resposta.

— Eu não disse que ele é um pedófilo.

— Mas... — gagueja Kim.

— Pedi a você para me ajudar a encontrar um meio de contato com Stephen Brigstocke e pesquisar alguns antecedentes. Pedi porque confiava em você. — Catherine está quase chorando.

— Ei, não desconte em Kim. Não é ela que precisa se defender.

Ele aproxima a cadeira da de Catherine, chegando tão perto que ela inspira seu perfume. Conseguiu fazê-la sentir-se como um animal acuado. Ela olha à volta, mas não há mais ninguém.

— Eu disse a todos que teríamos uma reunião, por isso foram para a cantina.

— Meu Deus, você é muito escroto, Simon. Está se divertindo, não é? Podia ter feito isso na sala de reuniões, mas não... Você quer que todo mundo tome conhecimento dessa farsa idiota.

— Cath, Cath... Foi você quem criou esta situação. Não está sendo honesta conosco, e isso me preocupa, põe em risco a reputação de toda a equipe.

— O quê? Que porra é essa?

— O sr. Brigstocke veio aqui porque está assustado. Você usou Kim para conseguir seu endereço e telefone, depois foi até a casa dele. O velho disse que você tentou invadir e deixou mensagens ameaçadoras na secretária eletrônica.

Ele se aproxima mais ainda. Catherine está encurralada. Precisa sair. Pega a bolsa, mas Simon pousa a mão em seu braço.

— Cath, olha só, precisamos falar sobre...

— Tire a porra da mão de cima de mim!

Ele recua e ergue ambas as mãos — uma delas segurando o livro — em rendição.

— É ele quem está me perseguindo. Por isso fui até a casa. Para conversar... É ele quem está me ameaçando.

— Certo, certo. E por quê? Isto é, está ameaçando você de quê?

Ela ensurdece com o barulho do sangue pulsando em seus ouvidos.

— É assunto particular. Será que dá para você entender, porra?

— Olha só, tenta ficar calma.

— Não venha me dizer para ficar calma, porra! Você não tem o direito de me perguntar nada sobre esse assunto, e eu não...

Está a ponto de chorar, mas não vai deixar as lágrimas caírem.

— Dá para ver que você está muito nervosa. O que quer que esteja encobrindo, sem dúvida será melhor desembuchar logo.

Ele encosta nela outra vez. Catherine arranca o livro da mão de Simon e o atira. O livro o acerta na cara. Ela olha, fascinada pela vermelhidão em sua bochecha e pelas gotinhas de sangue que brotam de um corte na lateral do nariz. Ambos estão demasiado chocados para falar. Kim é a única que se mexe, pegando alguns lenços de papel e os enfiando na mão de Simon.

— Você não devia ter feito isso — diz ele, enxugando o sangue, e Catherine percebe uma ameaça nas palavras. Simon olha furtivamente por sobre o ombro, e ela se vira. Descobre uma plateia, pequena, mas atenta. Os colegas observam por uma divisória de vidro. Catherine é o espetáculo. Um espetáculo solo. Os espectadores estão chocados, mas também têm pena dela, que se humilhou. Simon aguarda um pedido de desculpas.

— Você pediu por isso — diz Catherine.

Então sai, sentindo-se alvo de todos os olhares, mas se recusando a encarar quem quer que seja.

Pega o elevador e imagina todos correndo para Simon. Nossa, deu uma de maluca. De fato perdeu as estribeiras. Passa pela segurança e pelas portas de vidro. Continua andando até chegar ao ponto de ônibus. Não faz ideia de quanto tempo o ônibus leva para chegar — dois minutos? Vinte? Quando ele chega, mal se lembra de entrar, passar o cartão na leitora, sentar-se e olhar pela janela, admirando as ruas cinzentas e insignificantes.

Verão de 1993

Quando foi a primeira vez que o viu? Robert ainda estava lá ou já tinha voltado para casa? Terá prestado atenção em Jonathan quando ainda compunham um trio: ela, Robert e Nicholas? Acha que não. Enquanto Robert esteve presente, ela nem sequer se dera conta da existência de Jonathan. E qual foi a primeira impressão que teve quando o notou? Juventude, despreocupação — ele era despreocupado; ela, não. O cabelo escuro, a pele bronzeada, as pernas compridas. O jovem observava Catherine e Nicholas. Estavam em um café perto da praia. No dia em que Robert voltou para casa. Ela tentava fazer Nicholas comer o lanche: mais uma garfada e depois o sorvete, mais uma garfada e nós dois tomaremos sorvete. À beira das lágrimas, odiava-se por não conseguir administrar um único dia sem o marido.

— Aproveite ao máximo — disse Robert. — Está chovendo em Londres — acrescentou, sorrindo, e ela tentou sorrir de volta, mas não conseguiu. Também não chorou, embora tivesse sentido vontade. Não queria fazer uma cena nem pressionar Robert a optar: o que era mais importante, o trabalho ou a esposa? Podia ter agido assim. Sabe que teria saído vencedora. Optou por não insistir.

— Vamos voltar com você — tentou.

— Não seja boba. Por que você faria isso? É lindo aqui. O hotel está pago. Aproveite. Nada de cozinhar, lavar. A praia é ótima.

Sim, havia uma praia, o mar, o sol brilhava, mas ela não queria ficar ali sozinha. Depressão pós-parto. Há cinco anos? Nunca admitiu isso. Era sortuda, diziam todos. Era sortuda.

Será que flertou com ele? Quando percebeu seus olhares, será que flertou? Será que fez alguma coisa para enviar um sinal? Acabou cedendo e comprou um sorvete para Nicholas antes que ele terminasse o lanche. Para ela, uma cerveja. E o jovem, cujo nome ainda desconhecia, sorriu — Catherine retribuiu o sorriso. E aquela mínima conexão lhe deu um incentivo. Depois disso, ela e Nicholas voltaram para o hotel. Ele quis ser levado no colo, e a cerveja a amoleceu, de modo a fazê-la concordar, embora Nicholas fosse pesado demais e ela já estivesse carregando a sacola de praia com as toalhas molhadas, brinquedos, uma garrafa de água e um livro. Lembra-se de sair do café e imaginar o estranho atraente observando-a pelas costas, de estar consciente da própria aparência. Será que ele a seguiu até o hotel? Mais tarde ele disse que seu caminho era aquele mesmo...

O ônibus para, e Catherine abre os olhos, preocupada de ter passado do ponto. Mas é o próximo, depois vem uma curta caminhada até o apartamento da mãe. O único refúgio que lhe resta.

Quando entra, a diarista está lá, e a mãe assiste à tevê, o volume mais alto do que de hábito para que consiga ouvir com o barulho do aspirador de pó. Catherine tem vontade de dar meia-volta e sair, mas não tem aonde ir. Embora ali seja seguro, ela sabe que essa segurança é frágil como uma bolha de sabão.

Há uma mensagem de Simon na secretária do celular. Ela não se dá ao trabalho de ouvir. O telefone toca de novo. Do trabalho. Ignora essa chamada também, põe o celular no silencioso e a si mesma em uma espécie de piloto automático: beija a mãe, diz oi a Eileen, a diarista, faz um bule de chá e se senta. Fecha os olhos e não deixa que a barulheira no apartamento a afete. Quando torna a abri-los, Eileen já vestiu o casaco e calçou os sapatos para sair. O apartamento está silencioso, a tevê, desligada.

— Tchau — diz Eileen. — Até semana que vem.

A diarista já saiu antes que Catherine responda. A mãe dorme um sono pesado. Catherine se imagina dormindo ao lado da mãe, o antes e o depois — embora se pergunte se vai mesmo conseguir chegar aonde a mãe está. Levanta e vai para o quarto.

Checa o celular. Mais duas mensagens, que ouve: a de Simon e duas da funcionária de recursos humanos. Senta-se na cama para retornar o telefonema.

— Alô, aqui é Catherine Ravenscroft. Quero falar com Sarah Fincham.

Aguarda, na esperança de que a mulher esteja "em uma reunião" e não precise falar com ela.

— Oi, Catherine. Obrigada por retornar a ligação.

Catherine fica muda.

— Soube que houve um incidente no escritório hoje.

Mais mudez.

— Simon disse que não quer fazer uma queixa formal. Mesmo assim, somos obrigados a registrar que você o atacou fisicamente. O que irá para a sua ficha, embora, como eu disse, Simon não queira que façamos mais que isso.

— Entendi.

Catherine ouve a mãe se mexer e a televisão ser ligada outra vez.

— E haverá uma investigação sobre as alegações de um tal sr. Stephen Brigstocke. São sérias. Tenho certeza de que você entende. Existe alguma coisa que queira dizer no momento?

— Não.

— Bem, vou dispensar você por uma semana. Ao menos uma semana, para começar. — A mulher aguarda. — Catherine? Você está aí?

— Estou.

— Soube que você está sob pressão. Que tem se sentido pressionada pelo trabalho...

— Não é o trabalho... Não estou sob pressão no trabalho. Vou tirar uma licença...

— Não é preciso. Poupe a sua licença... Vou lhe dar uma dispensa por motivo de saúde.

Na língua do pessoal de RH: *você pirou de vez*.

— Acho que devemos voltar a conversar daqui a uma semana, depois que você tiver se recomposto. Aí falaremos das próximas etapas.

Silêncio.

— Fico pensando se seria de alguma ajuda conversar com alguém sobre como administrar a raiva. Garanto que vai descobrir alguns mecanismos úteis para fazer isso. Podíamos contribuir, pagar uma terapia. Alguém independente, claro, e seria confidencial. Que tal?

— Ótimo. Acho ótimo — responde Catherine, quase engasgando com as palavras.

— Podemos oferecer quatro sessões. Depois, se quiser continuar, você mesma terá de arcar com a despesa... Catherine?

— Está bem, certo. — É tudo que ela consegue dizer.

A mulher se despede e desliga. Catherine deita-se na cama outra vez. Escapou ao seu controle. Tudo está fora de controle, arrastando-a, e ela fecha os olhos e se entrega.

Verão de 1993

Eram oito da noite quando conseguiu botar Nick na cama, e ele já dormia. Ela o convenceu de que já estava escuro fechando as persianas do quarto, mas da janela pode ver que continua claro lá fora — cedo demais para os espanhóis, há poucos no bar em frente. Catherine não estava com sono. Vestiu uma saia e um colete jeans e prendeu o cabelo. Ficou ok. A pele tinha um leve bronzeado, e ela pensou: "Que desperdício Robert não estar ali para aproveitar essa paz comigo". Pegou o livro, o maço de cigarros, a chave e desceu. A moça da recepção prometeu ficar de olho caso Nicholas aparecesse, mas Catherine sabia que não seria necessário. Uma vez adormecido, ele não acordaria.

Sentou-se a uma mesa no terraço do bar, com vista para a praia. Um garçom trouxe amêndoas e anchovas frescas, e ela pediu uma garrafa pequena de vinho branco. Esperou o pedido chegar para acender o cigarro, tragou com prazer e se descobriu relaxada. Talvez estivesse tudo bem, afinal. Olhou para o mar. Pequenas ondas lambiam a areia. Algumas pessoas ainda estavam na praia: famílias espanholas, supôs, uma multidão de casais aguardando o espetáculo do pôr do sol. Foi então que reparou nele.

Usava barba e fumava. Vestia uma camiseta verde-clara. Ele se virou e olhou para ela, e Catherine ficou constrangida por ter sido flagrada examinando-o. Por que o examinava? Porque ele se destacava. Porque era a única pessoa de costas para o mar, a única que não estava interessada em ver o sol se exibir.

Olhava para a calçada e, quando seu olhar a encontrou, Catherine sorriu, ainda que ele não tivesse sorrido de volta. Não era um flerte, foi instintivo. Não quis parecer pouco amistosa. Estava de férias. Foi por isso que sorriu. Ele não retribuiu o sorriso, o que o fez parecer mais velho. E a fez sentir-se desconfortável, sabendo que ele tinha ciência de que estava sozinha.

Estendeu a mão para as amêndoas, tentando parecer indiferente, continuando a ler, mas em vez disso os dedos mergulharam nas anchovas oleosas, e ela precisou erguer os olhos e achar um guardanapo para não engordurar o livro e a taça de vinho. E viu que ele continuava a olhar para ela, então levantou a garrafa de cerveja e quase sorriu. Catherine fingiu não notar e limpou os dedos no guardanapo antes de enfiar um palito em uma anchova. Consultou o relógio. Oito e quarenta e cinco: mais quinze minutos, então iria embora.

O brilho chamou sua atenção. Um flash da máquina fotográfica dele. Uma foto batida, mas não do belo sol cor de salmão. A câmera apontava para ela. Lembra-se de ter ficado com vergonha de supor que ele tirou uma foto dela. Era do calçadão que ele queria uma foto, com o sol cor-de-rosa refletido nos prédios. E ele estava mais abaixo, de modo que o ângulo não era adequado para bater uma foto dela. Tinha lentes de zoom enormes, era uma máquina cara para um rapaz tão jovem. Puxou a saia, tentando fazê-la chegar até os joelhos, e cruzou as pernas. Recordou-se da cena de um filme e se perguntou se deveria descruzá-las, mas achou melhor não. O que estava acontecendo com ela?

Lembra-se do desconforto. Não estava mais habituada a ficar sozinha. Não estava habituada a ser olhada daquela forma. Não sabia como se portar. E não sabia que a foto que ele bateu encontraria um caminho para sua casa anos mais tarde e seria atirada em sua cara pelo marido. Um triângulo de renda e sombra, cabelo, pele e mais sombras. Tudo que registrou na época foi a sensação que a atenção dele lhe despertou, deixando-a ao mesmo tempo nervosa e — precisava admitir — excitada. Sentia-se excitada. Obriga-se a se lembrar disso, de estar sentada naquele terraço com uma taça de vinho e uma anchova enfiada em um palito, pensando que mais tarde, na cama, tocaria o próprio corpo e sonharia viver suas fantasias com aquele garoto. Castiga-se com a lembrança e com o fato de um telefonema ter interrompido seus pensamentos de fazer amor com um estranho. Era o marido, de acordo com o garçom. Um telefonema na recepção. Pegou suas coisas, deixou o vinho inacabado e seguiu o funcionário até a recepção.

Enquanto falava com Robert, viu o rapaz entrar no hotel, e seu coração saltou de ansiedade, não de excitação. Ele passou direto. Catherine lembra-

-se de imaginar se ele seria interceptado, mas isso não ocorreu. O rapaz tinha uma máquina fotográfica cara pendurada no pescoço. E uma cara legal. Ela virou as costas, concentrada em Robert, dizendo que sentia saudades. Ele lhe disse quanto a amava, o que era verdade. Ela também o amava. Será que ainda ama? Não vai pensar nisso, não ainda, não é capaz. Não é essa a finalidade da tentativa de relembrar o passado. Ela se lembra de ter mandado um beijo para o marido antes de desligar. Quando se virou, viu o rapaz sentado em uma banqueta do bar, olhando bem para ela, com dois drinques à sua frente. Sua sacola estava na banqueta vizinha. Ainda olhando para ela, ele pôs a sacola no chão. E finalmente sorriu. De um jeito que claramente era para ela.

— Quando você chegou?

Catherine abre os olhos e fita a mãe.

— Tem um tempinho.

— Deixaram você sair mais cedo?

A mãe sorri e Catherine imagina por um instante se ela acha que a deixaram sair mais cedo da escola, mas não pode ser. A mãe não está tão mal assim.

— Terminei o que precisava fazer.

— Está com outra daquelas enxaquecas, amor?

Lágrimas afloram aos olhos de Catherine. A mãe sabe e não sabe, mas não importa, porque a mulher sabe do que Catherine precisa. Precisa de afeto sem questionamentos. Precisa de alguém que saiba que ela não é um ser humano terrível sem precisar ter que dizer — sem precisar explicar coisa alguma.

39

Verão de 2013

Nick passou a maior parte da tarde no quarto, fumando maconha: meio expediente, diria ao pai, se ele chegasse cedo em casa, mas não chegou. São dez da noite, e lá está Nick outra vez, a porta fechada e as janelas escancaradas. Enrola outro baseado, acende e se debruça na janela. O quarto de hóspedes fica bem acima da cozinha, e, quando olha para baixo, dá para ver o pai pelo telhado de vidro do anexo. Robert lava a louça do jantar, e Nick sabe que devia ajudá-lo, mas o pai não o deteve quando ele saiu da cozinha. Afasta-se do parapeito, para o caso de o pai olhar para cima e flagrá-lo. Com certeza está sentindo o cheiro da fumaça que chega lá embaixo, não está? Mesmo se for o caso, Nick duvida que ele diga alguma coisa. Não vai se arriscar a perder a companhia do filho. Não é fácil morar com pai ou mãe, mas assim ao menos economiza dinheiro. Mal conseguiu se impedir de gritar durante o jantar, quando o pai não parava de fazer perguntas sobre o trabalho. Salve a merda do futebol, que os ocupou até o final da refeição.

Ele desaba na cama, vê o próprio reflexo no espelho, durante a queda. Parece um morto, com o rosto descorado. Abre o laptop em cima da barriga e imagina como deve ficar a pele iluminada pela luz da tela. Um sarcófago de pedra de um jovem desconhecido, os braços segurando o livro da vida. Anuncia seu retorno ao mundo e é saudado com uma torrente de "oi" e "bem-vindo de volta". Estranhos virtuais, amigos virtuais. Responde a todos, um de cada vez, socializando-se, roçando aquelas mãos estendidas desesperadas para tocá-lo, ansiosas por sua atenção. Ele os brinda com sua presença, feliz por voltar ao mundo dos vivos.

Ouve o pai dar boa-noite e repete as palavras, mas bem poderia ter latido como um cão: o som é vazio de significado. Está no meio de uma conversa e não será interrompido, os dedos tagarelando, contando a todos lá fora o que pensa, o que pretende fazer. E alguns deles tentam atraí-lo para fora de casa. Nada muito longe, só ali na esquina — um paraíso cercado de tapumes onde se reúnem para ficar à toa. Uma pocilga, mas serve, depois que se fecham os olhos. Passado um tempo, não se percebe o cheiro. Nada para transformar em hábito — e ele não transformou. Só esteve lá umas duas vezes, esgueirando-se para fora de casa quando o pai dormia, tomando o cuidado de estar de volta a tempo para o café da manhã, sentando-se à mesa antes do pai, já vestido para trabalhar, embora cansado demais para falar. O pai entendia. Nick nunca funcionou bem de manhã.

Mas não esta noite. Esta noite, vai ficar em casa. Tem uma mensagem que guardou para o final — uma mensagem particular endereçada apenas a ele, de um novo amigo. E, para variar, a palavra soa verdadeira. Nick lhe dá atenção integral — cara a cara, só os dois. É só um garoto, mas admira Nick, baba a cada palavra sua.

Tudo bem?, pergunta Nick, e o amigo mal pode esperar para contar tudo que fez desde a última vez que conversaram.

Os dois têm um bocado em comum. Mais do que seria de esperar, considerando a diferença de idade. Até mesmo a porra de um livro. Ele leu o único livro em que Nick pôs as mãos em anos. Nick confessou que tinha pulado para o final — não lera a coisa toda, mas quer saber? Voltou e leu. Deteve-se nos capítulos recomendados: a parte do sexo. Meio devagar, meu chapa: experimente isso aqui. E Nick mandara coisas mais quentes — melhor do que qualquer coisa que tivesse lido na porra de um livro. Nick é mais velho, viu mais do mundo. Siga minha dica — não vá para a faculdade, que se fodam Bristol ou Manchester —, fique na Espanha, o sol brilha por lá. O garoto está sedento pelos conselhos de Nick, que os distribuiu à vontade. "A vida é curta demais para ser desperdiçada", diz. Como se pudesse falar — mas a verdade é que fala. Não consegue parar, desembucha todo tipo de coisa que jamais verbalizou — nunca disse aquilo a qualquer outro —, e Jonathan se prende a cada palavra que escorre dos dedos de Nick e pede mais, quer saber sobre as garotas com quem ele trepou, seus planos profissionais e o ano que ele passou viajando pelos Estados Unidos. Jonathan registra tudo, ouve e aprende.

40

Verão de 2013

Sei de tudo o que está acontecendo na casa: ela se mudou e ele está sozinho com o papai, que não é o mesmo, coitado. Minha discreta distribuição de livros no escritório dela também parece ter perturbado a ordem. Catherine entrou em licença médica, foi o que disseram quando telefonei. Não fazem ideia de quando volta. "Espero que não seja nada sério", falei, antes de desligar.

Meu coração se tornou tão duro quanto as unhas. Houve um tempo em que eu poderia ter sentido algo por aquele rapaz. Houve um tempo em que eu talvez tentasse ajudá-lo. É tocante a maneira como ele se abriu comigo. Meus dias de magistério me ensinaram a identificá-los a um quilômetro de distância: garotos com um buraco negro por dentro. Tentavam demonstrar indiferença para disfarçar: fingindo que não ligavam para nada, menos ainda para as consequências de desistirem de si mesmos. Mas estou falando de adolescentes. Ele não é um garoto, tem vinte e cinco anos e, por mais que pose de "adulto" para o meu eu de dezenove, com suas patéticas fantasias de viajar pelos Estados Unidos e sei lá mais o quê, não consegue esconder sua alma trêmula e murcha de um homem com minha experiência.

Está desesperado. Desesperado para falar até altas horas da madrugada. Tem outros amigos, claro, mas eles estão igualmente perdidos. Li suas conversas estúpidas. E não o conhecem como eu. Quando fico off-line, lá vai ele encontrá-los no mundo real, seus amiguinhos drogados. Depois volta na noite seguinte, abanando o rabinho, ansioso, aguardando minha chegada, esperando para me impressionar com suas aventuras narcóticas patéticas. Acho que chegou a hora de começar a fazê-lo esperar por mim — só uns dez minutinhos, que seja, para mantê-lo antenado.

Não demorou muito para ele responder ao meu pedido inicial — foi a foto da mãe que chamou sua atenção. Expliquei que a encontrara escondida em casa. Disse que o nome dela estava escrito no verso, que eu descobrira o paradeiro dele e achei que gostaria de tê-la. Acho que isso o tocou, a ideia de que alguém fez esforço para procurá-lo. Era uma foto bastante inocente, a mãe sozinha em uma praia, mas lhe deu munição para pensar. Que rumine durante algum tempo sobre a possibilidade de termos alguma ligação. Será que a mãe teve um caso? Outro filho? Ele tem um meio-irmão? Será que sou eu? E vêm mais fotos por aí, mas ele ainda não está preparado para essas — precisam ser precedidas por um alerta. Não que ele tenha feito isso quando me mandou aquele lixo. Ainda assim, consegui fingir direitinho a aprovação do meu menino, e Jonathan é tão inocente que não foi difícil convencê-lo de que nunca viu uma coisa dessas.

Ele acha que bebo cada palavra sua, e, de certa forma, é o que acontece. Pobre sacana — recitando suas histórias lamentáveis para um garoto seis anos mais moço que está morto há quase vinte. Pode ter aberto seu coração para Jonathan, mas fui eu que interceptei as palavras: eu, com a voz de Nancy soando em meus ouvidos, seu livro de palavras sussurrando para mim — a matéria-prima. E, com ela a meu lado, não será preciso muito para levar esse espécime débil até a beira do precipício. Só preciso alimentar seu lado sombrio e levá-lo a um ponto sem volta, deixá-lo lá, equilibrando-se na beirada.

41

Trecho do caderno de Nancy Brigstocke — outubro de 1998

... pelo que pude ver, não havia qualquer emoção nela, era uma falta total de empatia. Eu me pergunto se é mesmo possível sentir o sofrimento de outra pessoa. Talvez eu esteja pedindo muito. Mesmo assim, esperava alguma coisa. Algumas palavras que pudessem revelar uma tentativa de entender minha perda. Ela disse: "Lamento. Eu gostaria que ele não tivesse feito isso". Como assim? Gostaria que outra pessoa tivesse arriscado a própria vida? Gostaria que Jonathan ainda estivesse vivo? Mas não foi o que ela disse.

    Tenho reprisado suas palavras sem parar, em minha mente, tentando encontrar um significado. Às vezes me pergunto se elas saíram de algum ponto profundo de seu âmago. Me pergunto se foram uma confissão: se ela gostaria que o filho tivesse se afogado. Será possível? Tento imaginar como alguém que é mãe pode querer que o filho perca a vida. Acontece, não é mesmo? Mães matam os filhos por negligência. Põem suas necessidades acima das deles. Esquecem suas responsabilidades. Acontece, a gente lê sobre isso. E ela foi negligente, por que outro motivo o filho de cinco anos teria ido parar sozinho no mar? Por que não correu para salvá-lo?

    Quando nos encontramos, eu já sabia que ela e Jonathan tinham sido íntimos, mas ela me disse que nunca haviam se encontrado antes daquele dia. Ora, os dois não estavam no mesmo pequeno resort? E ela repetiu a mentira: "Eu nunca o tinha visto". É uma mentirosa. Eu podia ter dito que vi as fotos, mas não disse. Não tive forças para confrontá-la e, além disso, de que adiantaria? Não traria Jonathan de volta. Precisei de toda a energia que tinha para ficar de pé ao lado dela, diante do túmulo do meu filho. Estava com frio. E exausta. Queria que ela me desse alguma coisa. Queria ver o filho dela, e consegui reunir forças para pedir.

Esperava que nos encontrássemos de novo e que, na próxima vez, ela o levasse junto. Mas a mulher recusou. Não haveria outro encontro. Nunca mais a vi, jamais conheci a criança que só estava viva por causa do meu menino.

Lembro-me de suas bochechas coradas pelo frio, tinindo de saúde, e também a invejei por isso, pelo calor que emanava dela. Pelo suor acima do lábio e pela pele sedosa. Havia calor, mas não era caloroso. Ela tem sangue-frio demais para entender como é ouvir de um estranho que seu filho morreu, não estar com o próprio filho quando ele mais precisa, no momento em que ele grita pela mãe. E não poder ajudá-lo, não poder segurá-lo, não poder dizer a ele que vai ficar tudo bem, que a mamãe está ali. Eu não estava lá para segurar Jonathan no colo, para afagar sua cabeça, beijá-lo e dizer como o amava. Só quando isso acontece com a gente é possível de fato entender a sensação.

O garotinho dela está correndo por aí, sobre a terra, enquanto o meu apodrece sete palmos abaixo. Ela nem sequer olhou para a lápide de Jonathan, para as palavras que mandamos gravar: "Ele era nosso Anjo". Não olhou. Não levou flores. Por que se deu ao trabalho de ir até lá? Gostaria que o filho dela soubesse que deve a vida ao meu. Gostaria que ele soubesse que, não fosse por Jonathan, não estaria aqui.

42

Verão de 1993

Ela se lembra de sentar-se e gritar o nome de Nicholas. Adormecera deitada na toalha, a barriga para cima, os pés voltados para o mar. De exaustão. Não era sua intenção adormecer, mas se permitira deitar com a cabeça recostada nas mãos, já que Nicholas parecia contente.

Cedera e comprara para o filho o bote de borracha vermelho e amarelo que ele vira no primeiro dia de férias, quando ela e Robert caminhavam de mãos dadas no calçadão. Naquela primeira tarde, os dois haviam desviado Nick dos golfinhos, tubarões e barcos infláveis e comprado um balde e uma pá, assim como um caminhãozinho para levar até a areia. Ele havia chorado pedindo o bote, e, naquele último dia, ela cedera. Deixaria o menino feliz, e, se ele ficasse feliz, ela poderia descansar.

De vez em quando erguia os olhos para checar se ele estava bem. Estava, sentado no bote na areia, feliz por ser o comandante do próprio navio. Mas, na vez seguinte em que olhou, o bote balançava sobre as ondas. Não tivera intenção de adormecer. Pôs-se de pé e gritou o nome dele. As ondas começavam a se intensificar e balançavam o bote para lá e para cá, mas o menino não parava de sorrir, feliz. E havia outras pessoas na água, mergulhando e furando as ondas. Ninguém parecia preocupado. Ela foi até o mar, sem nunca tirar os olhos de Nick, chamando seu nome, cada vez mais alto, mas ele não olhou. Estava perdido no próprio mundinho. Então o mar ficou mais agitado, as ondas cresceram e começaram a açoitar o bote.

Ele passara da arrebentação e era puxado cada vez mais para longe, para onde o oceano escurecia até ficar negro. O sol se foi e o vento chegou.

— Me ajudem! — gritou ela, agora correndo. — Me ajudem! — repetiu, tremendo, apavorada.

Lembra-se, envergonhada, das palavras. Não "ajudem meu filho", mas "*me ajudem*". Correu para a água, avançou até que ela chegasse à cintura, mas não nadou até o filho. Sabia que não era uma nadadora boa o suficiente, e teve medo. Medo de se afogar. Obriga-se a admitir o fato.

Disseca o momento sem poupar-se de coisa alguma. Não arriscou a vida para salvar a do filho. Sabia que os dois se afogariam, se fosse atrás dele. Sempre sentira medo do mar — não gostava sequer de mergulhar de cabeça. São os homens que se afogam salvando crianças e cachorros, não as mulheres. Os pais, não as mães. Estranho isso, mas não consegue se lembrar de ter ouvido falar de uma mulher entrando no mar para salvar uma criança prestes a se afogar, embora possa recordar várias ocasiões em que homens se atiraram em rios turbulentos ou canais imundos sem pensar em si mesmos, impelidos por uma coragem cega. Mulheres já deviam ter feito isso, mas ela não se lembra de ler a respeito. Assim, não está tão sozinha em sua falta de coragem para ir atrás do filho. Caso se tratasse de um prédio em chamas, de uma janela no alto de um arranha-céu, ou de um louco apontando uma arma, seria diferente. Teria encontrado coragem. Teria corrido no meio do fogo, arriscado-se a cair no vazio e morrer, pulado na frente de uma bala por Nick... Mas no mar? O mar a imobilizou.

Então ele correu, empurrando-a ao passar em direção ao mar, mergulhando como um salva-vidas e enfrentando as ondas. Por que não havia nem um maldito salva-vidas naquela praia? Não havia sequer uma bandeira vermelha. Ele foi o único que respondeu ao pedido de ajuda. "Não!" A palavra saiu de sua boca antes que pudesse impedir. Um uivo que ninguém entendeu. Catherine não queria que fosse ele. Ele não, por favor. Observou-o nadar na direção do bote, que balançava perigosamente. Nicholas tentava se levantar. Ah, Deus, por favor não fique em pé, você vai cair. Tentou, com gestos, mandar Nick se sentar, mas o menino estava distante demais para vê-la.

Outros estavam a seu lado. Um casal com uma criança pequena e outra família inglesa, bem gentil. A mãe envolveu-a com um braço. Também havia famílias espanholas, todas hipnotizadas pela visão do garotinho se afastando perigosamente para o mar aberto e do jovem que se aventurava para alcançá-lo. Lembrou-se de quanto ele era forte e teve certeza de que alcançaria Nicholas. Não havia como freá-lo. E ele alcançou. As pessoas à volta sorriram, e a mãe inglesa apertou seu ombro e também sorriu, mas Catherine não. Sentia-se enjoada enquanto assistia à cena.

Ele estava nadando de volta, arrastando Nicholas no bote. A cena era hipnótica: um só braço, uma só mão, progredindo. Heroico. Ele foi corajoso. Pensava nisso quando ouviu medo nas vozes ao redor. Algo dito em espanhol, e depois o pai inglês: "Ele está em apuros, os dois precisam de ajuda!". Já começara a correr, quando um espanhol mais moço passou à frente. Não tão moço quanto Jonathan, mas ainda jovem. Vinte e muitos? Da idade dela? Ele nadou, agarrou a corda e se virou, tomando a direção da praia, trazendo Nicholas. Durante algum tempo, a impressão foi de que nada se movia, as ondas puxando os dois, a correnteza afastando-os da areia, mas o espanhol conseguiu. Foi se aproximando mais e mais. E todos olhavam para ele e Nick, não para Jonathan. Todos supuseram que Jonathan estava bem.

Finalmente Nicholas chegou à praia, e ela o tirou do bote, enrolou-o em uma toalha e o apertou nos braços. O menino tiritava de frio e não conseguia falar de tanto que os dentes rangiam. Enterrou a cabeça no peito da mãe, que cobriu-a com a toalha, como se fosse um capuz, protegendo-o, acalentando-o. Só então se virou e viu o jovem espanhol e o pai inglês nadando em direção a Jonathan, que ficara para trás. Ele não parecia fazer esforço algum para chegar à praia. Agitava os braços, socando o mar. Tudo se passava em câmera lenta.

Agora tinha gente falando com ela em espanhol, vozes gentis, sorrisos. Afagavam a cabeça de Nicholas, felizes com o resgate do menininho. Então a mãe inglesa aproximou a boca de seu ouvido e sussurrou:

— Não deixe que ele veja. Ele não pode ver.

E as pessoas se juntaram para encobrir a visão de Nicholas da praia. Catherine se virou e viu o corpo de Jonathan sendo retirado de um barco. Um barco a motor viera em resgate, mas já era tarde demais. Viu o corpo de Jonathan ser estendido na areia. Depois desviou o olhar e protegeu Nicholas.

— Você está me machucando. — Foram as primeiras palavras do filho.

Ela não se dera conta da força com que apertava o menino de encontro ao corpo. Outras mães haviam formado uma barreira para proteger a criança da visão do cadáver do homem que o salvara.

— Você devia levá-lo de volta para o hotel — disse a mãe inglesa, a mão pousada no braço de Catherine. — Onde estão suas coisas?

Ela apontou para a toalha e a sacola, e a mulher foi pegá-las. Apressada, Catherine vestiu uma camiseta em Nicholas, antes de pegar a mão do filho.

— Vamos ver se o hotel pode preparar um chocolate quente para você? — perguntou, chocada com a calma na própria voz.

— Vamos — respondeu Nicholas, satisfeito, pegando a corda para puxar o bote e levá-lo também.

— Vamos deixar o bote aqui, Nick. A gente vai embora amanhã. Não podemos levá-lo no avião. Outra criança pode brincar com ele.

Ela se preparou para vê-lo chorar, mas o filho assentiu sem protestar. Já se esquecera do bote. A novidade envelhecera. Não voltou a mencioná-lo nem falou do incidente. Jamais. Ela esperou. Esperou que o filho se lembrasse do medo, que se desse conta de como estava longe demais, da ausência dela, que se lembrasse do mar agitado. Ele nunca disse uma palavra a respeito. Sentira muito frio, disse, mas jamais falou que pensara que fosse morrer. Nunca disse que ficara apavorado. Talvez não tivesse ficado. Sentiu frio e quis voltar para a praia, então alguém foi até lá e o pegou. Simples assim. Não chegara a sentir medo de morrer.

Quando subiram as escadas para chegar ao calçadão, Catherine olhou por cima do ombro uma última vez e viu Jonathan deitado na areia, coberto por duas toalhas. Morto. Sabia que ele estava morto. E o que sentiu? Insiste consigo mesma. *O que foi que você sentiu?*

43

Verão de 2013

Durante o dia todo, uma história não saiu do noticiário: uma história de filhos que morreram de vergonha, incapazes de contar aos pais que postaram na internet fotos para adultos predadores que fingiam ser seus amigos. Algumas dessas crianças tinham menos de dez anos. Essa tem sido minha trilha sonora enquanto olho as fotos de Jonathan na infância, a notícia que não sai da minha cabeça enquanto procuro a foto que melhor captou meu filho — aquela que o mostra como eu gostaria que ele fosse lembrado. Se Jonathan fosse criança hoje em dia, não creio que se tornaria vítima desses monstros. Jamais morreria de vergonha, porque sabia que podia conversar com a mãe. Sabia que podia contar qualquer coisa a ela, que nunca veria motivos para amá-lo menos. Os dois eram tão próximos!

Tão próximos que foi Nancy, não eu, quem expôs os fatos da vida a ele.

A mãe, não o pai. Seria de esperar que fosse mais fácil para mim, mas era Nancy quem ele ouvia, era com Nancy que conversava. Quando tentei abordar o assunto, ele tapou os ouvidos com as mãos e cantarolou tão alto que abafou minha voz. Nancy e eu rimos disso mais tarde: como ele era engraçado, como era bobo. Chegou à puberdade cedo, com apenas onze anos, mas precisava saber o que era o quê. Por isso ela disse que se encarregaria de explicar. Lembro-me de pensar: "Boa sorte, ele vai ficar mais envergonhado ainda ouvindo a mãe falar de sexo". Nada disso.

Ela o fez sentar-se e o obrigou a olhá-la nos olhos. Disse que não havia o que temer ou do que se envergonhar. Era natural. Um dia ele encontraria a pessoa certa, e seus impulsos constrangedores fariam sentido. Não era vergonha alguma, ele devia sentir-se à vontade para explorar o próprio corpo. Na verdade, Nancy o encorajou a fazer isso, dizendo que se um dia ficasse preocupado com alguma coisa, podia falar com ela. Lembro-me de diversas ocasiões em que passei pela porta fechada do quarto de Jonathan e ouvi o murmúrio das vozes dos dois. Ele sabia que podia confiar na mãe e eu sabia que não devia me intrometer. Jonathan tinha certeza de que, não importava o que fizesse, a mãe sempre entenderia. Nosso filho estaria a salvo de predadores da internet como eu.

Menti sobre a idade para seduzir alguém mais moço a ser meu amigo. Fingi ser quem não sou.

Noite passada, postei o restante das fotos. Nenhum filho devia ver a mãe daquele jeito. O que você sentiria se visse sua mãe exposta assim, com tudo à mostra: vergonha, nojo? Duvido que ele seja capaz de tirar as imagens da cabeça. Mas não há mais volta. Temos uma missão.

Pobre Nick. Ele me espera — quer saber mais sobre as fotos. Quem as tirou? E eu respondo. Depois posto a foto de Jonathan que eu escolhi. Um garotinho de dez anos, usando o suéter que a avó tricotou para dar de presente no Natal. Parece satisfeito como um pinto no lixo, o peito empinado, exibindo a Tartaruga Ninja que a avó costurou na frente. E acrescento as palavras:

Jonathan Brigstocke
26 de junho de 1974 – 14 de agosto de 1993
Um completo estranho que morreu salvando sua vida

Vai levar algum tempo para ele digerir a morte de Jonathan — o amigo mais novo que nunca existiu —, digerir tudo que escrevi para ele. O livro há de ajudar, dei a ele alguns números de páginas, para que dessa vez não haja risco de deixar de reconhecer a si ou a mãe. Nancy também precisa participar. Talvez ele possa responder a algumas de suas perguntas.

Por que ela não ajudou o filho? Como uma mãe pode virar as costas ao filho e deixá-lo sozinho no mar? Uma criança que não sabia nadar. Sem boias nos braços ou na cintura. Como uma mãe sensata pode fazer uma coisa dessas? Estava louca?

Ela teria assistido ao afogamento do filho — disse que gostaria que Jonathan não tivesse feito o que fez. Foram palavras dela, letra por letra. Será que sua paixão por Jonathan era maior do que o amor que sentia pelo filho? Pobre Nick. Será que é uma criança tão insuportável que até a própria mãe acha que não merece ser salva?

Aí vai o que extraí do caderno de Nancy, meu último post. Sinto como se tivesse enfiado um gatinho em um saco e jogado no rio. Posso ouvi-lo miar, mas não há mais nada que eu possa fazer para salvá-lo. Afunde ou nade: a escolha é dele.

44

Verão de 2013

Alguém segura seu braço e o puxa até a porta. Vamos, anda. Alguém o empurra para a rua, passa o ferrolho na porta, tranca-o do lado de fora. Ele começa a andar, mas tropeça. É empurrado? Não, tropeça. Melhor se sentar. E senta-se no chão, encostando-se à parede. Ainda segura o livro. Pula para o fim. Quer ler a morte da mãe. Ri. Fantasia pura, porra. Boa sorte para eles, tentando jogá-la debaixo do trem. Voltar, voltar, voltar mais. Achar o sexo. Mamãe chupando o pau do garoto de dezenove anos. Dá para ler um negócio mais doentio? Merda. Aquilo também lhe faz mal, não dá para aguentar. Fica em pé, joga o livro no chão e urina nele. Gotas frias e gordurosas de suor brotam dos poros enquanto ele urina. O líquido ricocheteia. Apoia as mãos na parede para se equilibrar e chuta o livro o mais forte que pode. Observa enquanto ele rola calçada abaixo. Escorrega contra a parede, senta-se no chão. Fecha os olhos. Não adianta: está ali dentro. Está dentro de sua cabeça, e não consegue tirar. Enfia os dedos no couro cabeludo, querendo arrancar as imagens do cérebro, mas as vê com tanta clareza quanto antes.

O amor da mamãe. Perdido no mar. Ela o viu morrer. Coitada da mamãe. No cara ou coroa, Nick ganhou. Foi salvo, mas devia ter morrido. Alguém devia ajudá-la, dar uma mãozinha para ela se jogar debaixo de um trem. Nick fecha os olhos e um bote vermelho e amarelo passa por eles, um pontinho à distância, um pontinho balançando na beirada do mundo.

Números dançam diante dele. Dois ou sete... Não, dois. Dois dois: 22. Depois, nada. Uma casa vazia. Tábuas em lugar de janelas, um sino — os dedos tentam alcançá-lo, encosta o ouvido na porta. Está com calor, com frio, enjoado.

Não consegue se lembrar de chegar até ali, mas chegou. É ali que quer estar. Resistiu ao impulso, não foi de imediato. É ali que precisa estar. Um zumbido, um zumbido distante. A porta se abre. Aaahh, o cheiro conhecido de merda de cachorro. Vomita nas mãos — tenta aparar. Tentou esse feito antes — nunca funciona, uma parte sempre escapa. As mãos em concha transbordam, e ninguém se importa. Trate de se limpar, companheiro. Ele entra, consegue chegar à escada. Só precisa fechar os olhos por um segundo. Vai ficar legal. Enrosca-se no chão, um feto gigante, e ouve o murmúrio grave dos outros. Não precisa saber o que dizem, tudo que quer ouvir é o som. Basta saber que está entre eles — um companheiro de viagem.

Imagina uma história diferente para a mãe: uma heroína trágica que perdeu o único filho em um acidente no mar. Teria se recuperado totalmente da perda, teria representado bem o papel — ficaria melhor nela do que o de mãe indiferente, desinteressada, uma merda de mãe inútil.

Vira-se e fica deitado de costas. Abre os olhos e fita o teto. Um rosto o observa de cima e sorri.

— Tudo bem com você?

Ele sorri. Sente-se melhor. Um pouco melhor. Consegue chegar ao banheiro. Lava a sujeira das mãos, lava o rosto, bochecha com água, cospe. O celular vibra no bolso. O pai. Que se dane. Mas liga para a mãe. É a voz dele? Está deixando um recado? Fala alguma coisa, mas não sabe o quê.

— Você está bem? — indaga uma voz do outro lado da porta.

— Estou — grunhe, o olhar fixo na imagem dos lábios se mexendo no espelho.

Afasta-se e abre a porta. Uma garota. Uma garota bonita.

— Você está bem? — indaga ela, olhando por cima do ombro dele. — Quem está aí com você?

Nick se afasta, e ela olha dentro do banheiro.

— Com quem você estava falando?

— Com ninguém.

— Estava chorando.

— Eu estava vomitando.

Nick segura a mão dela, querendo levá-la junto, mas a garota se liberta. Ele cambaleia até o cômodo principal e se senta no sofá. Fede, alguém urinou no sofá, as molas pinicam suas costas. Mas não quer se mexer. Não quer nunca mais sair desse lugar. Sente que ali é onde consegue ser o melhor que pode.

45

Verão de 1993

Ela se lembra das perguntas da polícia espanhola: conhecia o rapaz? Já o encontrara antes? Ela nunca o vira antes daquele dia, respondeu. A resposta foi aceita, e lhe deram permissão para, com Nicholas, pegar o voo para casa no dia seguinte. A polícia estava com a mala dele, sabiam onde estivera hospedado. As autoridades britânicas seriam informadas e entrariam em contato com a família do jovem. Um trágico acidente. Ela estava livre para voltar para casa. Sem mais perguntas.

  Naquela noite, Catherine fez as malas. Na manhã seguinte, pegou um táxi com Nicholas para o aeroporto e embarcou no voo de volta. Um voo tranquilo, disse a Robert, quando ele chegou do trabalho naquela noite. Comprara uma garrafa de uísque para ele, no free shop, e os dois tomaram algumas doses antes de ir para a cama. Ela se lembra de ter fechado a porta do banheiro e olhado a mordida no pescoço pelo espelho, de aplicar mais maquiagem para disfarçar e depois apagar a luz antes de se deitar. E Robert se aproximou, beijou-a na boca, passeando os lábios por seu corpo. Foi muito delicado. Fizeram amor, embora ela não sentisse muita vontade. Mas achou que precisava, que se tratava de uma ação necessária para apagar o que acontecera. Ele acariciou seu corpo e disse ter sentido falta dela. Foi atencioso, meigo. E Catherine escondeu a marca reveladora no pescoço por semanas, até sumir. O hematoma na coxa já tinha um tom amarelo-esverdeado, quase imperceptível. Ela podia manter o segredo, enterrando-o. Aos poucos, com o passar dos anos, conseguiu, mastigando o segredo como se fosse um pedaço de cartilagem, até finalmente engoli-lo sem engasgar.

Houve momentos em que quase contou a Robert, mas achou que seria egoísmo de sua parte. Se Jonathan não tivesse morrido, as coisas seriam diferentes. Se ele tivesse nadado até a areia puxando Nicholas, tudo seria diferente. Era seu segredo. Pertencia a ela, que optou por não partilhá-lo.

O celular de Catherine apita na mesinha de cabeceira. Ela o alcança na mesma hora, sem querer acordar a mãe que acabou de adormecer depois de mais uma visita ao banheiro. São quatro da manhã. O coração pula. É Nicholas. Sai da cama e do quarto da mãe às pressas, fechando a porta com delicadeza, tentando não acordá-la.

— Alô! Nick?

Não é rápida o bastante. O telefonema caiu na caixa postal. Torce para que ele deixe recado. Ele deixa. Ela ouve a mensagem, e é como se tivesse sido arrastada para vinte anos antes. O mesmo fluxo de adrenalina que começa nas entranhas, tão forte que chega a doer. Um instinto maternal básico, quando sabe que o filho está perto demais do precipício. Sente o mesmo agora, quando ouve a mensagem de Nick: nem uma palavra, apenas soluços sufocantes viajando até ela pelo telefone.

O sangue congela nas veias enquanto digita o número do filho, vez após vez. Tudo que ouve é outro Nick, pedindo que deixem recado. Um pássaro canta lá fora, mas não raiou a aurora, e o canto soa artificial. Como ela, o pássaro foi expulso do ninho cedo demais. Pega o casaco e a bolsa e sai do apartamento. Não tem carro, por isso corre até o ponto de táxi e aguarda. Cinco minutos bastam para um taxista sonolento parar e levá-la até em casa. Uma viagem de vinte minutos àquela hora tardia, sem tráfego. Catherine paga a corrida, corre até a porta e tira a chave da bolsa para abri-la.

46

Verão de 2013

Como Nancy poderia saber o que aconteceu entre Jonathan e aquela puta? Como pôde descrever a intimidade de ambos com tantos detalhes? Tinha as fotos, com os detalhes sórdidos, e usou a própria imaginação: é o que fazem os escritores. Manipulou alguns fatos — duvido muito que Jonathan teria se interessado pelos percursos de Orwell, Bowles ou Kerouac. Desejo de que fosse realidade? Licença poética. Claro que ela trocou os nomes. Para proteger os inocentes? Talvez eu devesse destrocá-los. Uma obra de ficção, mas, mesmo assim, gosto de acreditar que libertei a verdade de seus grilhões, permitindo que aflorasse. Afinal, é a essência da história que importa.

Jonathan partira para conhecer a Europa com a namorada, fato que Nancy deixou intacto, embora tenha trocado o motivo para o retorno prematuro de Sasha. O pai não adoecera, ela não voltara por isso. O casal teve uma briga, e a jovem voltou furiosa. É fato. Mas não é relevante. O que importa é que Jonathan prosseguiu. Era um rapaz de dezenove anos, sozinho em um país estrangeiro. Vulnerável. Lembro como Nancy ficou preocupada por ele estar só. Eu, não. Supus que fosse se divertir muito mais sem a namorada. Achei que pudesse encontrar alguém mais divertido.

Quando voltamos da Espanha, depois de identificar o corpo de Jonathan, Sasha foi a primeira pessoa para quem Nancy ligou. Não queria que a garota soubesse da morte dele por terceiros. Foi a mãe de Sasha quem atendeu o telefone. Disse que a filha não estava em casa, mas que contaria a ela. Nunca soubemos se contou ou não, porque nunca mais falamos com a jovem. Nancy sempre mandava cartões no aniversário e no Natal, mas jamais tivemos notícias dela. Fiquei furioso com isso, mas Nancy se mostrou mais generosa. Disse que entendia. Sasha era jovem, seria demais esperar que mantivesse contato conosco, e, sem dúvida, a mãe não a encorajaria a fazê-lo. O relacionamento com a mãe de Sasha nunca foi fácil.

Quando a jovem voltou da Europa, lembro-me de Nancy ter atendido a um telefonema da mãe dela. Embora ouvisse apenas o que Nancy dizia, fiquei impressionado com a paciência em ouvir as reclamações da mulher escandalosa. Permaneceu calma, repetindo sem parar que cabia aos dois resolverem suas diferenças, não estava certo os pais interferirem. Conseguiu encerrar o telefonema com civilidade, mas, quando pôs o fone no gancho, pude ver que estava lívida de tanta raiva. Ainda assim, não perdeu as estribeiras, e eu a admirei por isso. Ela mantém o mesmo tom neutro nos cadernos. Eles sussurram, não vociferam. Ela solicita, não exige.

Gostaria que o filho dela soubesse que deve a vida ao meu. Gostaria que ele soubesse que, não fosse por Jonathan, não estaria aqui.

47

Verão de 2013

Catherine enfia a chave na fechadura e gira, quase esperando que ela não sirva mais, mas serve. Entra e corre direto para o quarto de hóspedes. Repara na cama vazia, na bagunça, no estado de abandono. Abre a porta do próprio quarto e fita Robert, deitado. Ele dorme um sono profundo. Na mesinha de cabeceira, vê uma cartela de comprimidos para dormir e, ao lado, um exemplar bastante manuseado de *O completo estranho*. Alguns dias atrás, isso lhe causaria um choque, mas agora apenas fica perturbada com o fato de o marido mantê-lo junto à cama. De tê-lo levado para o quarto do casal. Ela se pergunta onde estarão as fotos. Será que ele as guardou na gaveta da mesinha, ou será que as destruiu?

— Robert, acorde — chama. O marido dorme um sono tão pesado que não a ouviu subir correndo a escada, não parece sentir sua presença no quarto, não ouve a voz dela em seu ouvido. Catherine estende o braço e o sacode. — Acorde.

Ele resmunga e vira para o outro lado. Os olhos permanecem fechados.
— Robert — grita Catherine, zangada. — Acorde.

Pega o celular do marido e checa para saber se há telefonemas de Nick. Não, apenas ligações perdidas feitas por ela. Como ele ousa dormir? Pega o copo d'água junto à cama e o derrama na cabeça dele. O ato é justificado, necessário, desculpável. Ele cospe e se encolhe. É patético. A raiva e a repulsa que Catherine sente a pegam de surpresa.

— Robert, porra, acorde. Cadê o Nick?

Quando ele finalmente abre os olhos, está confuso.
— O que você...

— Cadê o Nick?

A expressão continua vaga, perdida. Está tentando se livrar do sono. Ela balança o livro diante dele.

— Você contou a ele?

Robert escorrega para o outro extremo da cama e se levanta, encarando-a. Está nu, e Catherine desvia o olhar.

— Contou a ele? — grita ela.

Ele se dirige ao banheiro, voltando com uma toalha enrolada no corpo. Está calmo, nem um pouco preocupado.

— Não contei coisa alguma. Mas vou...

— Bom, já está meio tarde para isso. O pai chegou primeiro. Nick me ligou às quatro da manhã e agora não consigo achá-lo. Ele não atende, não atendeu a nenhuma das minhas ligações. Me deixou uma mensagem — acrescenta, sacudindo o celular na cara do marido. — Estava péssimo. — Então começa a chorar. — Ele sabe. Onde ele está? Precisamos encontrá-lo.

— Não sei. Deve estar com algum amigo. — Robert se recusa a partilhar o pânico de Catherine. — Ele foi trabalhar hoje de manhã. Não voltou para jantar, e daí? Nick tem vinte e cinco anos — diz, na defensiva. — Tenho certeza de que está bem... Como assim, estava péssimo?

— Chorando. Não disse nada. Só ouvi os soluços.

O sofrimento se espalha pelo rosto de Robert.

— Meu Deus! Seria melhor que eu tivesse contado a ele. Nicholas não deveria ter que ouvir de outra pessoa.

Robert passa por ela para chegar à escada.

— Nunca vi nosso filho assim, Robert... Estou com medo.

Ele se vira contra ela.

— E o que você esperava? — indaga, olhando-a de alto a baixo até, aparentemente, não suportar mais a visão. — Era eu que devia ter contado... e agora ele precisou ouvir de um estranho. Dá para imaginar o choque que levou?

— Aquele sacana louco o encontrou...

— O quê? — interrompe Robert. — Você está falando do pai do rapaz que se afogou para salvar a vida de Nick? O pai do jovem com quem você trepou e depois negou conhecer? Depois que ele morreu para salvar seu filho? Você está falando *desse* sacana louco? Você é inacreditável!

Nossa, como ele a odeia. Está consumido pelo ódio. *O jovem com quem você trepou.* Ele devia estar preocupado com Nick, não em agredi-la. Ela o despreza por não ser capaz de se concentrar no filho, por não se preocupar, como ela, em encontrá-lo.

— Você não entende? Nosso filho corre perigo. Aquele homem chegou até ele. — Pegando o telefone, Catherine aperta o play para ouvir a mensagem de Nick. É de cortar o coração. Lágrimas afloram aos olhos de Robert.

— A culpa é sua. Você fez isso! — Ele cospe as palavras na cara dela, que se vira, mas Robert prossegue: — Não reconheço mais você. O que esperava? — pergunta, puxando Catherine pelo braço e obrigando-a a encará-lo. — Está surpresa com o estado dele? As mentiras, todas as mentiras ao longo dos anos. Era inevitável que ele descobrisse, no fim das contas. Eu só queria que Nick tivesse ouvido de mim. Você nunca se importou com ele, não é mesmo? Estava tão envolvida com esse seu amante que deixou seu filho, que não sabia nadar, sozinho no mar. O que acha que Nick vai deduzir? Ele era um menino e você, a adulta, a mãe dele. Você é que deveria tê-lo salvado, mas nunca botou o filho em primeiro lugar, não foi? Só se importa consigo mesma.

Catherine se afasta do marido, dá as costas a ele e se recusa a defender-se. Precisa se concentrar em Nick. Sente os olhos de Robert a examiná-la. Nunca pensou que as coisas chegariam a esse ponto, mas não pode pensar nisso agora. Pega o celular para procurar o número do hospital do bairro. Liga e espera que atendam.

— Alô! Estou tentando encontrar meu filho. Pode ter acontecido alguma coisa com ele. Meu filho me ligou muito nervoso, tem vinte e cinco anos... Sim, mas tem um histórico de drogas e estava péssimo quando ligou... Nicholas Ravenscroft.

Percebe que não há muito interesse da parte do hospital. Um homem de vinte e cinco anos cuja mãe liga para saber por onde anda. Parece absurdo.

Corre até o quarto de hóspedes. Nicholas pode estar em qualquer lugar — em qualquer hospital em Londres, em um trem saindo da cidade... Sobre qualquer trilho de trem... Liga para a polícia, mas é ignorada. O filho tem vinte e cinco anos. Ela teve notícias há duas horas. Por acaso o rapaz falou que atentaria contra a própria vida? Não, ela é forçada a admitir que não.

Começa a revistar as coisas dele. O laptop nada revela. Encontra a nécessaire com sinais reveladores de que ele está usando drogas. Por favor, não. Corre até o alto da escada e grita lá para baixo:

— Você sabia que ele está usando drogas de novo? Sabia?

Robert chega ao pé da escada e grita em resposta:

— Não comece a tentar me ensinar a ser pai do nosso filho.

Mas ela percebe que o abalou.

Volta para o quarto de hóspedes, fica de quatro e examina a bagunça. Acha uma carta da John Lewis. Uma carta de demissão, datada de duas semanas antes. Agarra a carta em triunfo e desce a escada com ela.

— Ele perdeu o emprego. Onde é que ele passa o dia enquanto você acha que está trabalhando?

Robert não tem resposta. Agora está tão chocado e apavorado quanto Catherine, e ela sente-se envergonhada. Como pode se sentir tão triunfante? Olha para o marido e diz, com a voz baixa e desesperada:

— Você não faz ideia de com quem ele possa estar? Ele não mencionou ninguém?

Robert não responde. Não sabe. Nenhum dos dois sabe. *Que belos pais!*, pensa Catherine. Nenhum dos dois sabe para quem ligar — nenhum dos dois sabe com quem o filho possa estar. Será que tem amigos? Não sobrou um da adolescência, disso ela tem certeza.

— Ele mencionou uma namorada, mas não a conheço. Não sei o nome. Nem tenho certeza de que existe... — Ele tenta o número do celular de Nick, mas a ligação cai direto na caixa postal: "Oi, parceiro. Liga pra gente quando acordar. Para dizer se está legal... Eu te amo...".

Então, o telefone de Catherine toca; ela não reconhece o número. Os dedos tremem quando ela aperta *Atender*.

48

Verão de 2013

É hora de começar a faxina — hora de limpar as impressões digitais. Deletei o Facebook de Jonathan. Nancy queria que eu deixasse ativo, mas achei melhor deletar. Ela está frustrada. Posso ver. Duvida de que minha abordagem suave, que é como chama, produza o resultado desejado. Peço a ela que tenha paciência. *Observe*, peço. Olhe a página do Facebook de Nick. Ele não tocou nela. Isso significa alguma coisa. O rapaz não posta nada há vinte e quatro horas. Isso é atípico. O sujeito não consegue ficar longe do Facebook. Status. Que palavra imponente. O status dele não mudou. Como isso deve fazer os jovens se sentirem bem. Ter status. Jonathan nunca teve dúvidas sobre o próprio status — nunca precisou do Facebook para comprová-lo. Nunca precisou duvidar da própria relevância na vida da mãe.

Posso dizer isto agora: algumas vezes senti ciúmes da dedicação de Nancy a Jonathan. Nosso relacionamento mudou depois que ele nasceu, é claro. Não no início. No início, éramos nós e o nosso bebê, mas, quando ele cresceu, quando se tornou mais marcante, às vezes eu sentia que se interpunha entre nós. Os dois tinham um vínculo especial e, em certas ocasiões, eu me via competindo com Jonathan pela atenção de Nancy. Ela devia me achar carente, fraco. É claro que Jonathan precisava mais dela, era injusto de minha parte tentar afastá-la do filho. As únicas vezes em que brigamos foi por causa dele: sobre a melhor forma de lidar com ele. Não brigávamos com frequência. Na verdade, brigávamos cada vez menos à medida que ele crescia. Comecei a abrir mão de tomar decisões que o afetavam. Nancy era inabalável em sua crença de que Jonathan precisava apenas de amor e apoio incondicionais. "É do que todo filho precisa", dizia, e era difícil discordar.

Ah, Nancy, como nosso filho foi corajoso. Quando eu soube como ele morreu, salvando uma criança, fiquei surpreso. Que vergonha, não? Eu não sabia que ele era capaz de salvar uma vida. E você tinha essa desconfiança a meu respeito, não? Embora sem nunca me acusar de duvidar da coragem dele, você sabia que eu teria problemas para compatibilizar a vida dele com a morte. Lamento ter tentado reparar a situação só depois que você morreu. Quando descobri que o garotinho que ele salvou era filho da amante, a coisa toda fez mais sentido. Ele quis agradá-la, quis mostrar como era corajoso. Estava apaixonado.

Deixo o computador aberto na página do Facebook de Nicholas Ravenscroft e vou até o jardim. Já comecei a armar a fogueira, uma coisa que Jonathan e eu costumávamos fazer juntos, quando ele era menino. Ele adorava a Noite das Fogueiras, amava ficar no escuro jogando coisas no fogo, escrevendo o próprio nome com aquelas velas que causam uma chuva de estrelinhas. Está escuro, e folheio um caderno, sem ler, vendo a caligrafia de Nancy dançar sob os olhos. Então ponho o caderno na pilha de lenha, junto com os outros. Acendo um isqueiro e o encosto em um graveto, observando enquanto a chama brota com um bruxuleio gratificante, depois se firma. O couro solta um odor acre e se enrosca enquanto arde, escurece e vira brasa, o papel faminto pelas chamas.

Quando entro em casa, vejo Nancy sentada diante do laptop. Ela se vira para mim e sorri, e penso que é porque o cheiro da lenha em chamas trouxe lembranças boas de Jonathan brincando comigo na Noite das Fogueiras. Mas estou enganado. Há uma mensagem do pai de Nick na página do Facebook do filho.

49

Verão de 2013

Nicholas é largado do lado de fora do Hospital St. George, na zona sul de Londres. Um corpo deixado na porta de entrada. O médico disse a Catherine e Robert que o filho sofreu um derrame. Cocaína, provavelmente na veia. Cedo demais para saber a extensão dos danos. Descobrirão mais ao longo das próximas vinte e quatro horas. Catherine e Robert ficaram junto ao leito do filho. Em frente, do lado oposto, estão os aparelhos que o mantêm vivo, que o ajudam a respirar, monitoram o coração e introduzem líquidos vitais em seu organismo, tentando restaurar o equilíbrio. A Unidade de Tratamento Intensivo está tranquila, quase silenciosa. Fileiras de corpos em camas, cheios de fios, os olhos fechados, congelados, esperando renascer. Ou não.

Catherine contempla seu menino, a criança que não protegeu. O médico estava errado. Faz mais de vinte e quatro horas, já são dois dias, na verdade, e ainda não se sabe o tamanho do mal que Nicholas causou a si mesmo. Ela e Robert não conseguem mais ficar ali juntos, por isso se alternam para vigiar o filho. Robert não permite que Catherine esteja presente enquanto ele está, e por isso ela precisa esperar que o marido saia para assumir seu posto. Ressente-se do tempo que Robert passa ali, negando-lhe as horas em que poderia estar com o filho, mas não briga. De certa forma, fica aliviada por não vê-lo. Não tem espaço em sua mente para pensar nele, quer apenas estar com Nicholas. Está com ele agora, e cada momento é precioso.

Ela se pergunta se o filho sempre foi vulnerável à morte prematura. Já foi salvo uma vez, mas ela teme que agora não tenham tanta sorte. Quando o contempla, impotente como um bebê prematuro cujo organismo não consegue funcionar de forma independente, é como se ela própria também fosse uma recém-nascida. Mente e corpo estão em carne viva. O curioso é que a sensação é boa: é bom sentir o mundo exterior finalmente tocá-la. É capaz de olhar para o filho e vê-lo de verdade, do jeito como o viu quando ele nasceu: aqueles primeiros anos antes que sua presença se tornasse emaranhada no caos e na sujeira que ela depositou em seus ombros. Sim, precisa aceitar seu papel no processo que os levou até onde estão. Não pode apagá-lo, precisa refletir a respeito. E quando — se — Nicholas estiver forte o bastante para suportar, ela há de lhe contar o que deveria ter contado anos antes. Toca seu rosto, ajoelha-se e beija sua testa, descansando a cabeça na grade da cama.

Catherine disse à mãe que Nicholas está no hospital. Ela a princípio se mostrou aflita, mas logo filtrou a informação, aparou as arestas e garantiu a Catherine que era raro morrer de sarampo nos dias de hoje. É melhor ter a doença na infância mesmo. Catherine quase inveja a forma como a mente da mãe funciona. Está se deteriorando, mas a deterioração vem acompanhada de uma determinação para reverter intrusões desagradáveis em algo positivo. A mãe parece contente: está criando, ao menos por enquanto, um mundo muito melhor para si mesma.

— Por que não vai tomar um chá, comer alguma coisa? Eu fico com ele — sugere uma enfermeira, pousando a mão no ombro de Catherine.

A delicadeza do gesto faz seus olhos marejarem. Ela agradece, mas não pode se afastar do filho.

— Estou bem, de verdade.

— Vá, eu fico. A senhora parece exausta. Deveria comer alguma coisa. Tomar um ar.

Catherine concorda e se ergue do chão. Há uma cadeira onde poderia se sentar, mas isso não lhe daria a chance de ficar muito perto do filho. Precisa ficar tão perto dele quanto possível.

Sai da UTI e caminha em direção à porta do hospital, passando pela lanchonete apagada, a livraria, o quiosque de jornais. Compra um café e uma barra de chocolate na máquina e sai do hospital.

São quatro da manhã, mas há pessoas fumando na rua. Um paciente e alguns acompanhantes. Ela se senta em um banco e sente a pedra fria através da calça jeans. Foi ali que largaram Nicholas, abandonado na entrada do hospital. Ainda não sabem quem foi: estranhos que se importaram apenas o bastante para levá-lo ao hospital.

Não consegue encarar o chocolate e o guarda no bolso, pegando, em vez disso, um cigarro. Cigarro e café. Alguns minutos para fumá-lo. Checa o celular. Uma mensagem de Kim. Junto com outras de amigas, mulheres que estão em contato desde que souberam que Nick foi internado. Catherine ligou e avisou, fazendo saber que estenderia a dispensa médica. E ligou para uma amiga, pedindo que desse a notícia aos outros, mas avisando que não queria ver ninguém. Elas mandavam mensagens de vez em quando, dizendo que estavam pensando nela, que estariam à disposição caso ela quisesse conversar. Catherine não quer. Quer manter todos à distância. Lê o texto de Kim: *Sinto muito. Avise se houver alguma coisa que eu possa fazer. Estou torcendo por ele. Bjs.* Catherine apaga o cigarro, toma o café, que tem gosto de plástico e não oferece consolo ou sustento. A mensagem de Kim, sim. Não há acusação ali. Ela leu o livro, mas isso não importa mais. O que quer que aconteça, ao menos essa parte acabou. Se Nick sobreviver, e ela acredita que vai, não haverá mais segredos. Ele saberá de tudo. E Robert? Ela o empurra para um compartimento nos fundos da mente.

Levanta-se e joga o copinho na lixeira, voltando para o mundo lá dentro. O zumbido grave do aquecimento, a luz, os monitores, a maquinaria que mantém o lugar e as pessoas que ele abriga funcionando está viva. Quando caminha em direção à UTI, Catherine estuda o desenho do chão de linóleo brilhante. Mesmo os riscos negros parecem desbotados, e ela imagina alguém sentado em mais uma máquina, deslizando para cima e para baixo nos corredores. Acha que já viu essa imagem, mas não lembra se foi na vida real ou na tevê.

Aperta a campainha, e a enfermeira ergue os olhos, vê quem é e abre a porta.

— Seu pai está aqui — sussurra, sorrindo.

O olhar cansado de Catherine segue o da enfermeira. Ela olha para a figura magricela inclinada sobre a cama de Nicholas.

O pai morreu há dez anos. Catherine não grita: urra, correndo até o homem. Agarra-o, puxa-o, enterra os dedos nos ombros ossudos. Ele é tão leve! Obriga-o a encará-la e o empurra com toda a força, até que ele cai, batendo em uma cadeira, desabando no chão, onde fica parado e a fita. É quando a seguram por trás. A enfermeira que tanto se preocupou com Catherine preocupa-se agora apenas com o velho esparramado à sua frente. Agacha-se ao lado dele, falando, perguntando se está em condições de se levantar. Ajuda-o a ficar de pé enquanto Catherine observa, contida por uma segunda enfermeira. Não está certo. Ela luta para se libertar.

— Ele não devia estar aqui! Tirem esse sujeito daqui! — grita. — Ele não é meu pai. Não deviam ter deixado que entrasse. Tirem esse sujeito daqui! — A histeria obriga a enfermeira a segurá-la com mais força.

— Se não se acalmar, vou chamar o segurança.

— Tudo bem, eu vou embora. Sinto muito...

O velho treme, a voz titubeia quando ele diz:

— Eu só queria ver como Nicholas estava. Sinto muito.

Ele está no controle, não Catherine. O velho tem um pequeno corte na cabeça, mas não quer causar uma cena. Ela vê quando o ajudam a sair, a enfermeira sentindo-se impelida a servir de apoio ao velhinho frágil e ferido. Catherine o escuta representar seu papel, gaguejando mais desculpas. Tudo que ele queria era ver Nicholas. As portas se fecham às suas costas e Catherine cai de joelhos e encosta a cabeça na cama de Nicholas.

Está sendo vigiada agora. A segunda enfermeira fica por perto. Catherine não é confiável. Começa a chorar, tenta explicar entre lágrimas:

— Não deviam ter deixado ele entrar. A presença dele não pode ser permitida... Ele quer machucar meu filho...

— A senhora está perturbando os outros acompanhantes. Podemos conversar lá fora. Posso ligar para alguém...

Catherine balança a cabeça.

— Não, não. — Ela não quer sair. Não pode deixar Nick ali sozinho. Não é seguro. — Sinto muito. Mas só Robert e eu podemos entrar, mais ninguém.

A enfermeira se retira.

Robert chega mais cedo que de hábito, e Catherine corre em sua direção, aliviada.

— Ele esteve aqui. O pai. Está tentando se aproximar de Nicholas. Vai machucá-lo.

Robert a empurra.

— O hospital me ligou. Sei o que aconteceu. Eu disse a ele que podia vir. Convidei-o. Ele tem todo o direito de ver Nick...

— Você o chamou aqui? Ficou louco?

— Não, não estou louco.

— Por que diabos fez isso?

Ele a encara, parecendo não acreditar na pergunta.

— Ele sabe o que é perder um filho.

— Você se encontrou com ele? — A voz dela se alteia, enquanto a dele permanece baixa.

— Ainda não. Se soubesse o que o filho dele fez pelo nosso, teria entrado em contato anos atrás. Teria agradecido aos dois. É tarde demais para agradecer à mãe de Jonathan, mas posso ao menos tentar compensar o pai.

É a primeira vez que ela o ouve mencionar o nome de Jonathan.

— Como pôde fazer isso, Robert? Como pôde chamá-lo aqui?

Ele ignora as perguntas e passa por ela para chegar à cama do filho. Ela o segue, sibilando em seus ouvidos:

— Por que acha que ele escolheu vir às quatro da manhã? Não vê que ele quis vir quando achou que não haveria mais ninguém?

Robert se vira e a agarra pelo braço, os dedos enterrando na carne.

— Eu o vi inclinado sobre Nicholas. Ele estava...

— Estava o quê? A enfermeira me contou exatamente o que aconteceu. Ela me contou o que você fez...

Ele empurra Catherine na direção da porta.

— Por favor, sr. Ravenscroft — intervém uma enfermeira que acaba de entrar. — Não podemos permitir esse tipo de comportamento aqui...

— Desculpe, desculpe — diz Robert. — Minha esposa está de saída.

O homem vira as costas para Catherine e assume seu posto ao lado da cama de Nicholas.

50

Verão de 2013

Um empurrãozinho, só isso. Precisei caprichar na aparência, me tornar apresentável. Passei mais tempo do que de costume diante do espelho naquela manhã. Queria ter a melhor aparência possível para minha idade. Perdi alguns dentes, por sorte nenhum da frente, e, se sorrir com cuidado, não dá para notar. Pratiquei sorrisos na frente do espelho. Mas meus olhos são um problema. Eles não sorriem, e as partes brancas têm cor de cuspe com um fio de tabaco. Abri o armarinho do banheiro e achei um vidro de colírio. Não deve ter sido saudável, porque há muito o colírio perdera a validade, mas pinguei mesmo assim. Ardeu, e por um instante temi ter causado um dano sério. Pisquei um monte de vezes, porém, e ficou tudo bem, melhor até do que antes.

 Foi bem mais fácil me vestir. Tenho um paletó decente e uma camisa de que sempre gostei. Não muito modernosa. Algodão macio, toda em xadrez pastel. Nada daquilo me cai tão bem quanto antes, mas, com o cardigã de Nancy por baixo, servindo de enchimento, acho que funcionou. Não pirei de vez, entendam. Tenho certa noção da minha aparência para o mundo exterior. Tudo bem usar roupas confortáveis e velhas em casa, quando apenas a pessoa amada nos vê, mas é preciso um tantinho de esforço para os estranhos.

 Se o pai estivesse lá, garanto que as coisas sairiam conforme o programado. Ele teria me recebido bem, talvez até fosse buscar um chá para mim. Sou um homem mais velho, ressequido, exausto pelas duas horas gastas para chegar ao hospital. Transporte público...

 — ... sim, é longe, mas eu precisava ver Nicholas. Sei que é o que minha mulher gostaria que eu fizesse. Ela era maravilhosa com gente jovem, sabe...

Teria adorado a oportunidade de conhecer Nicholas... Significaria um bocado para ela... Não, não, claro que entendo. Entendo. A culpa não é sua. Ah, obrigado, quanta gentileza. Sim, uma xícara de chá seria ótimo.

Eu o veria sair e apertaria um botão, puxaria um fio e iria embora. Tudo acabado. Fim. O garoto nem sequer tomaria conhecimento. Bela maneira de partir, na verdade. Sem sentir nadinha. Mais rápido do que se afogar. E ele já está quase lá, deve estar até mais que quase. Onde chegou por conta própria. Não toquei nele. Não pus um dedo. E as consequências? Pouco me importam as consequências! Não dou a mínima. Mas não foi o que aconteceu.

Quando olhei o quarto e vi a fileira de camas, tive medo de não localizá-lo, mas uma enfermeira foi muito gentil e o apontou para mim. E sorriu. Sorri direitinho. Pareci inofensivo. Tudo que precisei dizer foi "Nicholas Ravenscroft", em um sussurro, e a pobre enfermeira, exausta, supôs que eu fosse um avô. Não houve necessidade de corrigi-la. Mas aí surgiu a mãe. A Fúria. Que bobagem a minha. Imaginei que ela seria tão negligente com o filho agora quanto foi quando ele era pequeno. Achei que, àquela altura da madrugada, estaria dormindo, muito confortável em sua cama.

Havia medo em seus olhos, quando ela me encarou. Reconheci na mesma hora porque já vi esse medo antes, embora não esteja acostumado a vê-lo em um adulto. Nunca fui o tipo de homem que desperta medo em gente do meu tamanho. Sim, ela me pareceu amedrontada, mas não por si mesma. Sentia medo pelo filho, o que me surpreendeu, porque não era o que eu esperava. Eu esperava raiva, fúria e arrogância, não aquele instinto protetor. Então me distraí quando a enfermeira tocou meu braço. Faz tanto tempo que não vejo uma mulher se preocupar comigo. Gostei de sentir aquelas mãos cuidadosas, temendo me machucar, atenciosas com a minha dor. E a voz também era gentil. A preocupação era genuína, e minha reação também foi. Fiquei grato pela bondade.

Agora ficou mais complicado. Achei que conseguiria entrar, sair, missão cumprida. Em vez disso, terei de fazer outra visita. Que alternativa me resta? Confiar que o destino acabe com ele? É possível que ele parta por conta própria, sem necessidade de intervenção. Um derrame, disse a enfermeira. Ele teve um derrame. Talvez sobreviva, mas pode ficar "seriamente comprometido". Isso serve, Nancy? Não? Seriamente comprometido não basta? Estou cansado e dolorido da queda e da viagem de volta para casa.

O telefone toca. Nancy atende. Uma voz de homem deixa um recado, mas eu interrompo.

— Alô?

— Alô, sr. Brigstocke. É Robert Ravenscroft.

Aguardo. Por que deveria ajudá-lo?

— Espero que não se importe por eu ligar. Gostaria de dizer que sinto muito pelo que aconteceu. Pelo que minha esposa fez. Lamento muito, mesmo.

— A culpa não é sua, sr. Ravenscroft...

— Robert, por favor, pode me chamar de Robert.

— Suponho que ela tenha ficado chocada de me ver ali. O senhor não disse a ela que me convidou?

Ele não responde. Aguardo de novo.

— Não estamos nos falando. É idiota, sei disso, com Nicholas tão doente, mas... Estou com dificuldades de entender o que ela fez... Por que não me disse...

— Tenho certeza de que deve ser bem difícil.

— Desculpe, não quis me fazer de vítima. Estou ligando para pedir desculpas por ela e dizer que espero que o senhor vá de novo ao hospital. Tenho certeza de que Nick gostaria disso. Talvez possamos nos encontrar. Entendo que o senhor fique nervoso, mas...

— É, talvez possamos mesmo, mas agora preciso desligar. Estou muito cansado e abalado, para ser franco. Estava indo dormir quando o telefone tocou...

— Claro. De novo, peço desculpas. Só queria me certificar de que o senhor chegou bem em casa.

— Muito bem, obrigado, Robert.

E desligo.

Eu me arrependo de ter dado meu telefone a ele. Imagino que possa se tornar um aborrecimento. Uso o corrimão de apoio e me arrasto escada acima. A enfermeira disse que a base da minha coluna talvez esteja machucada, mas suponho que podia ser pior, eu podia ter quebrado alguma coisa. Pensando bem, talvez fosse útil. Eu teria de ficar no hospital, plantado em um quarto, talvez no mesmo corredor do garoto. Não faz mal. Tenho um convite do pai dele. Ficaremos lado a lado junto à cama do filho enfermo.

Estendo a mão para o copo d'água na mesinha de cabeceira. Está pela metade, mas tem o suficiente para me fazer engolir os comprimidos. Dois para dor e dois para dormir. Uma coisinha para a ansiedade. A água tem gosto de dormida, está ali faz tempo. Poeirenta e dormida. O sono virá com facilidade, já sinto que está a caminho. Só espero que não seja pesado a ponto de perder o telefonema se o marido ligar. Ele prometeu avisar sobre qualquer mudança no estado de Nicholas. Mas Nancy vai atender. Robert ouvirá a voz comovente e hesitante dela. *Não estamos em casa no momento. Por favor, deixe um recado para que possamos ligar de volta*. Cochilo um pouco, mas acordo cedo demais, e não foi a voz de Nancy que me acordou, tenho certeza.

A casa está silenciosa, mas algo me trouxe de volta à consciência, porque continuo zonzo de sono. Estava sonhando que caía de uma janela, atirado de encontro a um vidro enorme. O vidro caiu antes de mim e ficou pairando no ar, os cacos apontados para cima, prontos para me fatiar como presunto. Foi isso que me acordou. Som de vidro quebrado. Tem alguém lá embaixo.

Então ouço a porta se fechar. É impossível fechar a porta da frente sem fazer barulho: o ferrolho está meio enviesado, e por isso há sempre um clique quando é aberto ou fechado. Alguém chegou ou saiu? Imagino mãos enluvadas. Imagino a polícia, mas isso é tolice. Uma pontada de culpa, talvez. Bobagem. A polícia teria batido, não precisaria invadir. Ouvi a porta da frente, mas agora não ouço mais nada. Visto a calça e pego o cardigã nas costas da cadeira. Eu ranjo, o assoalho range, a escada range. Não há como disfarçar minha descida, nem tento. Sou destemido, não sou mais um covarde.

Paro ao pé da escada e olho à volta. A luz entra por baixo das cortinas. O vidro da porta da frente foi quebrado. Passo os olhos pela sala, meio que esperando ser acertado na cabeça. Nada acontece. E a sala está vazia. Vou até a cozinha, bem devagar, ainda com câimbras e dolorido. A casa está vazia. Vejo então que me enganei. A casa está vazia, mas não estou sozinho. Eu a vejo de pé no jardim, olhando para a fogueira ainda em brasas. Caminho até a porta dos fundos, e ela se vira e me encara. Este é o momento pelo qual eu esperava. Ela está aqui. Destruída. Nicholas morreu? O que ela fará? Tentará me matar? Aguardo. Nenhum de nós diz uma palavra. Então ela vem na minha direção e dou um passo para o lado, deixando-a entrar na casa outra vez. Ela se senta à mesa da cozinha e põe a cabeça entre as mãos. Esfrega os olhos com tanta força que temo que saltem do rosto. Quando me fita, vejo que estão vermelhos e secos. Não há lágrimas. Injetados, porém não úmidos. Espero que ela fale.

— Sente-se.

Eu me sento. Por que não?

Então ela cospe tudo em mim. Fico coberto de saliva. Ela parece incapaz de parar. A catarse não para até me deixar totalmente molhado com aquele muco espesso que vem dela e se assenta em mim. Sou outra vez um inseto, aprisionado no cuspe do predador que planeja me comer vivo. Estou sendo comido vivo.

51

Verão de 2013

Catherine tem sangue nas mãos. Misturado com o próprio suor. As palmas de ambas as mãos estão avermelhadas. Mas o sangue é dela, de um corte perto do pulso da mão direita, onde quebrou o vidro e passou o braço para abrir a porta da frente da casa. Senta-se no carro do lado de fora da casa de Stephen Brigstocke e limpa o sangue na calça jeans.

Não se deu ao trabalho de bater. Simplesmente invadiu e fechou a porta ao passar. As cortinas estavam fechadas e, com a pouca claridade, precisou de alguns momentos para perceber que entrara no terreno baldio de uma vida. Xícaras e pratos sujos misturados a latas de feijão vazias, ainda com o garfo dentro, cobriam a mesa. O chão estava coalhado de pedaços de papel; uma velha cômoda galesa se encolhia a um canto, parecendo humilhada, com as gavetas abertas, as portas escancaradas. Seu olhar foi atraído para o único ponto tranquilo do cômodo: uma escrivaninha, limpa e arrumada, com uma foto em uma moldura de prata: um jovem casal dos anos 60. Um laptop, aberto, mas no modo "em espera". Ela o despertou com uma batida de dedo e estremeceu quando a página de Nicholas no Facebook piscou de volta. Há uma mensagem de Robert ali, atualizando o estado do filho.

Caminhou entre o lixo e o fedor da cozinha e foi até a janela nos fundos da casa. Sabia que ele devia tê-la ouvido entrar, sabia que o velho devia estar lá em cima, mas não estava com pressa. Do lado de fora, contemplou uma macieira carregada de frutos, um jardim abandonado, mas ainda bonito. Flores silvestres se insinuando por entre a grama descuidada e arbustos maduros se destacando, orgulhosos, em meio ao mato ameaçando sufocá-los. Uma fogueira ainda em brasas chamou sua atenção, e ela saiu da casa, observando os resquícios das coisas que ele tentara destruir.

Sentiu sua presença antes de vê-lo: uma figura murcha, aconchegando um cardigã feminino ao torso nu e ossudo, parado na soleira da porta que dá para o jardim. O velho não protestou, apenas piscou quando veio a catarse, mas ela o viu murchar e se encolher sob o peso de suas palavras.

Catherine se lembra de mais do que contou a ele. Palavras não ditas nadam em sua cabeça, mas ela as manteve ali, sem querer que interferissem na história. *Conte o essencial*. E foi o que fez. Quando acabou, o velho ficou mudo, de olhos baixos, as mãos agarradas à beirada da banqueta.

— Sinto muito.

As palavras a surpreenderam. Vieram dela, não dele. Não planejou dizê-las, elas escaparam. Deixou-as ali, levantou-se e saiu.

E agora se permite chorar. Anos e anos de lágrimas afloram em torrentes.

Verão de 1993

Quando Jonathan sorriu para Catherine, sentado na banqueta do bar, depois do telefonema de Robert, Catherine retribuiu o sorriso. Foi instintivo, mas ainda assim ela sentiu vergonha e ignorou o gesto que a convidava a juntar-se a ele, dirigindo-se apressada para o elevador que a levou ao quarto. Trancou a porta e se aproximou da cama para ver como estava Nicholas, que dormia um sono pesado, todo esparramado. Abriu a porta para o quarto contíguo e o levou para a própria cama. Depois, tomou uma chuveirada antes de se deitar. Nada acontecera naquela noite. Nada.

No dia seguinte, ela e Nicholas foram à praia. Era cedo, Nicholas acordara às sete da manhã, e os dois chegaram à praia às oito e meia. Ela se lembra de se sentir solitária, mas lembra-se também do brilho do sol, que não estava quente demais, e dos quilômetros de areia. Uma praia só para os dois, lembra-se de ter dito a Nick. Houve inúmeras viagens até o mar para encher baldes de água. Estavam construindo uma cidade, ao menos na visão de Catherine. Nick não pegou o espírito da coisa, achando que os baldes de areia que a mãe emborcava para ser lojas e casas eram para ser derrubados. Ela se lembra da própria paciência e também da pontada de culpa por estar consciente dela. Brincar com a criança não lhe parecia natural. Mas ela se deixou levar, junto com o filho. E enquanto Nick derrubava os prédios, ela dava início às ruas, que escavava com uma pá, abrindo caminhos em meio aos montes de areia que ele criava.

Passadas algumas horas, outras pessoas começaram a chegar, e, ao meio-dia, a praia estava cheia. A essa altura, Nicholas estava com calor e cansado. Os dois foram almoçar em um café, deixando as toalhas na areia, mas sem qualquer coisa de valor nelas. Andavam de mãos dadas, e Catherine se lembra de estar feliz. Lembra-se do prazer de ter a mãozinha rechonchuda de Nick na sua, de apertá-la e do menininho retribuindo o gesto. Voltariam para casa no dia seguinte ao seguinte, e, pela primeira vez, ela descobriu ter ânimo para aproveitar ao máximo o tempo que lhes restava ao sol.

Nick almoçou sem fazer drama, e depois ela comprou sorvete para ambos, o dela de morango, o dele de baunilha, sorvetes que os dois dividiram enquanto voltavam para a praia, cada qual dando uma lambida no do outro. Ela se lembra da bolinha de sorvete de morango na ponta do nariz de Nick. Ele avançara no sorvete dela bem na hora em que ela o estendera, oferecendo-o. O menino riu, apreciando a sensação gelada no rosto, depois lambuzou as bochechas e o queixo com baunilha. Tentou esticar a língua para lamber o nariz e o queixo, mas não conseguiu, e Catherine usou a barra da saída de praia para limpar o filho e impedir que as abelhas fossem atraídas pela doçura do menino.

Quando chegaram às respectivas toalhas, mãe e filho desabaram, cansados da caminhada. Ela se lembra de despir a saída de praia e de se sentar com as pernas apartadas, Nick refestelado entre elas enquanto ouvia uma história lida pela mãe. O corpo dele começou a pesar, e a cabeça recostou-se em seu braço. Adormecera, e ela o deitou de lado com cuidado, cobrindo-o com a saída de praia para protegê-lo do sol. Nick dormiu durante uma hora, e ela leu, feliz. Feliz de verdade. Também cochilou um pouquinho, enroscada na criança, de conchinha com o filho.

Quando Nick acordou, ela acordou. Quando se sentou, viu Jonathan. Havia algumas pessoas entre os dois. Ele estava mais perto do mar que ela e Nick, mas tinha uma boa visão de ambos. Deitado de barriga para cima, olhava na direção deles. Catherine se perguntou há quanto tempo o rapaz estaria ali. Fingiu que não o vira e desviou a atenção para Nick, tirando um suco da sacola. Jonathan deve ter batido fotos, então. Não se lembra de vê-lo fazendo isso, mas viu as fotografias. O instantâneo dela e de Nick sentados na toalha, o menino tomando suco. A garrafa de plástico estava morna e o líquido devia estar com gosto ruim, mas Nick não reclamou. Ela se lembra do constrangimento que sentiu por estar quase nua. Não mais do que qualquer outra mulher na praia, mas ainda assim teve a sensação de estar exposta e fechou mais as pernas, além de puxar as alças do sutiã do biquíni que haviam escorregado dos ombros.

Por volta das três da tarde, Catherine e Nick saíram da praia e voltaram para o hotel. Ela não se lembra do que fizeram nas horas seguintes, mas foram tranquilas. Depois pegaram um táxi até o centro. Catherine teria preferido ir a pé, mas era longe demais para Nick, e o hotel chamou um táxi. Comeram uma pizza em um café e, em seguida, passearam de mãos dadas pelas ruazinhas até chegarem a uma praça. Ela se lembra do grito de felicidade do filho ao ver o carrossel. Foi como se o brinquedo surgisse direto das páginas de um livro infantil. Nick quis ir montado sozinho em um cavalo e pediu à mãe que fosse no de trás. Ela se lembra de pôr as mãos sobre as dele, assegurando-se de que o filho se agarraria à barra que sustentava o cavalo, e de depois subir no dela, bem atrás, como ele pedira. Ficou enjoada com o balanço do carrossel e sentia-se nervosa toda vez que Nick se virava para olhá-la, temendo de que ele soltasse a barra. Isso não aconteceu, e o menino amou o brinquedo. Divertiu-se à beça.

Depois do carrossel, veio o escorrega. Não era muito alto, e sim do tamanho ideal para um menino da altura de Nick. Ela não foi atrás, certa de que ficaria entalada na descida apertada. Vigiou o filho do chão enquanto ele subia a escada, levando o colchonete, e aparou-o com um sorriso quando ele escorregou para seus braços, o rosto dourado radiante, explodindo em gargalhadas. Uma aterrissagem macia. Segura. Chegou a hora de voltar para o hotel, e eles saíram em busca de um táxi. Nick estava cansado e não parava de reclamar. Quis colo, mas ela segurou a mãozinha com firmeza e garantiu que não era longe. Prometeu que voltariam no dia seguinte, na última noite. E o fizeram. Voltaram ao parquinho, mas não foi igual à noite anterior. Ela tentou, mas não conseguiu que fosse igual.

Encontraram um ponto de táxi. Não havia carro algum, apenas uma placa com a palavra TÁXI e a figura de um veículo. Eram os únicos passageiros à espera, mas havia um monte de gente à volta, nos cafés, olhando vitrines, passeando no início da noite. Ela pôs Nick no colo e o menino se aconchegou, sonolento e cheirando a açúcar. Foi quando viu Jonathan, cujo nome ainda desconhecia. Ele estava sentado ao lado de uma moça em um café em frente. A moça estudava um mapa, e ele se inclinou e o estudou com ela, que pareceu surpresa. Catherine recorda que se perguntou se os dois se conheciam ou se tinham acabado de se encontrar. Ele ergueu os olhos de repente e flagrou o olhar de Catherine, que, constrangida, desviou a atenção para a busca de um táxi na rua. Lembra-se do alívio quando surgiu um — três, na verdade, todos de uma vez. Pôs Nick no chão e se inclinou para dar o endereço ao taxista.

Lembra-se de olhar pela janela quando o carro deu partida e ver que Jonathan a observava.

Pegou a chave na recepção e subiu para o quarto. Nick escovou os dentes, vestiu o pijama. Depois, ela fechou a persiana e se sentou na beira da cama para ler uma história. O menino não se importava de dormir na própria cama desde que a mãe mantivesse aberta a porta de comunicação e prometesse não fechá-la. Dessa forma, ele podia vê-la da cama, caso acordasse. Já estava dormindo quando ela parou de ler, e Catherine o beijou, indo para o próprio quarto e se deitando. A persiana estava aberta e dava para ouvir o barulho na rua, mais movimentada com a expectativa da noite. Fechou os olhos um instante e sentiu uma onda de felicidade. Mereço um último mimo, pensou, resolvendo terminar a noite com um copo de vinho e um cigarro na varanda.

Desceu, depois de trancar a porta, e pediu uma taça grande de vinho branco. O bar estava vazio, e não era de espantar. Por que alguém iria querer ficar naquele bar tão impessoal? Assinou a conta e levou a bebida para o quarto, tomando cuidado para não derramá-la ao abrir a porta. Deu uma olhada em Nick. Ele chutara o lençol e estava deitado com os braços para cima e as mãos no travesseiro, como fazia quando era bebê. Os dois tinham passado um dia maravilhoso juntos. Sem Robert, mas Catherine não sentira falta do marido. Tinha se esquecido disso. Só agora lembra que, na verdade, não sentiu falta de Robert naquele dia. Ficara tranquila com Nick, gostara de ficar a sós com ele. O leve temor que sentira ao acordar — pensando no longo dia pela frente, tentando contentar o filho e não se irritar — passara sem que sequer percebesse, e ela se satisfizera apenas por estar com Nick, como sempre torcera para acontecer. Só agora lembra-se de que pensou que talvez tivesse sido bom Robert voltar para Londres. Esqueceu-se disso. Apagou a lembrança. Quando gritou com o marido algumas semanas antes, dizendo que ele não devia ter deixado os dois sozinhos, que na época estava deprimida e desejou que Robert não os tivesse deixado, achou que fosse verdade. De certa forma era, mas esqueceu-se de como sentiu-se feliz e satisfeita depois de um dia de puro prazer com o filho. Sim, lembra-se disso agora. Mas tinha esquecido.

Levou o copo de vinho e o maço de cigarros até a varandinha, sentou-se e olhou para o mundo que passava sem querer fazer parte dele, para variar. Estava feliz, percebe isso agora, sentada no carro parado diante da casa de Stephen Brigstocke. Os olhos se enchem de lágrimas quando se pergunta se, na verdade, foi a última vez em que se sentiu verdadeiramente feliz. Será que toda a "felicidade" que veio depois foi fingimento? Nem toda, nem toda. Mas não mencionou aquela sensação de felicidade para o velho. Não fazia parte da história que ele precisava ouvir. Não quis confundir as coisas. Chegou à essência de tudo, com ele.

O vinho acabou, e ela voltou para o quarto, fechando a porta e a persiana. Ainda era cedo, mas estava cansada. Chuveiro, livro, cama. Já tirara os sapatos e ia tirando o corpete quando viu alguma coisa pelo canto do olho. Tinha começado a despir o corpete pela cabeça e se virou para olhar, os braços ainda meio dentro das mangas, esticados à frente, como em uma camisa de força. Estava escuro com as persianas fechadas, mas viu alguém de pé diante da porta. Alto, forte. Sentiu seu cheiro, talvez antes mesmo de vê-lo. Era possível, porque a loção pós-barba tinha um perfume enjoativo. A porta estava fechada, e ela ouviu o tilintar de uma chave na mão do homem. Devia ter deixado a chave na porta, na tentativa de não derramar o vinho. A porra do vinho. Tirou os braços de dentro das mangas e segurou o corpete, tentando esconder o corpo. Antes que pudesse gritar, mandá-lo sair, a mão dele cobriu sua boca. Aquela mão grande, quente. Sentiu gosto de suor nela. Ainda sente. Contou isso ao velho. Que, todos esses anos depois, ainda sentia o gosto do medo — ou seria excitação? — na mão do filho dele. Gosto e cheiro: sensações gravadas a fogo em sua memória. Impossíveis de se esquecer. Que coisa mais doentia ter se esquecido das lembranças boas com tamanha facilidade e se lembrar tão claramente das ruins.

Com a outra mão, ele agarrou a dela quando Catherine tentou atingi-lo, e o corpete caiu no chão. O homem examinou seu corpo, e Catherine lutou, tentando libertar as mãos. Ele cedeu e levou o dedo aos lábios, olhando, pela porta aberta, para onde Nick dormia. Foi quando meteu a mão no bolso e tirou um canivete. Puxou a lâmina e encostou a ponta no mamilo esquerdo dela, enfiando-a debaixo do bojo do sutiã e apertando de leve. A outra mão agarrou-a pela garganta e a arrastou até a porta do quarto de Nicholas; o homem a fechou e trancou com a mão que segurava o canivete.

— Se der um pio, retalho sua cara e depois a do seu filho.

O homem não ameaçou matá-la. Talvez, se tivesse, ela lutasse mais. Talvez não acreditasse, mas acreditou que ele retalharia seu rosto e o do filho. Pegando a arma, ele a deslizou pela parte de dentro do próprio braço — uma linha reta seguida de outra, formando uma cruz, limpa e rubra. Queria mostrar como a lâmina era eficiente. Estendeu o braço para ela e a fez chupar o sangue.

Catherine ficou surpresa quando o ouviu falar. Chocada com o ódio em sua voz. Antes daquele momento, nos dias anteriores, quando se dera conta de que ele a observava, quando erguera a garrafa de cerveja em saudação, sentado na banqueta do bar do hotel, ela imaginara outras palavras vindas daquela boca. E também imaginara uma voz diferente. Uma voz suave. Imbecil. Que vergonha! Vergonha de ter pensado que era admirada. Por que não percebera que para ele não era humana? Não passava de um pequeno animal a ser atormentado, algo em que descontar a frustração e o ódio. Partira do princípio de que o desejo dele era inofensivo, brincalhão. Obrigou-se a relembrar esses detalhes, mas não falou deles com o velho, o pai dele. É ela quem precisa recordar as minúcias, desencavar esses detalhes e soprar a poeira antes de examiná-los, vê-los como são. Não pode poupar a si mesma de coisa alguma.

Ele acendeu a luz do abajur junto à cama, para poder vê-la melhor, e se encostou na porta do quarto de Nick, mandando-a despir-se. Tinha uma pequena mochila pendurada no ombro, que pôs no chão ao lado dos pés. Depois tirou a máquina fotográfica de lá de dentro e a pendurou no pescoço, sem nunca tirar os olhos dela. Observando-a. Assegurando-se de que ela ficaria onde estava. Catherine lembra-se de imaginar se o que ele queria era matéria para chantagem. O homem se afastou da porta e atravessou o quarto. Ela podia ver a chave do quarto de Nick na fechadura.

— Tire isso — ordenou, apontando para o sutiã com o canivete.

Ela abaixou as alças, virou o sutiã ao contrário e o desabotoou. Podia ter levado as mãos às costas para fazê-lo, mas tinha intenção de adiar o que estava por vir. E achou que a tática patética funcionara. Achou que lhe dera tempo suficiente para chegar até a porta de Nick, destrancá-la, entrar e voltar a trancá-la por dentro, deixando-o do lado de fora. Mas ficou enrolada, não conseguiu tirar a chave da fechadura antes que ele a agarrasse pelo ombro, a virasse para si e esbofeteasse seu rosto com força. Nunca fora agredida dessa forma. Na infância, levara apenas palmadinhas da mãe, vez ou outra. Os ouvidos zumbiram. As lágrimas arderam, e ela trincou os dentes.

— Mamãe, mamãe? — chamou uma vozinha do outro lado da porta.

Ele segurava o canivete debaixo do queixo dela, a ponta para cima.

— É melhor você fazer ele voltar a dormir.

— Está tudo bem, amor. Feche os olhos e durma, querido.

A voz deve ter soado estranha para Nick, fora do comum. O menino disse que queria vê-la.

— Você prometeu deixar a porta aberta, mamãe... — insistiu Nick, começando a ficar nervoso.

— Abra a porta — sibilou o rapaz no ouvido de Catherine. — E faça com que ele cale a boca.

E ela obedeceu, torcendo para conseguir fechar a porta depois de entrar, mas o intruso foi rápido e pôs o pé na soleira. Tinha se escondido nas sombras, mas ela podia senti-lo vigiando quando se sentou na cama do filho e afagou seu cabelo. Os dois estavam sendo observados.

— Que cheiro é esse? — indagou Nick.

O cheiro era da loção pós-barba.

— Sabonete do hotel. Tomei um banho — respondeu ela, beijando a testa do filho.

— Eca, como fede — comentou o menino, e ela tentou sorrir.

— Durma, meu bem. Estou aqui. Também vou me deitar — mentiu.

— Você disse que ia deixar a porta aberta — insistiu o filho, tentando impedir os olhos de se fecharem, quase perdendo a batalha.

— Sei disso. Desculpe. Olhe, está aberta. Agora, durma.

Continuou a afagar o cabelo do menino, até que o sono o venceu e os olhos se fecharam. Não demorou mais que uns minutinhos.

Ela o ouviu mexer-se às suas costas. Sentiu quando ele ficou de pé perto deles, observando os dois. Viu quando ele olhou para Nick, pegou o canivete e o passou acima dos olhos fechados do filho. Da esquerda para a direita, a lâmina se detendo próxima aos cílios do garotinho. Prendeu a respiração ao ficar de pé e se dirigiu para a porta. Precisava tirá-lo do quarto de Nick. Graças a Deus, ele a seguiu. Se seu menininho tivesse acordado... O que aquela criatura faria?

De volta ao próprio quarto, disse a ele para trancar a porta, e o homem sorriu como se pensasse que Catherine não queria que fossem incomodados outra vez.

— Melhor assim — falou. — Onde estávamos mesmo?

Ela vestira a camiseta antes de ir ao quarto de Nick, motivo pelo qual tornou a despi-la. Bem devagar dessa vez. Queria ganhar a confiança dele. Não queria que ele fizesse alguma maldade com ela ou com o filho. Torceu para que ele só quisesse olhar. Ouviu o clique da máquina enquanto tirava a camiseta pela cabeça. Não sabia o que fazer. Posar? Fazer o quê?

Ele a olhou, parada ali de calcinha. Simples, branca. Decente. Recatada. Ficou decepcionado. Foi até a cômoda e abriu a primeira gaveta, que remexeu. Descobriu a lingerie que Robert comprara para as férias e entregou a ela.

— Vista isso — falou.

Ela obedeceu.

— Sente-se na cama.

Ela sentou.

— Recoste-se um pouco. Relaxe.

Ela tentou. Pôs os braços para trás, recostando-se.

— Abra as pernas.

Ela abriu.

Ele se sentou em uma cadeira e a analisou.

— Ponha a mão dentro da calcinha.

Merda, pensou ela. Tomou fôlego e fez o que ele mandou.

— Seja boazinha com você mesma — disse ele. — Goze.

Como? Ela não conseguia. Mas era preciso. Os dedos começaram a se mexer, e ele aproximou o olho da máquina e aguardou. Ela estava seca. Nada. Mexeu os dedos mais depressa e ouviu o clique, clique, clique começar, o zumbido do zoom se aproximando mais e mais. Fechou os olhos e inclinou a cabeça para trás. Entreabriu os lábios, ofegou, fingiu, mordeu o lábio superior, mexeu os dedos, gemeu e descobriu que jamais chegaria ao orgasmo, mas aquele homem nunca saberia disso. Um último gemido, um suspiro. E esperou. Manteve a mão no mesmo lugar, sem ousar se mexer, se perguntando se isso bastaria. Será que ele a tocaria? Ou vê-la se tocar teria sido suficiente? Clique, clique, clique, porra. Bem devagar, retirou a mão. Bem devagar virou-se para olhá-lo. Ele estava sentado. Parecia relaxado, a câmera pendendo do pescoço. Nem sinal do canivete.

— Por favor, vá embora — pediu. — Por favor.

E, de repente, ele não estava mais relaxado. O canivete reapareceu. Ela cometera um erro. Não devia ter dito aquilo. Devia ter fingido que queria o mesmo que ele. Com o canivete, ele cortou a calcinha, agarrou a mão dela e a enfiou no próprio jeans, na cueca. Úmido. Ela podia sentir o cheiro, cheiro forte de sêmen. Com o coração acelerado, sentiu-o endurecer sob sua mão. A garganta se apertou, e ela soube que ainda não tinha acabado. O pavor a deixou enjoada. Pânico. Medo por si mesma, pelo filho. A mão agarrou o pênis com força, e seu desejo foi arrancá-lo. Ele afastou a mão dela.

— Ainda não — disse, como se ela estivesse ansiosa por ele. — Vire-se.

— Não, por favor, não...

Começara a chorar, na esperança de que ele ficaria com pena dela. Em vez disso, ele foi até a porta de comunicação com o quarto de Nick.

— Será que a gente mostra a ele o que a mamãe gosta de fazer?

E ela imaginou, por um instante, o que seria do filho se visse o que acontecera e o que ainda poderia acontecer. O que isso causaria ao menino?

— Está bem. Desculpe, desculpe.

Ele a olhou.

— Por favor, volte.

Ele voltou, e ela ficou de quatro e despiu a calcinha, presa apenas por um fio.

— Sorria — ordenou ele. Ela obedeceu. — Para que eu possa ver — instruiu, e ela virou a cabeça e sorriu. — Faça tudo de novo — disse ele, afastando-se outra vez enquanto ela atendia ao seu pedido.

Catherine fechou os olhos, se escondendo dele para tentar pensar. O que devia fazer? Precisava tirá-lo do quarto. Precisava afastá-lo de Nick. Talvez pudesse sair do hotel com ele...

— Por que parou?

Ela não se dera conta de que tinha parado. Recomeçou, mais rápido, mais rápido, o pulso doendo, então ele a agarrou e a penetrou. Dor, sangue. Depois a virou, beijou-a. Os dentes, a saliva. Catherine sentiu o gosto da loção pós-barba, que ardeu na língua. Não conseguia emitir um som. Ele não precisou tapar sua boca para mantê-la calada. Como poderia gritar, com Nicholas no quarto ao lado? O que aconteceria? Ele levantaria da cama e viria salvá-la? Tinha de aguentar. E rezar para que acabasse logo e ele fosse embora. Sentiu o joelho dele pressionar sua coxa, sentiu-o penetrá-la de novo, com violência. Depressa. Acabou rápido, mas ele era jovem, estava pronto para uma nova investida. E mais outra. Então, finalmente, se satisfez. Quanto tempo? Horas. Pareceu durar horas e horas. A coisa toda durara três horas e meia. E ela permitira que ele a brutalizasse. Não lutara, não gritara. Pensando em Nick. Não grite. Não chore. Deitado a seu lado na cama, ele segurou sua mão e virou-a para encará-lo. Sorriu para ela.

— Obrigado — falou. — Foi bom.

Catherine desejou que ele morresse. Daria qualquer coisa para vê-lo morrer. Disse isso ao pai dele. Achou que o velho precisava saber. Não conseguiu fingir lamentar ter se sentido assim. Foi o que aconteceu. Foi o que sentiu.

Ele abriu a mochila, tirou um maço de cigarros e ofereceu um a ela, que balançou a cabeça. Ele fez menção de acender o cigarro.

— Aqui, não — disse Catherine.

Nick sentiria o cheiro, mas ela não quis dizer isso. Não quis que ele se lembrasse de Nick. Apontou para a varanda. Ele abriu a veneziana e as portas e saiu para o balcão.

— Tem certeza? — insistiu ele, virando-se e estendendo-lhe o maço outra vez.

Ela achou melhor aceitar e, pegando um cigarro, seguiu-o até a varanda, fechando a porta atrás de ambos. Ficaram lado a lado na sacada, olhando para o pessoal que festejava lá embaixo, aquela gente feliz, aquela gente normal aproveitando a noite. Alguém ergueu os olhos ao passar, viu os dois, fumando lado a lado. De forma amistosa. Ninguém imaginaria estar contemplando um estuprador e sua vítima. Ela se lembra de ter terminado o cigarro. Ele a beijou quando saiu, mais uma agressão, como se não tivesse noção do que fizera.

52

Final do verão de 2013

A porta faz o barulho costumeiro ao fechar-se atrás de Catherine. Quando acabou de falar, ela me olhou e disse que sentia muito. Então se levantou e saiu. Não respondi. Só a interrompi uma vez, para fazer uma pergunta, que ela respondeu. Não me levantei para levá-la até a porta ou agradecer por ter vindo. Fiquei onde estava. Gostaria de não ter queimado os cadernos de Nancy — daria tudo para tê-los de volta. Preciso do consolo de suas palavras, mas a casa está silenciosa. Só que não de verdade. Tremo tanto que a cadeira onde estou sentado bate na mesa e preciso me agarrar ao assento para parar de balançar. Por que destruí os cadernos de Nancy e preservei as fotos? Como fui idiota.

Sinto-me em carne viva, como se minha pele tivesse sido lambida pela língua áspera de um gato, removendo a camada protetora. Não sei se consigo sobreviver sem ela. Estendo o braço em busca de algo em que me apoiar e agarro a coisa mais próxima. Ela é uma mentirosa. Está mentindo há anos — todos sabem disso. E, agora, mente de novo. Eu aguço a atenção para ouvir a voz de Nancy ecoar a minha, mas nada escuto. Tudo que ouço são as palavras de Catherine Ravenscroft descrevendo como Jonathan cortou uma cruz no próprio braço com o canivete e a obrigou a chupar seu sangue, e me lembro dos hematomas arroxeados que vi quando identifiquei o corpo. Cicatrizes de um ferimento sofrido no acidente, foi o que disseram. Mas feitas com tanta perfeição? Tento obter uma resposta de Nancy:

— Por que você não perguntou a ela sobre as fotos? Por que não a confrontou quando ela disse que não conhecia Jonathan?

Mas minha esposa permanece em silêncio.

— Ela não tem provas — grito.

Não aguento o silêncio. Visto o paletó e saio de casa. O ponto de ônibus fica no fim da rua, e me dirijo para lá: esquerda-direita, esquerda-direita, em frente. Ouço o ruído grave do ônibus, viro e vejo que ele vem vindo atrás de mim. Apresso o passo e tento chamar a atenção do motorista, que me ultrapassa, para e aguarda. Um jovem desce. Estou quase lá, mas o ônibus dá partida antes que eu o alcance. Será que o sujeito não me viu? Lógico que viu. Que maldade. Não teve a decência de esperar um minuto, três no máximo. Faço uma saudação para a traseira do ônibus enquanto ele desaparece ao virar a esquina e me conformo em esperar o próximo.

O tempo passa sem que eu perceba. Esvaziei a cabeça. Quando o ônibus seguinte chega, entro e me sento atrás do motorista. De frente para uma mulher mais velha, que tenta prender meu olhar, mas me viro para a janela.

— Vai ser uma tarde bonita. Dizem que mais tarde há de clarear — comenta ela.

Eu a encaro. Quero responder, mas não consigo falar, por isso concordo com a cabeça e desvio o olhar. Uma mulher com duas crianças pequenas entra no ônibus no ponto seguinte, e a senhora mais velha indica o assento vizinho para uma das crianças. A coitadinha parece nervosa, não aparenta reconhecer a idosa, mas a mãe sorri, a pega no colo e a coloca no banco. Depois pega a outra criança, um garotinho, e o põe no colo. Eles parecem ter dois anos, acho que são gêmeos. Agora a garotinha me encara. Retribuo o olhar. As duas mulheres jogam conversa fora, mas isso preenche muito bem o espaço entre mim e elas.

A mulher tinha razão. Quando desço do ônibus, o dia clareou e o céu está azul, o sol, forte, mas não a pino. Brilha bem no meu campo visual, e preciso semicerrar os olhos. Mesmo assim, tudo que vejo à frente é escuro, formas maldefinidas. Viro à esquerda, depois do portão, e o sol fica à minha direita. Minha visão clareia.

Foi aqui que Catherine Ravenscroft e Nancy se encontraram: o lugar onde Jonathan e Nancy foram enterrados. Eu vinha sempre cuidar de suas sepulturas, mas há tempos não faço isso. Depois que Nancy voltou para casa, não senti mais necessidade. Compramos nosso túmulo quando Jonathan morreu, resolvendo que faríamos companhia a ele quando chegasse a nossa vez. Por algum motivo, pessoas que passeiam com seus cães acham que se trata de um local apropriado para os bichinhos se aliviarem. Em geral isso me aborrece, mas hoje me sento em um banco e os observo. Jonathan e Nancy estão enterrados a uma pequena distância atrás de mim.

As pessoas com cães aqui são educadas, sempre limpam a sujeira dos animais que trazem. Vejo um homem recolher as fezes com eficiência impressionante. Em um movimento rápido, a mão vai do chão a uma sacola de plástico, e a sacola de plástico vai direto para uma lixeira, cuja tampa já foi erguida pela mão livre. Sorrio e aprovo com um aceno de cabeça quando ele segue seu rumo. Eu o observo até perdê-lo de vista. Olho para o outro lado. Um corredor entra pelo portão, mas pega outra trilha, afastada do banco onde estou. Eu me levanto e abro a lixeira, meto a mão e pego a sacola de plástico. Segurando-a entre o polegar e o indicador, caminho até o túmulo do meu filho. Desamarro a sacola de plástico, o fedor embrulha meu estômago.

— Seu merdinha inútil! — grito, e jogo o conteúdo da sacola no túmulo de Jonathan.

Parte escapa e gruda na lápide, o que na mesma hora me deixa envergonhado. Nancy descansa ao lado de Jonathan: *Mãe dedicada, esposa amada, saudades eternas.*

Olho à volta para saber se alguém viu, mas não há vivalma por perto. Vou até a torneira e encho uma lata de metal, que levo de volta. Jogo água na lápide de Jonathan. Preciso de três viagens para limpar tudo. Depois, jogo a sacola de plástico na lixeira. Volto ao túmulo dos dois, ajoelho-me entre ambos e choro.

— Você sabia, Nancy? Desconfiava?

E meu choro se torna convulsivo. Estou de quatro, prostrado aos pés de Nancy e Jonathan. Sinto meu ombro ser tocado.

— O senhor está bem?

Ergo os olhos para o homem que vi mais cedo, com o cão. Ele lê as lápides.

— Esposa e filho?

Com um aceno da cabeça, respondo que sim, esperando outro aperto no ombro antes que ele se vá, mas o homem permanece a meu lado.

— Como seu filho morreu?

Não há malícia, é uma pergunta delicada. Minha boca está cheia de saliva e lágrimas, e luto para pronunciar as palavras. O homem estende a mão e me ajuda a ficar de pé.

— Ele se afogou.

— Que terrível — diz ele.

Quero mais.

— Tentando salvar uma criança.

Ouço quando o homem prende a respiração.

— Quanta coragem! — diz, então assente, como se entendesse quem era Jonathan. — E conseguiu? Salvou a criança?

— Conseguiu.

— Que jovem corajoso deve ter sido.

Depois de pousar a mão outra vez em meu ombro, ele se vai.

Sim, ele era. O que quer que tenha ou não tenha feito, Jonathan devia ser corajoso para ter salvado aquele menino, ninguém pode negar. Naquela tarde, ele mostrou coragem. Foi o primeiro a correr para o mar, pelo que disse a polícia. Nadou sem pensar em si mesmo. Se não tivesse agido tão rápido, Nicholas Ravenscroft teria sido arrastado para além de qualquer chance de socorro. O jovem espanhol pode ter sido quem levou Nicholas até a praia, mas foi Jonathan quem o salvou de fato. Eu teria medo demais, a maioria das pessoas teria medo demais, mas, naquele instante, Jonathan não parou para pensar em si mesmo e encontrou coragem para fazer o que era certo. "Foi um jovem muito corajoso", disseram as testemunhas, à polícia e a nós. "Sacrificou a própria vida", foi a tradução dramática que fizeram do espanhol.

Sei que jamais me orgulhei de Jonathan como deveria. Fico envergonhado em reconhecer que nunca acreditei de verdade em sua coragem. Terá sido coragem ou inquietação? Tento, mas não consigo recordar uma única vez nos dezenove anos que ele passou conosco que tenha posto outro ser humano acima de si mesmo. Nem uma sequer. Então, por que naquele dia? E por que não conseguiu nadar de volta à praia? Será que a correnteza era mesmo tão forte?

— Por que o espanhol conseguiu voltar e Jonathan não? — perguntei a Nancy, certa vez, e ela me deu a resposta que eu queria ouvir.

— Ele estava longe demais. Exausto. Tinha feito o trabalho mais duro. O espanhol só ficou com o último trecho.

Quando chego em casa, começo a tremer de novo. A temperatura do lado de dentro é mais baixa do que na rua. Sento-me diante da escrivaninha e abro a gaveta onde estão as fotos. Examino-as. Fotos da mãe e do filho em uma praia, em um café, Catherine dando a Nicholas comida na boca, os dois tomando sorvete juntos. Parecem muito à vontade. Ela sorri, ele sorri. Estão de férias. Em uma das fotos, ela olha diretamente para a câmera. Dá para acreditar que o fotógrafo está à mesma mesa, mas não acredito mais nisso. Ela não sabia que estava sendo fotografada, como Nancy também não sabia que Jonathan batera fotos dela sentada na cadeira dobrável no jardim. Ele era bom. Tinha talento para a fotografia. As fotos eram do tipo que a gente vê em uma revista de celebridades, tiradas pelos paparazzi. De perto, com intimidade, porém de uma distância segura. Uma ilusão de intimidade. Tínhamos dado ao nosso filho as lentes de zoom mais caras que podíamos comprar.

As fotos no hotel são diferentes. Nada há de natural nelas. São posadas. Vejo isso agora. E, quando as examino, além do choque, sinto horror. Vejo algo que escolhi deixar de ver antes. Medo.

Se tivesse sido eu, e não Nancy, o responsável por revelar o filme da máquina de Jonathan, se eu me sentasse sozinho para vê-las, como Nancy fez, será que teria visto o que ela viu? Ou teria me lembrado da coleção de pornografia que descobri no quarto de Jonathan? Ou talvez tivesse revelado o filme primeiro e descoberto a pornografia depois. Será que faria a associação? Joguei as revistas fora para que Nancy permanecesse na ignorância quanto às preferências do filho. Mas fiz o mesmo comigo. Ignorei-as na época e me esqueci de lembrar-me delas quando esbarrei com as fotos, todos aqueles anos depois. Vi o que quis ver. Mas me pergunto se também foi assim com Nancy. Eu me pergunto se ela viu algo mais. E me pergunto se não terá sido isso que a forçou a escrever o livro. Ela o escreveu para si mesma, mais ninguém.

Será que inventou aquela história de modo a poder deixar o filho descansar em paz? Não o meu filho, porém. Meu filho está em um lugar que nada tem de sereno. Faço uma prece pela recuperação de Nicholas Ravenscroft e penso em como Nancy riria de mim, mas não consigo invocá-la. Percebo que me sinto grato pelo silêncio. Devolvo as fotos ao envelope.

Perguntei a Catherine Ravenscroft por que ela não contou tudo a Nancy quando as duas se encontraram. Por que não contou que havia sido estuprada? Ela me olhou surpresa.

— Não contei a ninguém. E não quis causar a ela mais sofrimento.

Fui a primeira pessoa a quem ela contou. E só me contou porque foi forçada. Forçada de novo, contra a vontade. Acho que falou com sinceridade quando pediu desculpas. Teve pena de mim, mas não quero sua piedade. Quero que ela me odeie. Preciso que alguém me odeie mais do que odeio a mim mesmo. Preciso dizer a ela o que fiz a seu filho. Que sou o motivo para que ele esteja onde está.

Digito o número do telefone dela. Já fiz isso antes, mas jamais disse uma palavra. Catherine atende.

— Alô? — Deve estar dirigindo, a voz soa baixinho em meio ao ruído do tráfego ao fundo.

— Mostrei a seu filho as fotos em que você aparece. — Aguardo uma reação, mas ela não vem. Por isso prossigo: — Minha mulher queria que você sofresse como ela... — Falo do meu contato com Nicholas: — Fiz com que ele acreditasse que você estava apaixonada por Jonathan, que a vida de Jonathan valia mais para você do que a dele.

Ouço a respiração dela acima do barulho da rua, entrecortada, mas Catherine nada diz. Fico esperando que desligue. Mas ela não o faz.

— Você devia contar a seu marido — digo, com a maior delicadeza possível.

— Conte você, porra — sussurra ela, e suas palavras me dão a esperança de que finalmente tenha encontrado, em seu coração, um jeito de me odiar.

53

Final do verão de 2013

É Robert quem está ao lado do leito de Nicholas quando ele abre os olhos, e é Robert quem dá a notícia a Catherine, por meio de uma mensagem de texto, que ela recebe durante a segunda sessão com a terapeuta que concordou em consultar com ajuda da empresa. Quase faltou à sessão, mas teve uma leve esperança de que talvez pudesse ajudá-la. A terapeuta franze a testa quando o celular apita. O telefone deveria estar desligado. Catherine fica de pé e diz que precisa ir embora. A jovem psicóloga inclina a cabeça para o lado e não diz uma palavra. A experiência parece a Catherine como se estivessem arrancando seus dentes um a um, tudo com grande competência e extremo cuidado, além da promessa de que a nova dentadura que um dia os substituirá a fará sentir-se bem melhor. Nesse ínterim, porém, é importante que se habitue à falta de dentes, aos buracos ensanguentados na boca.

— É o meu filho. Ele acabou de abrir os olhos.

A cabeça da psicóloga se inclina para o outro lado.

— Ele está na UTI.

Um olhar de surpresa, primeiro, depois de compreensão, como se a terapeuta de repente entendesse a situação. A mulher não entende, mas a culpa não é dela. Catherine não contou. Ela não perguntou. Não fez nenhuma das perguntas certas, e Catherine só respondeu a perguntas diretas, sem dar nenhuma informação a mais. É uma paciente que não coopera: uma paciente que parece sem disposição ou capacidade de ajudar a si mesma.

Quando Catherine chega ao hospital, uma enfermeira avisa que Robert saiu há cinco minutos. Robert é cuidadoso em programar suas chegadas e saídas de modo a não precisar vê-la, mas ela não tem certeza de que ainda se importa com isso. Cai de joelhos, inclinando-se na direção de Nicholas, dizendo que está ali, que vai ficar tudo bem, que ele está seguro agora, que o ama mais do que a qualquer pessoa na vida — mais do que jamais amou alguém. Nicholas abre os olhos, mas não os fixa em coisa alguma. Olha para o nada, sem reação. Mesmo assim, o médico se mostra esperançoso. Paciência. Vai demorar. Farão mais exames, mas, nesse meio-tempo, os indícios são bons. Nicholas terá uma recuperação lenta, mas é possível que seja completa. Boas notícias. Se não fossem, Catherine decidiu que se mataria. Já pensou em como fazê-lo. Jogar-se debaixo de um trem de metrô não era uma opção: comprimidos e álcool foi o que escolheu.

Robert ainda não sabe que ela foi estuprada. Catherine aguarda o momento em que lhe contarão. Espera que não demore. Sem dúvida, Stephen Brigstocke encontrará coragem para lhe fazer esse único favor, não? Caso contrário, ela mesma terá de contar a Robert, e fica com o estômago embrulhado só com a ideia de que ele possa não acreditar no que ela diz. Não deveria precisar persuadi-lo a ouvi-la, não deveria precisar convencê-lo de que diz a verdade, mas, mesmo assim, teme que vá precisar fazer isso. O desprezo do marido é tão evidente que é mais provável que acredite em Stephen Brigstocke do que nela. Ainda assim, seria cruel deixá-lo ignorar a verdade por muito mais tempo. Ela o castiga ao postergar a revelação, mas foi Robert quem se apressou a permitir que uma barreira se erguesse entre os dois, foi Robert quem bateu a porta em sua cara.

Ela não hesitará em contar a Nicholas. Agora sabe que ambos sobreviverão, e ele precisa ouvir a verdade dela, não de outra pessoa. Por mais doloroso que seja para um e outro, ele precisa saber. Mas ainda não está forte o bastante, vai demorar um pouco para isso. Catherine afaga a mão do filho. As unhas estão compridas demais. Vai trazer uma tesourinha amanhã para apará-las. Tem uma repentina lembrança das tesourinhas que usava para cortar as unhas dele na infância. Como as unhas eram moles. No fim, usava os dentes para acertá-las, para que ele não se arranhasse à noite. Consulta o relógio. Robert já deveria ter chegado, mas ela agradece o atraso. Flagra o olhar de uma enfermeira, que viu Catherine consultar o relógio. Olhar de desaprovação. Todas desaprovam Catherine. Preferem Robert. O coitado do marido. O pai dedicado. Ela é a mãe histérica, instável. A mulher que atacou o velhinho frágil. No passado, Catherine se importaria com o que pensassem. Não mais. Encosta a cabeça na cama e fecha os olhos, grata pelo tempo extra com o filho.

54

Final do verão de 2013

— Meu filho estuprou sua esposa. Ela me contou, e acredito nela. Sinto muito. Sinto muito por tudo...

Coitado. É um bocado para digerir. Fui abrupto demais. Estamos sentados no café do hospital. Ele trouxe uma xícara de chá para mim. Insistiu em fazê-lo. Tentei impedi-lo, disse que não queria chá, mas ele tentava me deixar à vontade — mostrar que eu era bem-vindo. Disse que já planejava mesmo pegar um para si. Interpretou mal meu nervosismo — achou que eu estava ansioso pelo que aconteceu na última vez em que estive aqui. Nem bem acabara de pôr a xícara na mesa quando lhe contei. Repito, mais devagar.

— Meu filho estuprou sua esposa. Ela me contou, e acredito nela. Tenho vergonha de dizer, mas acredito que meu filho fosse capaz disso... Sinto muito.

Quero dizer mais, mas me obrigo a parar. Ele precisa de tempo para digerir a informação. Terá perguntas, e eu hei de respondê-las.

— Minha mulher lhe contou isso?

— Sim.

— Catherine?

— Foi.

— E você acreditou nela?

Respondo que sim, com um gesto de cabeça. Ele olha para trás de mim, por cima do meu ombro. Há pessoas sentadas perto de nós, mas estamos sozinhos à mesa. Parecemos pai e filho. Vão pensar que minha esposa, mãe dele, está internada, e que tentamos consolar um ao outro.

— Tenho certeza de que ela disse a verdade. — Volto a repetir: — Sua esposa foi estuprada pelo meu filho.

— Quando foi que ela lhe contou isso?

A voz é tão sem inflexão que ele parece hipnotizado.

— Ontem. Ela foi à minha casa...

Ele registra as informações. O olhar evita o meu. Passa por meu ombro quando baixa para o chá, ambas as mãos segurando a xícara de porcelana barata.

— Ontem?

— Sim. Ela foi à minha casa ontem de manhã.

Então ele me fita, e vejo sua exaustão. Os olhos são azuis e o cabelo, louro no passado, está ficando grisalho.

— Por que não me contou? Devia ter contado a *mim*, não a você.

Não posso responder. Pergunte-me outra coisa. Algo que eu possa responder. O silêncio incha, mastigando o ar entre nós, e vejo a raiva brotar nele. Está despertando... Quatro, três, dois, um.

— Por que não me contou antes? Você devia saber. Seu canalha! Por que não me disse nada antes?

— Eu não sabia. Até ontem, eu não sabia. Nunca tinha encontrado sua esposa, mas, quando ela se sentou diante de mim e me contou o que aconteceu, vi que dizia a verdade. Ninguém quer acreditar que o filho é capaz de uma coisa dessas.

Ele tenta juntar as pontas, em busca de alguma coisa. A cabeça entrou em curto-circuito. Agora sei o que isso significa. Nós dois passamos pelo mesmo.

— Ele a estuprou?

Faço um gesto de assentimento.

— Você o achava capaz disso e não disse nada... Já tinha acontecido antes...

— Não, garanto que não — protesto. — Foi quando ouvi a descrição que ela fez os detalhes, o canivete e... Sei que ela disse a verdade.

— O canivete? — Ele fecha os olhos, imaginando a cena. — Mas as fotos...

Observo enquanto a culpa começa a dominá-lo. Ele estende o braço e me agarra pela lapela do paletó, derramando chá nas minhas pernas. Uma mulher à mesa ao lado se vira. Deve estar se perguntando por que não me mexo nem digo nada, mas não sinto coisa alguma.

— Fiquei com pena de você. Tive gratidão pelo escroto do seu filho...

Então me empurra e mergulha o rosto nas mãos.

214

— Eu precisava dizer isso a você cara a cara. Não podia ser por telefone.

Então, calhorda covarde que sou, faço-o lembrar que foi minha esposa quem escreveu o livro, não eu. Vejo a repulsa se instalar em seu rosto. Parece que estou jogando a culpa nela, mas não é isso. Acreditei no que Nancy escreveu, senti-me na obrigação, por ela, de tornar aquilo conhecido. Era o livro dela, as palavras dela.

— Nancy nunca pretendeu que outra pessoa lesse. Eu devia ter deixado assim...

— Você mandou o livro para a minha mulher. E para o meu filho. Mandou aquelas fotos para mim. Santo Deus! Como podia não saber? Admitiu que considerava seu filho capaz de fazer isso. Por que não questionou a história, então?

— Por que você não questionou?

Eu me encolho diante da dor que a pergunta causa nele.

— Por que não questionei?

O rosto dele se contorce entre as mãos. Vejo seus ombros sacudirem, e tenho vontade de estender a mão e tocá-lo. Mas não posso. Não posso confortá-lo, não há nada que eu possa dizer que reduza sua culpa ou afaste a imagem da esposa lendo aquele livro abominável e sentindo-se estuprada outra vez.

Não tenho mais o que fazer aqui. Está encerrado. Ele sabe. E o deixo ali e subo até a UTI. Não entro. Apenas dou uma olhada pelo vidro, esperando ter um vislumbre de Nicholas, e a vejo de joelhos ao lado do leito do filho. Parece adormecida.

55

Final do verão de 2013

Robert se ajoelha ao lado de Catherine, que sente um braço envolver seu ombro. Mantém os olhos fechados. O rosto dele roça seu pescoço. Está molhado. Ele treme.

— Me perdoe, Cath. Sinto muito, mesmo. Por favor, me perdoe. Sei o que aconteceu. Ele me contou o que o filho fez...

Essas últimas palavras ficam enterradas em seu pescoço. Mesmo assim, ela não abre os olhos. Está tonta. Robert segura sua mão, e ela abre os olhos, mas são os olhos de Nick que encontram os dela, não os de Robert. Nick a fita diretamente, a vê. Já aconteceu antes de Robert chegar. Ela segurava a mão dele quando a cabeça se virou de leve, e ela soube que o filho podia vê-la, reconhecê-la. Uma onda de felicidade a envolveu e a fez sorrir e chorar.

— Oi, meu amor — disse Catherine.

Ele não respondeu, apenas a olhou. Ela enviou uma mensagem de texto para Robert. Não sabia que o marido estava no café do hospital com Stephen Brigstocke. Uma enfermeira estava presente e, pela primeira vez, Catherine recebeu um sorriso. Então, veio o médico e confirmou o que todos já sabiam. Era um grande progresso. Se continuar assim, Nicholas poderá sair da UTI em uma semana.

Nick tornou a fechar os olhos. Ela fez o mesmo. Então, Robert entrou.

— Papai está aqui — sussurra Catherine para Nick.

Robert esteve ocupado demais olhando para Catherine para perceber que o filho abriu os olhos, mas ela escuta quando ele engole em seco e sente a felicidade pulsar em seu corpo, como o zumbido grave de postes de eletricidade.

— Nick — diz ele. — Estamos aqui. Nós dois. Vai dar tudo certo.

Robert aperta Catherine contra seu a corpo.

Nicholas vê os pais sorrindo junto à cama. Sua expressão é de surpresa, quando alterna o olhar de um para o outro.

— Vou chamar o médico — sussurra Robert, no ouvido de Catherine.

— Ele sabe — diz ela, e lhe dá a boa notícia.

Os dois ficam com o filho até de madrugada. Lado a lado. De vez em quando, um deles vai comer ou beber alguma coisa. Não ousam sair do lado de Nick, para o caso de ele dizer alguma coisa. É possível, e não querem perder as primeiras palavras. Às duas da manhã, resolvem que é hora de ir embora. Uma parte de Catherine sente medo. Terão de conversar, agora, e ela está cansada demais.

Robert dirige no caminho para casa. É tarde, e Catherine sente uma pontada de culpa por não voltar para a casa da mãe, mas já avisou por telefone, e acha que a mãe entendeu que Nick está se recuperando e que ela vai para casa com Robert. Catherine está exaurida. Tudo que quer é ser levada para casa e posta na cama. De tão exausta, não fala muito. Seu silêncio é calmo e sereno, e há uma quietude no carro, como se ela e Robert tivessem sido embalados a vácuo. O marido também não tem pressa para falar — está tão abalado quanto ela. Os dois vão para o quarto, e Catherine toma um banho para se livrar do cheiro de hospital. Vai dormir com o cabelo molhado, apreciando o frescor que esfria sua cabeça. Robert, deitado a seu lado, procura a mão dela, querendo apenas segurá-la. Ela deixa e o encara, embora preferisse se virar. Dorme com mais conforto sobre o lado direito, mas permanece sobre o esquerdo, tentando não ferir os sentimentos do marido.

— Cath — sussurra ele.

Ela emite um som em resposta, não propriamente uma palavra, enquanto o sono a invade.

— Cath, sinto muito. Jamais serei capaz de me perdoar...

Ela põe a mão no rosto dele, com os olhos ainda fechados. A culpa não é de Robert, que não sabia. Ela não contou a ele. Mas está exausta demais para isso. Vira-se na cama, puxando o edredom até o queixo, inspirando o cheiro conhecido.

— Por que não me contou? — sussurra ele, em seu pescoço.

A necessidade dele de que ela se justifique a deixa exausta. A necessidade é dele, não dela, e Catherine finge não ouvi-lo. Só deseja conseguir dormir, finalmente, com a certeza de que a verdade veio à tona.

Os dois passam os dias e as noites seguintes juntos no hospital — ambos concentrados na recuperação de Nick. E ele está progredindo, podem ver. O filho está acordado e consciente. Começou a falar. As palavras saem meio arrastadas, mas vai melhorar. A terapia dará conta do recado. Ainda parece confuso quanto aos pais. Sabe quem são e, ainda assim, os observa com desconfiança. Parte o coração de Catherine ver nos olhos do filho que ele não confia de todo nela, mas ainda não está pronto para a verdade, não seria justo. Por isso, finge não notar essa hesitação e se ocupa tirando a casca das frutas, que pica em pedacinhos e põe diante dele na mesa naquela manhã. Confere se o copo está cheio de água. Enxuga as mãos e o rosto do filho com lenços umedecidos. Corta suas unhas. Passa creme nas mãos e nos pés. O filho permite que ela faça tudo isso. Está fraco como um bebê. Precisa de quem cuide dele.

Catherine está preparada para dar a ele o tempo necessário, mas Robert tem pressa.

— Não era verdade, Nick, nada daquilo. Era tudo mentira. A mamãe te ama. Ela me ama. Não aconteceu, não como...

— Agora não — intervém Catherine.

O que ele estava prestes a dizer? "O homem que salvou sua vida estuprou sua mãe"? Sente um leve ressentimento do marido. Essa história é dela. Ela foi a única dona durante anos. Não cabe a ele contar, e sim a ela, que será a única pessoa capaz de ajudar Nick a entender por que sua escolha foi se manter de boca calada.

O progresso de Nicholas é lento, mas acontece. A garganta foi arranhada pelo tubo, mas as palavras começam a vir aos poucos. Embora continue pálido e magro, vai se recuperar. Vai ficar bem. Catherine agradece a Deus. Bem, agradece a alguém que ela chama de Deus, embora não possa situá-lo bem. Mesmo assim, fica grata por Nicholas ter sido salvo de novo. E, durante todo o período de progressos do filho, Catherine e Robert trilham lentamente o caminho de volta a um lugar onde possam estar juntos. Robert quer ver Stephen Brigstocke morto. Quer puni-lo pelo que fez à sua família. A maldade daquele homem doente e pervertido tira seu sono, enchendo sua cabeça. Catherine dorme bem pela primeira vez em séculos.

Quando pensa em Stephen Brigstocke, é com pena. Ela o viu engolir uma verdade insuportável. Podia ter lutado contra ela, Catherine esperou ser chamada de mentirosa, mas não foi o que aconteceu. Reconheceu a verdade quando a ouviu, e Catherine o respeita por isso — não há muita gente capaz de agir assim: a negação é muito mais fácil. A maioria dos pais consideraria inaceitável o que ela disse a respeito do filho dele, um filho morto. Sente-se culpada por causar sofrimento a Robert — culpada por ter permitido que ele soubesse a verdade daquela forma. Devia tê-la ouvido de sua boca, e tenta explicar a ele por que não foi capaz disso. Quando viu Jonathan Brigstocke morrer, o viu sendo punido pelo que lhe fizera. Jamais poderia fazer o mesmo com outra mulher. Ela, por sua vez, jamais teria de ir a um tribunal provar a própria inocência. Viu isso como um sinal de que ganhara a oportunidade de apagar algo que, sabia, poluiria a vida dos três. E o fato de Nicholas ter sido poupado a fizera acreditar ainda mais nisso.

Errou, sabe agora, ao pensar que podia carregar o fardo sozinha, que não seria afetada. Claro que não foi o que aconteceu. Sabe que sua relação com o filho foi prejudicada. Achou que estava protegendo todos ao impedir que o ocorrido entrasse em suas vidas.

— Mas entrou, sim, em nossas vidas... Com o livro. Por que você não me contou nessa ocasião? — O tom de Robert é ressentido.

— Não sei. Eu quis... Tentei...

Ele a encara, à espera de uma explicação sobre como tentou contar.

— Houve momentos em que quase contei. Não sei, Robert. Quando a gente guarda uma coisa assim, nunca dita, nunca contada a pessoa alguma, vai ficando cada vez mais difícil.

Para Catherine, essas conversas são penosas demais, deixando-a chorosa, envergonhada, culpada. Quer que ele diga: "Foi por minha causa? Eu a impedi?". Mas ele não diz. Robert nunca se faz essas perguntas, e ela não o pressiona. Não sobrou energia nela para lutar. Não confronta o marido e pergunta o que em "Charlotte" convenceu-o tão fácil de que se tratava dela. Não diz como foi doloroso ver a raiva e o ódio nele. Em vez disso, chora. E Robert se desculpa. Lamenta por deixá-la nervosa. Não é o que deseja — é a última coisa que quer. Por isso, para de perguntar e lhe dá uma trégua. E Catherine sente alívio. Teme o ressentimento que essas conversas despertam nela, a pressão que impõem.

Nick já está em casa há duas semanas. Catherine e Robert foram juntos ao hospital para buscá-lo. Chegaram com a sensação de estar trazendo para casa um filho recém-nascido: os dois bastante cuidadosos, pais de primeira viagem, meio inseguros. Quando Nick era bebê, Catherine tinha pavor de ver Robert sair para trabalhar, agora mal pode esperar sua saída.

Hoje é o primeiro dia em que tem Nick só para si. O filho está preparado. E ela conta que foi estuprada. Não houve um caso de amor. Não amava Jonathan Brigstocke. Não o conhecia. Conta que ele estava dormindo no quarto ao lado. Conta como teve medo de que Jonathan Brigstocke o machucasse. Conta do canivete. Não pede desculpas por não ter contado nada daquilo antes. Diz que não contou a ninguém.

— Ele salvou a minha vida?
— Salvou, sim.
— Por quê?
— Não sei. Jamais saberemos. Talvez se sentisse culpado, quem sabe?

O rosto de Nick está pálido, não mais a palidez doentia, mas Catherine vê que o filho começa a ficar cansado. Os dois almoçaram, e ele deve querer tirar um cochilo em breve, mas quer saber de tudo. Quer continuar conversando.

— Culpado?
— Não sei, querido — diz ela, antes de fazer uma pausa, perguntando-se quanto mais o filho terá condições de suportar. — Talvez. Nunca saberemos o porquê, mas ele salvou sua vida. Por vontade própria. Ele foi atrás de você, não precisava ter ido. Quis salvar sua vida.

Pousa uma das mãos no ombro de Nick, que baixa a cabeça. Ela vê uma lágrima escorrer pelo rosto do filho. Estende o braço para puxá-lo para si, mas o rapaz se retesa.

— Estou bem.

Ela beija o topo de sua cabeça, sentindo o perfume do xampu usado no banho matutino. Quer abraçá-lo, mas o filho não está pronto para isso, e ela se vira antes que comece a chorar também.

— Você está cansado. Vá dormir um pouco. Conversaremos mais tarde.

Ele assente e se levanta. Catherine faz o mesmo, observando-o seguir para a escada.

— Sinto muito ter sido uma mãe inútil.

Ele se vira e dá de ombros. Depois balança a cabeça. Nada diz, mas ao menos balança a cabeça.

Depois que Nick sobe para o quarto, Catherine se deita no sofá e fecha os olhos. Um monte de "se" enche sua cabeça. Se tivesse chamado a polícia. Se tivesse ligado para Robert. Ele voltaria para a Espanha para ficar com os dois, não? Mas ficara zonza. Nick acordara no dia seguinte e se atirara na cama da mãe. Catherine não pregara o olho. Na noite anterior, esvaziara um pote de creme e, depois de lavá-lo, o pressionara de encontro à vagina e expulsara o sêmen deixado por ele. A pequena quantidade que não escorrera pela perna. Uma gosma opaca. Atarraxara a tampa e pusera o pote na nécessaire. Lembra-se de ter pensado o que faria se a bagagem fosse revistada — se algum funcionário da alfândega enfiasse o nariz naquele pote de creme específico. Tirara fotos: do hematoma na coxa, da mordida no pescoço. A polícia exigiria provas, por isso as coletara.

Mas será que acreditariam nela? Tinha deixado a chave do quarto na fechadura da porta. Sabia que, por mais provas que produzisse, alguém, provavelmente algum homem, a apontaria no tribunal e a chamaria de mentirosa, diria que ela atraíra o jovem até seu quarto. Que o conhecia. Ele pagara dois drinques no bar do hotel em que ela estava — alguém se lembraria de que Catherine não bebera com ele?

Mas aí Jonathan morreu. *Graças a Deus*, pensou Catherine. Ele estava morto. E ela soube que não precisaria provar a própria inocência, e, quando mandou revelar o filme das férias, destruiu as fotos dos hematomas e guardou apenas as que tinha com Nicholas e Robert.

Quando Nick se atirou em sua cama, continuou deitada, fingindo sorrir, fingindo observá-lo. Cada ação, cada palavra dita naquela manhã foi vazia. Não veio dela. Os dois tomaram café da manhã. Nick comeu, ela não. Lembra-se até de que o filho insistiu para que ela comesse tudo. Estava louco para ir para a praia. Ela não queria, mas o que mais havia para fazer? Chegou a tentar trocar as passagens. Nicholas ficou impaciente enquanto os dois aguardavam no hotel por uma resposta da companhia aérea. A resposta foi negativa. Por isso seguiram para a praia. E, no caminho, ela comprou o bote inflável para o filho. Um salva-vidas, pensou, na ocasião. Para mantê-lo feliz, mantê-la inteira. Com efeito, o bote deixou Nick feliz. Ele entrava e saía do brinquedo, saltitando, falando sozinho, incorporando o papel de cada membro da tripulação. E o calor e o choque a sufocaram, e ela fechou os olhos, adormecendo. Não cuidou de seu garotinho, que quase se afogou. Foi um completo estranho quem o salvou.

Robert para de perguntar por que ela não contou tudo, o que a faz sentir--se perdoada. Ele sabe que a esposa não teve um caso, sabe que não o traiu. E tem um novo papel agora. Não é mais o marido agredido, passou a ser o marido que dá apoio. Está ali para ajudá-la, insiste para que ela fale com alguém, um profissional capaz de guiá-la ao passado e trazê-la de volta. Catherine, porém, sente repulsa pelo passado. Não voltará lá. Deveria ter voltado tempos atrás, mas não é seu lugar agora. É no presente que quer se concentrar.

56

Outono de 2013

Passei um bocado de tempo pensando em Jonathan, tentando entender que tipo de pessoa ele foi. Foi difícil admitir que eu não conhecia meu próprio filho, que nunca o conheci de verdade.

Disse, certa vez, que Jonathan jamais morreria de vergonha porque sempre teria o amor da mãe, que, o que quer que fizesse, ela sempre o perdoaria. Mas, de certa forma, acho que ele morreu de vergonha. O espanhol empregou a palavra certa: *sacrifício*. Quando estuprou Catherine Ravenscroft, acho que Jonathan sabia que embarcou em uma viagem sem volta. Perdeu a si mesmo. Não arriscou a vida, mas a entregou de propósito. Talvez eu esteja buscando algo para me confortar, mas por que outro motivo ele faria algo tão alheio ao seu feitio? Acredito que tenha se olhado nos olhos e tido a coragem de não piscar. Viu quem de fato era. Muito pouca gente está disposta a isso. Só agora começo a encontrar essa força, e desconfio de que Nancy nunca chegou lá. É preciso coragem, certo? Para tirar a máscara e ver quem realmente somos.

Não posso ter certeza de que foi seu primeiro estupro, mas acredito que sim. Sei, porém, que alguma coisa fez sua namorada, Sasha, voltar correndo para a casa dos pais. Nós telefonamos para ela, embora na verdade os dois não se conhecessem há muito tempo, e me lembro de ficar surpreso quando ele nos disse que levaria a namorada na viagem. Por outro lado, algo aconteceu para levar a mãe dela a dar aquele telefonema raivoso. Nancy sabia, mas nunca me contou, e me envergonho de jamais ter pedido detalhes. Só sei que Nancy assumiu seu posto padrão de defensora de Jonathan. Vinha ocupando esse posto havia anos, desde que o filho era criança.

Agora sei identificar a voz de Nancy: a voz de uma mulher enlouquecida pela perda, uma voz que mantive viva por anos, permitindo que tecesse sua teia desesperada, enquanto eu ouvia passivamente. Nancy fez do nosso filho alguém que ele não era, muito antes de sua morte. Fui seu cúmplice no ato de encobrir todas as pistas que pudessem nos deixar constrangidos quanto ao nosso menino. Pequenas coisas de quando ele era criança que cresceram quando ele cresceu, para então se tornarem uma negação cada vez maior da pessoa que Jonathan era. Como espectador, deixei que assim fosse. Meu filho era um estuprador. O de Nancy, não. Mas o meu, sim. Será que Nancy chegou a desconfiar? Se foi o caso, nunca demonstrou. Mesmo que desconfiasse, não teria se permitido acreditar. Reescreveu Jonathan assim como eu a reescrevi. Sou tão culpado desse engodo quanto Nancy. Transformei minha esposa em alguém que ela não era. Não fui corajoso o suficiente para reconhecer que, muito antes da morte de Jonathan, ela perdera o rumo. Durante anos, ajudei-a a cultivar sua fantasia, adotei sua devoção cega, nem sequer uma vez a confrontei, nem sequer uma vez a enfrentei. Compactuei com ambos: o Jonathan inventado e a Nancy inventada. Minha única defesa é que fiz isso por amor. Nós dois fizemos, mas não chega a ser uma grande defesa.

Mesmo na infância, Jonathan não esbanjava simpatia. Estava na creche fazia apenas um mês quando Nancy o tirou de lá e disse que queria ficar com ele em casa, que o menino ainda não estava pronto para a creche. E, quando ele precisou ir para o colégio, Nancy conseguiu um emprego na mesma escola, de modo a ficar perto do filho. Jonathan tinha amigos que iam à nossa casa brincar, mas os convites nunca eram retribuídos. Eu percebia, mas fingia não notar. Acho que as crianças gostavam de ir à nossa casa por causa de Nancy, que era maravilhosa com todas. Ficava mais fácil fingir que tudo estava bem quando Jonathan era pequeno, mas, quando chegou à adolescência, a mãe perdeu um pouco da influência. Ainda assim, Nancy nunca deixou de defendê-lo. Eu deveria tê-la confrontado, mas sabia que, se agisse assim, estaria passando para o outro lado, o do inimigo — ou seja, todos que não entendiam Jonathan. Teria de travar uma batalha com Nancy, minha esposa, a anti-Medeia.

Em vez disso, desapareci, perdido em minha própria fantasia. Costumava imaginar a experiência de ter como filho um de meus alunos. Um garoto com quem pudesse conversar. Um garoto que ouvisse quando eu falasse com ele, que talvez fosse rude ou insolente às vezes, mas que ao menos me olhasse nos olhos, estabelecesse uma ligação. Depois que Jonathan morreu, permiti que essa fantasia me dominasse. Desabei.

Dei aula a um garoto no ano anterior à sua formatura. Fingi, durante algum tempo, que ele era meu filho. Não tinha a inteligência de Jonathan, que passava nas provas sem esforço e nutria um desdém desagradável pelos que se esforçavam. Não se importava a mínima com os estudos e encarava o futuro com igual indiferença, motivo pelo qual Nancy sugeriu que pagássemos uma viagem pela Europa para ele. Jonathan precisava de tempo para se encontrar, segundo a mãe.

O garoto que "adotei" não podia ser mais diferente. Quando foi para a faculdade, eu o segui. Pegava o trem até Bristol e dizia a quem se dispusesse a me ouvir que ia visitar meu filho na universidade. Minha mulher e eu tínhamos tido filhos muito tarde, justificava, quando via as pessoas se perguntando como era possível que eu tivesse um filho em idade universitária. Gastava uma fortuna em passagens. Nancy nunca soube disso. Tirei uma licença do trabalho, mas ela achava que eu ia para a escola toda manhã. Parei com isso depois de apanhar. Fiquei grato por ter acontecido. Recuperei um pouco o juízo.

Nada disso foi culpa de Nancy, mas minha. Meu amor criou raízes nos primeiros vinte anos que vivemos juntos, e não tive desejo nem força de vontade para reverter o quadro. Não na época, nem agora. Ainda vejo com clareza a mulher por quem me apaixonei, a mulher com quem me casei e vivi. Mas agora também vejo a mulher na qual ela se transformou depois do nascimento de Jonathan. Um desabrochar inicial, seguido por um crescimento descontrolado de brotos, galhos, uma geminação incontida e não vigiada que só fazia aumentar à medida que ela tentava alcançá-lo e apegar-se a ele — para mantê-lo seguro — para transformá-lo em algo que nosso filho não era. Precisou violentar-se para tanto: precisou se tornar uma criatura espinhosa, nodosa. Eu deveria ter pegado a tesoura de jardinagem e cortado os brotos antes que escapassem ao controle, antes que drenassem a vida daquilo que havia sido bom. É preciso ser cruel para ser generoso. Podar na medida certa, no lugar certo, para que a planta não morra de fome, para que consiga florescer.

Voltei à jardinagem: arrancar ervas daninhas, varrer as folhas e amontoá--las para queimar. Os vizinhos já reclamaram do cheiro. Não tenho consideração, se queixam. Eles põem a roupa para secar do lado de fora. Infelizmente, acho que as queixas me estimulam mais do que me detêm. Gosto de fogueiras. Gosto do cheiro de fumaça nas roupas e no cabelo. Adorei atirar as fotos no fogo, senti prazer em assistir à destruição delas. O envelope amarelo com a palavra Kodak na capa ficou marrom, depois preto, e imaginei os negativos lá dentro, encolhendo e virando cinzas. Precisei examiná-las uma última vez, para o caso de não ter reparado em Jonathan ter sido capturado pela câmera.

Talvez seu reflexo no espelho, sua sombra na parede... Mas não encontrei. Agora vou queimar seus pertences. Não há nada que eu queira guardar. Já comecei a cortar lenha para fazer outra fogueira.

Ontem, levei o laptop para Geoff. Um presente, falei. Ele ficou surpreso, mas expliquei que estou de olho em um novo. Mentira, claro.

— Como vai o livro novo? — indagou ele.

— Ah, eu larguei — respondi, com um aceno animado, para não lhe causar preocupação.

Hoje, vou visitar as senhoras na instituição de caridade.

— Encontrei mais algumas coisas — digo, abrindo uma sacola que contém a bolsa de festa de Nancy, o gorro de tricô e o cardigã.

Usei o cardigã até ele ficar gasto. Há buracos nas cavas das duas mangas e o botão de cima caiu. Recuso o café que me oferecem e as observo olharem dentro da sacola, relutantes em tocar o que veem. Eu me pergunto se o cardigã irá sobreviver a mim, afinal, ou se essas boas senhoras darão fim ao seu sofrimento.

Quando chego em casa, alguém está deixando um recado com Nancy. Não consegui me obrigar a apagar sua voz. O recado confirma uma consulta. De hoje a uma semana. Tempo suficiente para que eu termine o que preciso fazer. Sento-me diante da escrivaninha e pego papel e caneta.

57

Outono de 2013

Catherine também está se livrando das velhas camadas inúteis. Avisou no escritório que não voltará a trabalhar. Não tem como encarar isso — ao menos no momento, não faz sentido para ela. Também desistiu da terapia, à qual não se deu ao trabalho de voltar após a segunda sessão, embora talvez tente de novo com outro profissional. Deve ser o melhor a fazer.

Lança um olhar para a mãe. As duas estão sentadas em poltronas idênticas, lado a lado. Catherine na que a mãe costumava sentar-se antes da morte do marido; a mãe, na de seu pai. Estão assistindo a uma reprise de algum programa de tevê leve e divertido, ambas com uma xícara de chá nas mãos.

A campainha toca e Catherine atende. É Nick, que disse que talvez desse uma passada para ver a vovó, mas Catherine não levou muito a sério. O fato de ter aparecido faz seu coração palpitar de alegria.

— Mãe, Nick está aqui — avisa.

A mãe se levanta com dificuldade e caminha até o neto.

— Oi, meu querido — diz ao rapaz, em cuja bochecha planta um beijo. — Você está melhor?

— Estou ótimo, vovó — responde Nick, mas não é verdade.

Ele está deprimido. Solitário. É viciado em drogas. Precisa de ajuda. Mas ver a avó já é uma ajuda. Ela sempre o adorou, e Catherine observa a mãe pegar a mão dele entre as delas, infundindo-lhe seu amor puro. Nick relaxa um pouco e se senta na poltrona de Catherine, pegando um punhado de balas de um pote na mesinha de centro.

Catherine vai até a cozinha encher o bule de chá, detendo-se no caminho enquanto espera a água ferver. Examina as costas da mãe e do filho, não param de se mexer! A mãe por causa dos tremores, que agora a atormentam, Nick por estar mastigando as balas com furor. Quem sabe ela e Nick não fazem terapia juntos? Catherine rejeita a ideia na mesma hora: Nicholas já está se consultando com alguém, como parte do processo de reabilitação, e ela não deseja interferir no progresso do filho. Tampa o bule de chá e o leva para a sala, sentando-se no chão e encostando as costas na poltrona de Nick.

— Quer se sentar aqui? — pergunta ele.

— Não, estou ótima — responde Catherine, dando uma palmadinha na perna do rapaz.

Pergunta-se se as coisas seriam muito diferentes para Nick caso ela e Robert tivessem tido mais filhos — se Nick dividisse a atenção com uma irmã ou um irmão mais jovem. Catherine foi filha única e muito feliz, um argumento recorrente usado com Robert, sempre que ele trazia à tona a questão de terem mais filhos. Nick quase teve um irmão, ou talvez uma irmã — ela nunca há de saber.

Catherine voltou da Espanha grávida, sem saber. As menstruações sempre haviam sido irregulares, motivo pelo qual demorou mais de um mês para fazer um teste de gravidez. Voltara ao trabalho na semana anterior e saiu no horário de almoço para comprar um kit na farmácia, trancando-se no banheiro em seguida. Claro que estava ciente da possibilidade, mas se convencera de que o resultado seria negativo. Merecia esse tantinho de sorte, certo? Claro que não, pois o resultado foi positivo. Havia um bebê dentro dela. Abaixou a tampa do vaso e ficou sentada durante um tempo, balançando-se suavemente para a frente e para trás. Podia ser de Robert. Os dois haviam transado durante as férias. Uma vez. Apesar da lingerie que o marido comprara de presente, apenas uma vez. Talvez um bebê ajudasse. Um bebê podia ser a distração de que precisava. Não o trabalho, um filho. Mas filho de quem? E se o bebê se parecesse com ele? E se tivesse olhos e cabelos escuros? Catherine não chorou nem tomou uma decisão impensada. Precisava de mais tempo. Destrancou a porta do cubículo e jogou o exame na lixeira. Depois postou-se diante da pia e se olhou no espelho.

— Notícias boas, espero.

Um susto. Não percebeu a entrada de outra pessoa. Uma colega estava sorrindo a seu lado.

— Sua reunião com Tony. Conseguiu o que queria?

— Ah, sim. Sim. Acho que ele gostou da ideia, pelo menos. Vai me dar uma resposta amanhã.

Sorriu e pegou uma toalha de papel, enxugando as mãos só para constar e jogando o papel na lixeira, assegurando-se de esconder o teste de gravidez. Sentiu-se meio doida, pela forma como era capaz de fingir com tanta naturalidade — fazendo as pessoas acreditarem naquilo que queria que acreditassem. Não tinha ideia de que era tão boa nisso.

Quanto mais pensava em ter outro filho, mais se dava conta da impossibilidade disso. Portanto, marcou hora em uma clínica e disse a Robert que passaria o fim de semana com uma amiga no campo. Mas não saiu de Londres. Foi uma espécie de festa do pijama com um grupo de meninas em um colégio interno. Algumas tinham vindo da Irlanda. Todas ficaram aliviadas quando terminou — vestidas para dormir, comeram biscoitos e tomaram chá, brincando com uma enfermeira que foi falar com elas sobre controle de natalidade. Para garantir que não houvesse mais nenhuma gravidez indesejada. E ela se juntou às demais. Foi bacana estar com aquelas mulheres, participar daquela sessão de humor negro. Não mencionou o estupro — não quis estragar o clima, mas se perguntou se seria a única. Estava cansada e pálida quando voltou para casa, no domingo à noite. Só então a ficha caiu. O fim de semana fora horrível, foi o que disse a Robert.

"A gente se vê às sete", diz a mensagem de texto de Robert. Ela responde: "Ótimo, até".

Ele irá buscá-los e levá-los para jantar. Consulta o relógio. Cinco e quarenta e cinco.

— Mãe, quer que eu a ajude com o cabelo antes de ir embora? Posso lavar e secar para você.

— Quero, sim, querida. — A mãe se levanta da poltrona com dificuldade. — Sua mãe é boa comigo — diz a avó a Nick, enquanto se dirige ao banheiro.

— Você vai jantar conosco, não é? — sussurra Catherine no ouvido de Nick.

— Bem... — responde o rapaz com um suspiro.

— Por favor, meu bem. A vovó adoraria. Às nove já estaremos em casa.

— O.k., está bem. A propósito, chegou uma carta para você, quando eu estava saindo de casa. Precisei assinar o recibo.

Ele entrega à mãe um envelope com o logotipo de um escritório de advocacia em um dos cantos. Catherine abre, com a testa franzida, perguntando-se que multa terá se esquecido de pagar. Lê a carta duas vezes, depois a dobra e guarda na bolsa.

Inverno de 2013

— Tudo bem com você?

Ela assente, permitindo que a mão de Robert descanse na sua. Ele a deixa pousada ali até ser obrigado a usá-la para ligar a seta. Viram à esquerda, e Robert reduz a velocidade para procurar uma vaga para o carro. Ele estaciona, e Catherine desafivela o cinto de segurança. Robert não tira o dele e estende a mão para a esposa, tentando detê-la com delicadeza.

— Tem certeza de que quer fazer isso?

— Tenho — responde ela, sem conseguir disfarçar a irritação.

É a quarta vez que Robert faz a mesma pergunta. Ela abre a porta e desce.

O vidro da porta principal continua quebrado, mas dessa vez Catherine usa a própria chave para entrar. A casa é dela agora. Com tudo que tem dentro. Ela cruza o aposento, olhando à volta, fazendo o inventário. O aspecto é ainda pior do que da última vez que pisou ali.

— Santo Deus! — exclama Robert.

Catherine sobe a escada, olhando por cima do corrimão para o meio da sala de estar, onde está o marido, horrorizado e boquiaberto.

— Que nojo! — Ela o escuta murmurar.

Sim, um nojo. É tudo nojento. Abre a primeira porta do segundo andar e espia o quarto de Stephen e Nancy Brigstocke: uma cama de casal, uma penteadeira, uma cômoda, o guarda-roupa. A cama continua como da última vez em que Stephen Brigstocke ali se deitou. Não há de ser Catherine quem arrancará os lençóis sujos: providenciou para que outros esvaziem a casa, dali a alguns dias. Ouve os passos de Robert na escada e, em segundos, sente os braços dele a envolverem, mas está inquieta e lhe dá as costas, dirigindo-se para o quarto seguinte.

É o único outro quarto. Deveria ser de Jonathan. Pintadas de verde-claro, as paredes exibem marcas de onde quadros, ou talvez pôsteres, foram arrancados — retângulos pálidos de coisas ausentes. Ela sai, passa por Robert, que está parado à porta, sem saber se entra ou a segue. Preferia que o marido não estivesse ali. Parece um homem cuja esposa arrastou para ver uma casa que ele não tem intenção de comprar, mas sob o olhar do proprietário. Espia dentro do último cômodo no andar superior. Uma relíquia da década de 70. Um banheiro com aparelhos cor de abacate. Fecha a porta e desce. Robert a segue.

Os dois atravessam a sala para chegarem à cozinha e olham o jardim. Depois que Catherine esteve ali, alguém cuidou das plantas. Foram podadas, os galhos jogados fora, provavelmente no buraco escurecido no meio do gramado. Deve ter sido uma fogueira e tanto. Ele foi o último item a mergulhar no fogo. Os vizinhos se queixaram muito do cheiro. Ligaram para a prefeitura quando sentiram aquele outro fedor nauseabundo. Catherine viu no jornal da tevê.

— Ele não soltou um único grito — relatou o vizinho. — Não ouvimos nadinha.

Claro que, do contrário, teriam ligado pedindo uma ambulância. Mas ninguém vira coisa alguma. Depois que as fogueiras se tornaram habituais, todos mantinham as janelas fechadas.

Catherine estava assistindo à tevê com a mãe quando viu a notícia no jornal local. A mãe ficou horrorizada. Um idoso que morava sozinho morrera queimado. A polícia não tratou o caso como suspeito. Uma lata de gasolina foi encontrada junto ao corpo. Catherine não se dera conta de que se tratava de Stephen Brigstocke até o encontro com o advogado, quando tomou conhecimento do que acontecera. Stephen fizera de Catherine sua única herdeira. Essa casa e o apartamento em Fulham.

— Venha, meu bem, vamos embora — insiste Robert.

— Não, me espere no carro, se quiser. Ainda não estou pronta.

Relutando em deixá-la ali, Robert fica, abrindo armários na cozinha e fazendo uma expressão de repulsa ante a imundície. Chuta uma xícara quebrada que foi largada onde caiu, no chão de linóleo engordurado. Catherine observa enquanto ele volta à sala, a mão impedindo que o paletó roce na porta, protegendo a roupa da sujeira. Procura alguma coisa em que possa se sentar, mas pensa melhor e desiste.

— Por que você não me espera no carro? — sugere Catherine. — Eu gostaria de ficar sozinha por alguns minutos.

Ele a fita, sem entender.

— Eu gostaria, de verdade. Por favor.

— Tem certeza?

Ela assente.

— Reservei uma mesa para o almoço — diz Robert. — Para a uma e meia, no Pier Luigi. Não vou mais trabalhar hoje.

O marido é um homem atencioso. Está se esforçando um bocado. Quando ele sai, Catherine vai até a janela da sala e o vê entrar no carro. Robert pega o celular e dá um telefonema. Deve ser de trabalho, e ela fica contente, porque isso significa que não é nela que está pensando, o que lhe dá um sopro de liberdade. Catherine decidiu se divorciar. Ainda não avisou o marido. Vem pensando no assunto há semanas, dividida: ficar ou partir. Agora, decidiu.

Precisa perdoar, mas não consegue. Não pode perdoá-lo porque o viu, durante as últimas semanas, dar conta da ideia do estupro com muito mais facilidade do que dera conta da ideia do caso de amor. Claro que ficou perturbado e furioso: sentiu-se impotente por não estar lá para protegê-la. No entanto, Catherine tem a impressão de que a nova verdade que lhe foi oferecida pareceu mais fácil de engolir do que seria o adultério. Quando se sente cruel, Catherine acha que, se pudesse escolher, Robert preferiria saber que ela sofreu, em vez de ter gozado um prazer ilícito. Como ficou magoado. Como se sentiu traído. Como se enfureceu. Disse que a fúria era por ter sentido que não a conhecia, que ela se tornara uma estranha. Agora, acreditava ter recuperado a antiga Catherine. Está errado: ela nunca mais voltará a ser aquela mulher. A Catherine de Robert é a que não foi capaz de contar a verdade. A Catherine que preferiu pôr o fardo nas próprias costas a partilhá-lo com o marido. Uma mulher independente e autossuficiente — uma Catherine da qual ele poderia se orgulhar. A culpa não é dele, é dela.

Lembra-se de uma noite logo após a alta de Nicholas, quando Robert segurou sua mão e disse:

— Nunca vou me perdoar, Cath. Como posso ter acreditado que você faria isso conosco? Nunca vou me perdoar...

E cada uma dessas palavras enterrara um pouco mais o amor que sentia por ele. Robert chorou e Catherine também, mas as lágrimas seguiram linhas paralelas. Tarde demais. Os dois deviam ter chorado juntos anos antes.

E também havia raiva nas lágrimas de Catherine. Robert olhou aquelas fotos de sua tortura e viu prazer. Não notou a selvageria, viu apenas luxúria, demasiado envolvido no próprio ciúme para notar qualquer coisa. Jamais poderia perdoá-lo por isso. Quando Jonathan morreu, achou que jamais teria de contar a alguém, que jamais teria de provar a própria inocência. Robert a fez sentir o oposto.

Abre a porta dos fundos e sai para o jardim. Está chuviscando, e há no ar uma leve umidade cinzenta, que ela inspira enquanto atravessa o pátio, enfiando as mãos nos bolsos e baixando o olhar para os azulejos cinzentos e tortos, se perguntando se o próprio Stephen Brigstocke fizera as vezes de pedreiro. Pisa na grama, agora cortada, e se dirige ao buraco negro no centro. Um ponto amarelo esvoaçante chama a atenção, um pedaço de fita plástica presa em um arbusto: sobras da breve investigação policial. Alguns resquícios calcinados foram arrancados do fogo e deixados ali: relíquias que talvez a polícia pensasse que pudessem ajudar a esclarecer o acontecido. Mas pouco extraíram dali, concluindo tratar-se de um ato de desespero de um velho solitário. Quando a polícia chegou, não restava muito dele, e o que havia foi levado para a perícia. Ela afunda a ponta do sapato na maçaroca preta. Robert disse que Stephen Brigstocke responsabilizou a mulher pelo livro. Seria verdade? Teria sido Nancy a autora? Talvez sim, talvez não. Fazia diferença? Na verdade, não. Não agora.

Olha para a casa e tenta imaginar como deve ter sido no passado. Um casal jovem, um filhinho, o primeiro lar da família. Um jardim bem cuidado, sol. Uma piscina inflável? Piquenique no gramado? Mas a lembrança é dela. Não pertence a essa casa. Catherine está se lembrando de si mesma, Robert e Nick quando o filho era pequeno, muito pequeno. Antes da viagem à Espanha. Nick entrando e saindo de uma piscina inflável, ela agachada a seu lado, ele nu, feliz, atracado a uma colher de pau e um pote de Tupperware, no qual batia como se fosse um tambor. A lembrança é dela. Imagina que Stephen e Nancy Brigstocke também tenham tido momentos como esse no jardim, com o filho pequeno. Coitados, coitados, pensa Catherine. Já não sente raiva de nenhum dos dois. Deus sabe como sofreram. Chega a ser grata a Stephen Brigstocke, que se sentou à sua frente e ouviu sua história. Não a chamou de mentirosa. Não a obrigou a provar a própria inocência.

Foi sozinha encontrar-se com o advogado de Stephen Brigstocke, só depois contou a Robert sobre o testamento. Foi um encontro estranho: o advogado não se mostrou curioso, não perguntou coisa alguma a respeito de seu relacionamento com o cliente, embora o testamento só tivesse sido alterado poucos meses antes. Tudo muito objetivo, segundo disse, resumindo em seguida os últimos desejos de Stephen Brigstocke. Ela nada disse. Só recebeu a carta quando se levantou para ir embora. O advogado esclareceu que o cliente pedira a ele que entregasse pessoalmente. Catherine não a abriu naquele instante — precisou de alguns dias para reunir coragem para fazê-lo.

Era uma carta hesitante, estranha. Era difícil imaginar ter sido escrita por um homem que fizera carreira como professor de inglês. Não queria que seu *"gesto soasse como outra agressão"*. Não queria que ela fosse *"onerada pelo meu legado"*. Supunha que Catherine fosse vender ambas as propriedades e tinha esperança de que *"o dinheiro pudesse ser usado para tornar mais fácil sua vida e a da família"*. Teve o cuidado de não usar palavras como compensar ou compensação. Terminava dizendo esperar que, quando ela recebesse o documento, seu *"sofrimento tivesse acabado"*, mas queria que ela soubesse: *"Estou ciente de que você e sua família terão de continuar vivendo com a dor que lhes causei"*, e concluía: "*Espero que você possa perdoar minha falta de coragem*". Catherine não entendeu a última parte. Estaria ele se rotulando como covarde por escolher o suicídio? Ou teria sido por causa do negativo anexado à carta, negativo que deveria ter sido corajoso o bastante para entregar pessoalmente? Um negativo jamais revelado, explicava. Ignorado como imprestável por ele e a esposa. Estava encaixado bem no meio da carta: "... *Incluo isto aqui para você*".

Catherine segura o pequeno retângulo marrom de encontro à luz: sombras mais claras e mais escuras de seu corpo, uma nódoa, um borrão indecifrável. O débil sol de inverno se esconde atrás de uma nuvem, negando-lhe luz suficiente para ver o fantasma enquadrado, mas Catherine sabe que ele está ali. Stephen Brigstocke revirou os negativos à procura do próprio filho — em vez disso, encontrou o dela.

Nicholas viu e ouviu tudo do lugar onde estava, no vão da porta aberta. A porta que ela pensou ter ficado fechada. A porta atrás da qual acreditou que ele dormia. Mas o menino se levantou da cama e abriu a porta. Estava de pé espiando dentro do quarto. A única luz no negativo, uma pequena figura branca, inquestionável, uma vez que se sabe que está ali. Um fantasminha que apareceu e tornou a desaparecer, sem que ninguém soubesse.

Ela estudou o negativo várias vezes, inclusive em um visor próprio e com uma lupa, para ter certeza. Nicholas também ouviu tudo: seus gemidos de prazer fingido. Não disse uma palavra. Não chamou por ela. Fechou a porta de novo e voltou para a cama, amedrontado e chocado demais para falar. Talvez tenha ficado deitado algum tempo, escondido debaixo das cobertas, tentando entender o que viu. Talvez tenha acordado na manhã seguinte achando que sonhara a coisa toda. Seu cérebro infantil apagou a lembrança do que viu e ouviu naquela noite. Mas a imagem e a lembrança da mãe permaneceram para sempre. Essa mãe inacessível, em quem nunca pôde confiar de todo, em quem nunca pôde acreditar de todo. Naquele quarto de hotel na Espanha, todos aqueles anos antes, ela tentou imaginar como seria ruim para o filho testemunhar o que lhe aconteceu. Mas ele *testemunhou*. E, ao longo de todo o processo de crescimento, os sinais estavam lá, mas ela não os reconheceu.

Ontem, Nick viu o negativo pela primeira vez. Catherine teve medo de haver cometido um erro, arrependeu-se de mostrá-lo a ele.

— Não me lembro... Não me lembro de nada — disse Nick.

Balançou a cabeça e estudou a figura pequenina, mas não conseguiu entrar outra vez naquela cabecinha de criança. Catherine cobriu as mãos dele com as suas quando as lágrimas umedeceram os cílios do filho. Nick se esforçou muito para não chorar, prendendo a respiração e engolindo um soluço. Ela estendeu o braço, esperando resistência, mas o filho se aninhou em seus braços e descansou a cabeça em seu peito, permitindo que as lágrimas rolassem. Permitiu que a mãe afagasse suas costas e cabeça, e Catherine agradeceu a chance que ele lhe dava de poder, finalmente, conhecê-lo.

Agradecimentos

As pessoas a seguir são as minhas "sem as quais" — muito obrigada a todos vocês.

A Richard Skinner, da Faber Academy, por ser um guia brilhante, e aos colegas da Faber, em 2012, pelo apoio incansável. Aos corajosos amigos Nic Allsop, Meera Bedi, Claire Calman e Beth Holgate, que leram o manuscrito e me deram estímulo. A Tiana Brooke, pela inspiração; a todos na Transworld, por garantirem que o livro ficasse tão bom quanto possível; a Felicity Blunt, pela delicadeza e constante energia, e a todos que trabalham com ela na Curtis Brown. E, finalmente, ao meu marido, Greg Brenman, por me prender em um porão só com um laptop e sugerir que eu fosse em frente com a história...

1ª EDIÇÃO [2015]
2ª EDIÇÃO [2024]

ESTA OBRA FOI COMPOSTA PELA FILIGRANA EM ADOBE GARAMOND
E IMPRESSA EM OFSETE PELA GRÁFICA PAYM SOBRE PAPEL PÓLEN DA
SUZANO S.A. PARA A EDITORA SCHWARCZ EM SETEMBRO DE 2024

A marca FSC® é a garantia de que a madeira utilizada na fabricação do papel deste livro provém de florestas que foram gerenciadas de maneira ambientalmente correta, socialmente justa e economicamente viável, além de outras fontes de origem controlada.